언백
평야

연백
평야

발행일   2022년 5월 31일

지은이   이형동, 이영석
펴낸이   손형국
펴낸곳   (주)북랩
편집인   선일영   편집   정두철, 배진용, 김현아, 박준, 장하영
디자인   이현수, 김민하, 안유경, 김영주   제작   박기성, 황동현, 구성우, 권태련
마케팅   김회란, 박진관
출판등록   2004. 12. 1(제2012-000051호)
주소   서울특별시 금천구 가산디지털 1로 168, 우림라이온스밸리 B동 B113~114호, C동 B101호
홈페이지   www.book.co.kr
전화번호   (02)2026-5777   팩스   (02)2026-5747

ISBN   979-11-6836-335-9 03810 (종이책)   979-11-6836-336-6 05810 (전자책)

(주)북랩 성공출판의 파트너

북랩 홈페이지와 패밀리 사이트에서 다양한 출판 솔루션을 만나 보세요!

홈페이지 book.co.kr   •   **블로그** blog.naver.com/essaybook   •   **출판문의** book@book.co.kr

작가 연락처 문의 ▸ ask.book.co.kr

작가 연락처는 개인정보이므로 북랩에서 알려드릴 수 없습니다.

38선과 휴전선 사이,
실향민의 고향

연백
평야

이형동·이영석 공저

월남 실향민이 써 내려간
　　돌아갈 수 없는 그곳에 남겨진 기억들

🌀 북랩

들어가는 글

할아버지의 고향은 북한, 할머니의 고향은 일본, 아버지는 부산, 어머니는 대구, 큰아이는 서울, 동생은 광주. 우리 가족은 모두 각기 다른 곳에서 태어났다. 우리 민족 수난의 역사, 그 흔적이 우리의 핏속에 흐르고 있다. 우리는 모두 실향민이다. 고향에 가도 고향은 볼 수도 느낄 수도 없게 되었다. 흔적이 빠르게 사라져 버리는 세상이다.

그러나 가족 중에는 진정으로 고향에 갈 수가 없어 꿈속에서만 고향을 느낄 수 있었던 한 분이 계셨다. 그분이 남긴 기록이 이 책의 고향이다. 기억의 정리에서 출발한 사실의 전달이며, 실향민을 통해 본 대한민국의 근현대사다. 한반도의 소수자엔 이산가족이 있고 이것은 그들의 이야기다.

마치 소설이나 드라마같이 파란만장한 실화. 부친의 유고 속에서 역사적 진실을 발견하는 순간, 가족과 가문을 넘어 세상에 펼쳐 보이고 싶은 강한 유혹을 느꼈다. 북녘의 가족을 떠나 혈혈단신 월남하여 통일을 기다리다 절망의 터널 속에 갇혀 버린 38선과 휴전선 사이 실향민. 그가 생전에 남긴 처절한 고통과 인내의 기록이며, 나라를 잃은 민족으로서 3대에 걸쳐 겪은 수난과 독립운동의 의지가 담겨 있었다. 또한 김구金九 선생의 남북 대표 협상도 이루지 못한 연백평야 통수를 농민들의 간절한 소망으로 이룬 남북 협상의 역사적 진실의 발견을 통하여 통일로 가는 길의 지혜를 터득하게 된다. 6·25라는 민족 분단이 양산한 이산가족의 아픔이, 실낱같은 이산가족 상봉을 거부하게 하는 트라우마가 될 수도 있는 우리의 현실을 돌이켜 보게 한다.

　본서에 담긴 내용은, 1부 '1대의 기억의 소환과 신화, 산호랑이의 성장과 방황, 일제 강점기 농민의 고통과 성장 과정'. 2부 '2대의 유년 시절의 갈망 향학열, 3·1 독립 항쟁기의 활약 및 만주 독립운동의 삶과 회한, 해방 후 분단된 38지구 농민의 생활상 및 연백평야 통수의 기수로 등장'. 3부 '필자의 일제 강점기의 생활상, 왜정 말기의 일제의 수탈과 동원령 실태, 6·25 발발 전후 공산 치하의 이념 갈등과 회유 과정, 이를 극복하기 위한 숙명적인 단신 월남의 고뇌 및 생존을 위한 군입대, 6·25 전시 군 복무 시절의 피난민과 군인 가족 보살피기, 월남 후의 새 보금자리로의 재정착 과정 및 이산가족 상봉의 비애' 등이 담겨 있다. 즉, 일제 강점기의 수탈 사회상 및 분단된 조국의 실향민의 한과 설움, 일제 강점기 농민의 삶, 6·25 사변으로 인한 이념 갈등에서 비롯된 자유 선택의 대가인 이산가족의 아픔, 이산가족 상봉을 위한 순비와 기대와 공포 빛 난신 월남 실향민으로서의 고독과 생전에 이룰 수 없어 미래 세대에 전하는 희망에 찬 선언을 담고 있다. 요약하면, 한민족 비극의 역사인 일제, 분단, 전쟁, 이주 및 이산가족 상봉의 역사적 과정에서 새로운 비전과 시각으로 미래의 역사 창조에 초석이 될 수 있는 생생한 자료를 제공하고 있다.

원고는 10여 년 전에 부친에게서 받았으나, 부친이 곧 병환으로 입원하시어 그간 읽어 보지 못했다.

뒤늦게 발견한 육필의 옥고가 이제야 자서전 형식으로의 발간을 앞두고, 불효로 가슴이 메어 오는 심정을 금할 수 없어 아버님의 영전에 바친다.

실향민은 언제나 고향에 돌아갈 수 있으려나 기약이 없네.

2022년 5월

이영석

38선 통한의 한풀이는
어찌 다 하랴

이 글을 쓰게 된 본인으로서는, 붓을 들고 나니 내가 걸어왔던 과거사가 마치 주마등과 같아 어느 시점에서부터 기술해야 할지 망막茫漠할 따름이라 가슴이 쿵쿵거릴 뿐이다. 그러나 한 번은 거쳐야 할 시간이므로 기술 방법의 졸속을 생각할 것이 아니라 무엇인가 후세들에게 전하기 위해 마음을 담아 기술한다.

필자는 6·25 동란 이후, 2000년 6월 8일 현재까지 정든 고향과 그리운 혈육을 등지고 52개 성상星霜이 경과되었으나 한 번도 눈물을 외부에 나타낸 적이 없었다. 물론, 고통을 참아 내는 과정에 극심한 인내 방법도 다양하였다. 군에 입대하고 운이 좋았는지 경력을 인정받아 다행히도 병참부대에서 경리대로 편입되어, 후방 부대인 제3지구 경리대의 주둔지인 부산 지구로 파견 명령을 받아 후방에서 근무하게 되었다. 입대 후 1년도 안

된 시기였으므로 친지 또는 부모 형제들의 면회가 상당히 활발한 상태였다. 그러나, 나에게는 면회라는 단어가 소용이 없었으며 면회를 올 일가친적도 없고, 불우한 환경으로 입대를 하게 되어 면회를 신청할 만한 주변의 친구나 친지도 전무한 실정이었다.

그런 관계로 고독이란 이루 헤아릴 수 없는 상황이었다. 그러나, 그 시기를 다양한 방법으로 극복하고 견디었다. 일요일의 외출 때에는 군 동료들과 함께 오륙도에 수용되어 있는 고독하고 절망에 싸인 나병 환자들을 만나 그곳의 수용소 생활상도 청취하고 술도 한잔 나누기까지 하였다. 그것으로도 고독과 절망이 해소되지 않을 경우, 오륙도 큰 마당 바위 암석위에서 동해바다의 몰아치는 파도 속으로 5, 6미터 절벽에서 다이빙을 하며 고독과 절망을 극복하는 경우도 수차례 있었다. '최악의 경우 오륙도 앞바다에서 사망할 때에는 내 시신의 일부라도, 물고기야! 날 물고 바다 거쳐 황해도에 가면 *배다리* 옆에 정들었던 내 고향 집과 맞닿은 논이 있으니, 내가 죽더라도 네가 대신하여 우리 집까지 내 소식을 전해 다오.' 하는 결의까지 하였던 적이 있었다. 이와 같은 비장한 결행으로 고독과 처참한 경지를 눈물 없이 현재까지 극복하여 왔다. 군에서 예비역으로 제대한 후에는 가정과 직장 근무와 스포츠 및 주당으로 이겨 내었다.

최근 들어 2000년 6·15 이후 남북 협상으로 이산가족의 상봉이 가능하다는 소식이 언론에 보도되어 이산가족 상봉 신청서 접수 방식 등의 소식이 전해지면서, 감내해야 할 나로서는 시일이 경과될수록 허전하고 무기력함이 가속됨을 실감하게 되었다. 50여 년의 실향민 생활을 지속하며 오늘의 이날을 학수고대하고 희망하던 실향민들의 절규의 탄성 속에, 75회 생신을 맞이하여 이산가족 상봉 시기만 손꼽아 고대하고 있다. 그렇지만 나만은 왜 두려워하고 무서운 공포 속에서 헤어나지 못하고 고민하고 있는지 나 자신 외에는 상상조차 할 수 없을 것이다.

하지만 막상 남북 이산가족 1차 상봉 시, 북한에서 결혼하였던 남자가 남하 후 남측 여인과 중혼하고 가정을 이룬 상태에서 재북 본처와 그 자녀까지 출현하여 남북 가족들의 애절한 호소와 상호 간의 격려와 위안의 장면은 필설로 표현할 수 없는 비극의 현실 바로 그것이었다. 필자로서는 회한의 감정이 순간 분출됨을 억제하려고 무한히 노력하나 용이한 일이 아니다. 이 비극은 남과 북 당사자들의 비운으로 끝을 맺어야 할 것인가?

이형동

제1부

1 세대 이야기

제1장

기억의 소환과
신화

기억의 소환

자신의 탄생 시부터 장래와 영구한 미래 사회를 보장할 그는 누구인가? 필자도 해야 할 것은 모두 완수하였다고 자부하였는데 현대사회를 살아 나갈 자격을 획득하기 위해서는 무엇인가 재고할 여지가 많이 남아 있다. 우리는 어디에서 왔는가를 생각하지 않을 수 없다.

그러면 우리 *山* 할아버지의 존재는 무엇이 되겠는가? 지금의 처지에 도달하니, 왜 나는 좀 더 좋은 환경 속에서 성장하며 공부를 할 수 없었는가, 한탄스럽고 원망스럽기만 하다. 그러나 거기에는 사주팔자에 자기 일생은 자기의 운명에 따를 수밖에 없다고 한 우리의 조상 선조님들의 교훈이 그대로 적중되는 것 같다.

한 속담이 생각이 나서 그것을 이야기책 모양으로 이야기하고 싶다. 우리 부모님들의 생활 환경에서는 이런 격언을 하셨을 것이다. 똥장구나 오줌동이를 메거나 머리 위에 이고 다니시면서도 "야 놔둬라, 새끼가 많아도 제 복은 자기 자신이 타고 난다."라고 하셨다. 나는 그때 순간적으로 당황하지 않을 수 없었다. 이유는 별다른 것이 아니었다. 지금도 막말로 똥구녁이 찢어질 지경인데도 금후 문제는 누가 감당할 것인가? 참으로 암담한 실정이었다. 그러나 그 시기(왜정 시)에는 불가항력적인 현실이었다. 우리 세대로서는 그 시기를 잘 이해하고 장차 우리가 감당해야 할 각오를 다짐하였다.

일제 강점기 초기 새벽 동이 틀 무렵, 기상과 동시에 나는 보통학교 1학년에 다행스럽게도 입학을 할 수 있는 기회를 얻었다. 우리 집 소작 농사는 약 1만여 평 정도를 경작하였다. 주재소 순사가 일주일 정도에 한 번씩 순찰한다고 하며, 올 때마다 곳간을 꼭 확인하였다. 그다음 날 창고는 빈 창고로 돌변해 버린다. 나는 생각 또 생각해서 '나의 운명은 이것이 천운이구나.' 하며 그 시기에는 불가하나 인내로써 극복하고 차세대를 꿈꾸며 비장한 각오를 하였다.

우리는 희귀하고 기이한 운명적인 세파의 흐름 속에 소산된 이상적 인간형이다. 따라서 우리는 조상분들의 세습으로 인한 시련과 단련에 헤아릴 수 없는 기적적인 사실이 무수히 발생하여 수난도 극심하였다. 그러나 우리 조상님들께서는 지혜롭게 대처하여 미래의 발전에 크게 기여하여 왔다.

구름 타고 오신 산 사나이와
용각산

필자는 어렸을 때 꿈나라에 다녀왔다. 어릴 적 할아버지들의 옛이야기가 그리워서 "아버님, 재미난 옛날얘기 해 주세요." 하고 요청을 하였더니 "그래 무슨 얘길 해 줄까?" 하시면서 옛이야기가 시작되었다.

옛날 옛날에 풍류를 좋아하시는 영감님이 계셨다. 그 영감님의 일과는 농사도 짓는 시골의 대목大木이었다. 석향천이 되면 한잔 드시고 당산인 용각산에 등정하시는 것이 유일한 하루 생활이었다. 그 당시에는 왜정의 압박에 시달리어 그 환경의 탈주는 그것이 가장 현명한 호신책이었을 것이다.

그는 석향에 일배 하시고 용각산에 등정하신 후 귀갓길에 올랐다. 암흑 산중에서 귀가하는데 산꼭대기 800미터 중 중간 지점쯤의 움막집에서 여자의 통곡 소리가 들려왔다. 그 영감님은 이 산중의 통곡 소리에 당황하여 자신의 귀를 의심하였다. 그대로 귀갓길을 재촉할까 주저하다가, 불길한 예감은 들지만 그렇다고 그대로 지나치기에는 너무나도 양심의 가책과 호걸풍의 남성으로서 도저히 용납이 되지 않았다. 그 순간, 내가 저 움막에 들어갔다가 어떠한 기적이 발생하지 않을까 두려움이 머릿속에 떠올랐다. 하지만 남아가 무엇을 주저하리오. 각오 끝에 들어갈 결심을 하였다.

집 안은 컴컴하고 한 여인의 통곡 소리만 계속되는데 사립문을 들치고 "에헴!" 하고 큰 기침을 하니 그 여인은 기절이나 한 듯 소스라치게 당황하며 통곡 소리가 그쳤다. 그 순간 그 남성 역시 깜짝 놀라지 않을 수 없었다. 그 여인은 백색의 소복 차림의 흐트러진 머리에 기절할 정도로 공포스런 모습이었다. 자신도 모르게 그 남자는 크게 소리쳤다. "도대체 그대는 무엇인가? 귀신인가, 사람인가 대답을 하라." 하고 숨 가쁜 목소리로 외쳤다.

잠시 동안의 침묵이 흐르고 그 여인은 "저는 분명히 사람임이 틀림없습니다. 저는 남편과 단둘이서 살다가 불의의 전염병으로 남편이 급사를 당하고 보니, 이 깊은 산중에서 사체의 처리가 목전에 닥치니 막막할 따름이라 도저히 이 급박한 처지를 감당할 수가 없어 통곡하고 있었습니다."라고 말을 하였다.

남성이 "그러면 일가친척들도 안 계십니까?"라고 질문하자 그 여인은 "이 첩첩산중에서 생활해야 하는 처지에 일가친척이라고는 망인과 나 자신 두 사람의 생존 시로 이미 종결된 상태입니다. 이 이상 더 의지할 혈육도 친척도 없습니다."라고 말을 끝냈다. 곰곰이 생각에 빠졌던 이 남성은 정신을 가다듬고 침묵이 흐른 뒤 입을 열었다.

"잘 알았습니다. 지금 이후로는 저와 함께 힘을 합쳐서 시신을 처리하도록 합시다."

그 후 그 두 남녀는 시신 문제를 논의하였으나 여인은 소지한 생활비도 사전 준비도 없는 상태에서 무엇 하나 내놓을 형편이 아니었다. 상의 끝에 평소에 입고 있던 그 상태의 시신을 이불에 둘둘 싸서 걸머메고, 칠흑 속의 야밤에 두세 시간을 걸어갔다. 잡목이 우거진 산중에서 시신을 내려놓은 곳을 장지로 결정하기로 양인은 합의하고, 그 자리에 매장한 후 고인의 안면을 빌며 작별을 고하게 되었다. 그 여인의 애통함을 이루 헤아릴 수 있는 시간과 여유도 없이 그 묘지를 뒤로 하고 두 사람은 숨막히는 토굴집으로 돌아오지 않을 수 없었다. 그 장지가 바로 용각산 하산쪽으로 추측된다.

장지에서 돌아온 두 사람은 호롱불 등불 앞에서 비로소 정면으로 두 얼굴의 상봉이 이루어졌다. 불안과 공포 속에 떨면서 장례를 끝낸 그 여인으로서는 '이 천지에 나를 이렇게 도와 장례를 치러 준 그 남성에게 무엇으로 보답을 하나.' 하고 고심하고 있을 뿐 묵묵히 침묵이 흘렀다. 불의의 장례를 마치고 돌아온 토굴집에서 처음으로 정면 대좌한 그 남자 역시, 어쩔 줄 모르고 죄송스러워하는 그 여인을 상면하니 처리 결과에 대한 자신의 용감성과 인간적인 처신에 감탄이 따를 뿐 무언의 상태만이 지속되었다.

그 순간 그 여인의 말문이 고요한 칠흑을 은은히 밀어내고 열렸다.

"참으로 선생님의 고마우신 신세를 감히 무엇으로 보답하여야 하겠습니까? 그 고귀한 후의를 저로서는 무엇이든지 다 바쳐서라도 사례할 뜻이 있습니다. 그러나 선생님이 보시다시피 제가 소유하고 있는 것은 재산도 돈도 없이 이곳까지 쫓겨 와 산중 생활이 전부이고 남은 것이라고는 공포와 고독뿐입니다.

저는 앞으로 험난한 이 산중에서 어떻게 생계를 유지할 수 있을까, 앞으로의 삶이 두려울 따름입니다. 어떻게 살아가야 할지 막막할 뿐입니다. 내일 아침부터의 생계유지에 자신이 없으니 어떻게 살아가야 하나요? 남은 것은 고독과 한탄 그리고, 이 몸과 각오뿐입니다."

그 절망의 순간이 잠시 흐르고 또다시 막막한 시간이 지나갔다. 그리고, 절박감을 깨고 그 나그네는 말문을 열었다.

"제가 모든 힘을 다하여 여인의 장래의 생활에 최대한으로 노력을 할 것을 약속할 터이니 지나친 근심을 금하고, 앞으로 건강과 삶의 터전을 마련해 봅시다."

그러고 나니 그 여인은 남자의 무릎에 몸을 떨치며 "저의 모든 것을 다 바쳐도 선생님의 은혜에 보답할 수는 없을 것입니다." 하고 외치고 나서 그녀는 맺혔던 애한을 눈물로써 바쳤다.

이 극적인 이야기는 용각산의 험산에 구름 타고 나타난 그 용감한 사나이가 바로 숭앙의 양성 이씨의 제24세의 숭엄한 시조였다. 본장의 결론을 맺기 전에, 용각산의 그 첩첩산중에서 희귀하고 신비한 역사의 창조 그 자체를 참으로 기적적인 사례라고 평하고 싶다. 특히 25세 증조부모님(조상님)들께서는 그 기이한 우리 족보상으로 보아 제일 첫째 창손의 초대손이며, 초대 며느리에 해당하는 시손이었다. 그 시기의 시대적 사회의 계위, 생활 풍속은 현대사회에서는 고려의 가치조차 없었으나 봉건사상이 팽배한 그 시점은 참으로 상상조차 어려운 비참하고 치욕적인 현상이었을 것이다.

호랑이 타고 나타난
도편수의 일생

기이한 산호랑이 농촌으로 이주

구름 타고 오신 그 남성과 용각산 분지의 그 여인과의 사이에서는 지적인 운명이 이루어졌다. 용기와 자비에서 인정을 초월한 인간애로의 동정은 끝내 애정으로 이어져, 그 여인은 그 남성에게 보답하는 길은 자신이 지니고 있는 모든 것 중에서 마음속 깊이 소중하게 간직하였던 진심 이외에는 아무것도 없었다. 따라서 이 길을 선택하는 것이 가장 고귀한 보답일 것으로 판단되었다. 그 산 손님의 불의의 자비와 동정의 산물은 결과적으로 그 시대 사회에서는 면키 어려운 천대와 멸시 속에 참회를 감내해야 하는 서파의 첫 '씨앗'으로 등장한 호랑이 태생(무인년 2월

20일생) 제25세인 교진橋鎭(생존 시에는 낙교洛橋라고 호칭함) 할아버지가 첫 짐을 짊어지게 되었다.

그 후, 본가 큰할아버지 제25세 낙진洛鎭께서는 일찌감치 작고하시고, 장손(26세 해봉海鳳)께서는 생활이 빈곤하여 둘째 조부(25세 순진順鎭) 댁에서 머슴살이를 하며 비참한 생계를 유지하게 되었다. 셋째인 25세 교진橋鎭 할아버지께서도 역시 생활은 극빈한 상태에 처하고 있었으며, 빈곤 속에서 증조모(전주 이씨)와는 간략한 성혼을 이루고 정착지를 선정한 것이 바로 우리 25세, 26세, 27세가 토착하게 된 황해도 연백군 봉북면 광동리 마옥동 196번지(현재 미수복지) 고향이다. 고향에서는 현재 28세, 29세, 30세까지 존속되었을 것이다.

도편수의 생활상

여기서부터는 필자의 추상과 실제로 목격한 내용을 회상하여 기술한 것이다. 우선 제일 먼저 떠오르는 것은 본인이 병인생 호랑이띠여서 조부님도 역시 무인생인 호랑이 태생이므로 우리 형제 7남매 중 유달리 나를 귀여워해 주신 기억이 생생하게 떠오른다.

그 예로 나는 수시로 발생하는 가정불화 속에 부모님의 부름을 받고 조부모님과의 해결사 역에 동원되어 그 수습에 성공한 사례가 많았다. 그 실례 중 한 가지만 소개하면, 조부님께서는 도편수이므로 하루 종일 고된 목공 작업을 지도하시고 피로 회복과 기분 전환을 겸하여 음주를 하시는 시간이 자주 있었다. 본인이 4, 5세 정도 되는 어린 시절 할아버지께서는 약주가 거나하셨는데도 사랑채에서 안채를 향해 "술 좀 사 오너라!"라고 외치고 계셨다.

안채에 계시던 부모님께서는 평상시에도 이름난 효자이시기에 일상생활에서 항상 고통을 당하시더라도 조부님에 대한 약주 대접은 극진하게 보살피셨다. 그러나 조부님께서는 약주를 한잔하시면 습관적으로 두세 차례 더 요구하시는 사례가 허다하였다. 부모님께서는 온 가족이 평소 10여 명의 식솔의 생계를 유지하여야 하므로 그 시기에는 하루 세끼의 식생활 유지도 지극히 어려운 실정이었다.

그런 실정임에도 조부님의 술 독촉은 참으로 고통스러운 과제이며 피해 나갈 방법이 없었다. 그러나 한 가지 묘안으로 무인생 호랑이와 병인생 호랑이의 접전이 최상의 해결책이었다. 나는 사랑채의 호랑이에게 접전 신고를 한다. "할아버지, 꼬마 호랑이 왔어요. 한번 싸워 볼까요?" 할아버지 호랑이와 손자 호랑이의 선전포고가 선언된다. 새끼 호랑이는 선전포고와 동시에 할아버지의 배 위에 올라탄다. 큰 호랑이가 "이놈 왔구나." 하실 순간, 배 위에 올라가 쿵쿵 짓누르고 밟으며 잠시의 여유도 주지 않고 계속 깡충깡충 배 위에서 사정없이 뛰었다.

한 순간 계속되면 큰 호랑이께서는 항복 대신 "야, 이놈 참 힘세구나. 내가 졌다." 이 말로 항복을 대신하는 것이다. 이 순간을 놓칠세라 새끼 호랑이는 "그러면 나하고 노는 거지?" 하면 "그래, 그래. 너 하라는 대로 할게." 이렇게 하여 휴전 협정이 성립되고 나의 임무도 완수되고 평정으로 돌아간다.

서파 속에 몸부림치는 산호랑이의 생애

산 속에서 불의에 소생한 이 불우한 산호랑이는 어느 일정 기간은 산에서 양육하였을 것이다. 그 인정의 씨앗은 천한 혈연의 뿌리이지만 그 비통하고 연약한 생명체는 신비한 기적의 소산이므로 무형의 사랑도 싹터 있었을 것이다. 그 유아는 어느 시한이 경과한 후 그 아비의 호적에 입적하고 미래 생계 문제도 심각하게 고려되었을 것이다.

그러나, 첫째 문제는 입적 후의 처리 문제가 큰 과제로 대두되었을 것으로 사려된다. 둘째 문제는 주변 이목 및 식생활에 대하여는 그 당시의 24세 고조부께서는 기초적인 상식과 식생활 기반은 형성되어 있었다고 판단된다. 본인의 판단으로는 상당한 수준으로 유지된 상태였다. 호적상에는 처, 서자 구분 없이 족보에 등재되었다. 그 족보에 양성 이씨 25손 교진으로 기록되고 우리들 향토를 정착지로 지정하여 선정된 최초의 사연이다. 이 정착지의 고향, 바로 그 유명한 용각산의 첩첩산중에서 탄생한 그 산호랑이의 일차 연고지는 '연백군 석산면 수복리 다수동 다수읍'이라는 마을이었다. 그 지방에서 동거하기에는 여러모로 고민이 심하여 약 2킬로미터 정도의 거리에 위치한, 산림이라고는 전연 없고 전답만이 펼쳐지는 농촌 부락에 '벼'만 생산되는 광활하고 선형적인 농촌 마을이었다. 그 농촌 마을이 바로 전술한 '미수복지 고향'이다.

그 천대 속에 숨막히는 서자 생활에서 탈주하는 기회는 성취하였지만, 분가시키는 문제 중에 생계를 유지할 수 있는 여건의 형성에는 요원한 형편이었다. 본가의 가족 형성이나 인간성에서 서족을 타지로 은퇴시킴으로써 우선 눈엣가시가 빠져나간 것이나 다름없었을 것이고, 가정불화는 물론 집안 안정에 혈안이 되었을 것이며 경제적 부담도 동시에 해결될 수 있을 것으로 판단하였을 것이다.

따라서 분가에 소요되는 정착비도 일절 보조 없이 당장에 밥 끓여 먹을 수 있는 최소한의 식기류 몇 개와 급한 대로 이불 한 점이면 최혜 대우로 만족하고 감사히 생각하여야 할 처지였다. 이 모든 조건을 감수하고 감지덕지 이사하는 것을 행운으로 생각하고 타 지역으로 이주를 강행하였다. 정착에 따른 수 많은 애로 사항은 이루 헤아릴 수 없었다.

이주 정착지의 문제는 첫째, 외적 조건이 생면부지의 주민과의 화목한 유대 둘째, 의식주 중심의 필수 조건인 주택 문제 셋째, 식생활의 유지 문제 등 이 세 가지 조건 중 무엇 하나 해결할 수 있는 문제는 한 가지도 없었다. 이 사항들 중에서 이 지역 마을의 씨족 구성은 김씨, 차씨, 정씨 세 씨족의 기존 정착지로 뿌리가 내려진 토속 씨족사회의 타 씨족촌에 정착지 형성이란

참으로 고달픈 애로 사항이었다. 그 토착성 텃세는 이루 헤아릴
수 없는 무형의 압력으로 나타나는 것이었다.

주택 확보

주택 확보에 관한 한 고금을 막론하고 그 거주 주택을 보존하는
자체가 지금도 난제 중의 한 과제임은 주지의 사실이다. 더욱
이 그 시기 왜정 시에 그 정권 밑에서 생계유지는 물론 주택 소
유란 참으로 꿈꿀 수도 없는 최고의 난제였다. 또한 이 산중 태
생의 고아 가정 부부 형편으로는 상상조차 어려운 문제였다. 그
초기 이주 정착 시기에는 오막살이의 초가 헛간방 한 칸 정도로
첫 정착지에 간소한 봇짐 살림으로 비참한 첫 터전의 보금자리
가 시작되었다.

　그러나, 그 젊은 부부에게는 타향살이의 초라한 보금자리라
하여도 본가의 공포의 서슬을 벗어난 그 첫 정착지는 꿈에도 그
리던 곳으로 참으로 감개무량하였을 것이다. 이날의 첫 정착지
는 우리 후세에 영원한 불멸의 역사의 장으로 장식되었다.

산호랑이의 성장과 미래의 방황

이 산호랑이의 생활은 본가의 학대 속에서 비참한 생계가 유지

되었다. 그 와중에서도 산호랑이는 자신의 생계 문제를 해결할 수 있는 모든 방법을 모색하였다. 할 수 있는 모든 지혜와 방법을 활용하여 이 질식에서 구출되는 방법은 자신이 이 소굴에서 탈출하여 창조적이고 자주적으로 생계유지를 감당할 수 있는 결정이 필요하였다. 그 순간 머리에 떠오른 것은 장차 살아 나가야 할 묘안으로서는 대대손손 자나 깨나 험준한 산간벽지에서 나뭇짐을 거두어 모아 20, 30리나 되는 읍내까지 지게짐을 팔아서 굶주린 허기를 채울 수는 없었다. 그래서 그 옹색한 소작농에 허덕이는 생활 방식으로 최소한의 끼니를 연명하는 것보다는 날품팔이 목공 기술을 연마하여 생계를 유지하는 것을 목표로 하였다.

그 당시에는 농사라 하여도 소작농뿐 뼈 빠지도록 열심히 농사를 지어 보아도 지주들의 빈농들에 대한 가혹한 고리대금에는 속수무책이었다. 그 한 예로 극빈농가에 대한 최소한의 호구지책의 유일한 생계유지 방법으로 '색꺼리'라는 고리대금 방법이 해마다 이용되었다. 이 색꺼리란 1개월간이든, 15일이든 일단 이용만 하면 벼 한 가마 차용하고 무조건 가을 추수할 때 한 가마 반의 양으로 보상하여야 한다. 결국 무조건 50퍼센트의 이자[1]를 지급하는 최고의 고리 제도였다.

---

1) 봉건 조선 농업: 국가와 왕실, 민간 대지주는 자기 땅을 빌려주고 소작료를 받았다. 땅 없는 농민은 그 땅을 빌려 농사를 짓고 소작료를 냈다. 소작료는 병작반수並作半收, 수확한 곡식의 절반이었다. (배영순, "한말 역둔토조사에 있어서의 소유권분쟁", 한국사연구 no. 25 (1979))

극빈농민의 생계유지란 이러한 방법으로 운용됨으로써 십여 명의 식솔을 거느린 소작농으로서는 이 방법을 이용하지 않고서는 호구 유지가 불가능하므로 불가피하게 이 방법을 선택하는 방법 이외에는 생계 수단이 없었다. 이러한 운영으로는 전 식솔이 1년간 전력투구하여 농사를 지어 수확하여 보아도 소작농의 창고로 저장되는 물량은 극소량일 뿐, 대식구의 식량유지 기간은 불과 2~3개월 또는 4~5개월 정도에 불과한 실정이었다.

이와 같은 생활이 반복되므로 소작 농민의 생활상이란 참으로 비참하고 하루하루의 연명 자체가 곤란한 실정이다. 따라서 기타 자녀 교육이나 복지 문제 등은 상상조차 할 수 없는 실정이었다. 이러한 환경을 감지하여 소년 목공은 기능 연마를 목표로 설정하고 불철주야 모든 성과 열을 다하여 전력투구하였다. 건축물 자체의 원소재는 지상의 자연의 원리에 의하여 성장한 만물 중에서 선정된 자원재로서 과학의 응용에 따라 조작되는 특수 자재다. 이 물질을 적절히 공작함에 있어 그 변화의 과정에 열과 성을 다한 귀중한 작품을 성공작으로 이끌어 낸 장본인만이 그 가치의 존귀성을 가늠할 수 있다.

원래 타고난 운명의 소산인 이 산호랑이는 체구 자체도 월등하게 건장한 데다 성격도 호탕하여 그 근방에는 소문난 장사로 호칭되었다. 월등한 체력 조건에다 두뇌 역시 비범한 수재여서 소년 목수 시절부터 성심성의 노력한 결실은, 근 20여 년간의 공적과 열의로써 다져져 그 지방에서는 명사 칭호의 도편수 자리에 이르게 되었다. 그로 인하여 각 부락 마을마다 그 당시의

기와집이나 초가집을 신축하는 건축주는 이 호랑이 도편수의
지도하에 시공되기를 소망할 정도의 신망을 받았다. 따라서 이
호랑이 도편수의 위세에 따른 책임도 막중하여 주택을 시공하
게 되면 6개월에서 1년간 장단기로 현장에서 기거생활을 하는
것은 보편화된 실정이었다. 이러한 현지 생활이란 참으로 형언
할 수 없는 비범한 활동력이 아니면 현장 유지가 어렵고, 성공
리에 시공할 수 있는 노력과 투쟁이 없이는 도저히 이루어질 수
없었다. 이러한 현실이 현재까지 지속되는 '노가다'의 참상이었
다. 참으로 이 노가다 생활이란 예나 현재나 모든 사고의 근원
체였다.

왜정기 건설업계의 부패 관행

이와 관련된 체험이 불시에 떠올라 '노가다'[2]에 대한 특성 몇 가
지를 소개하고자 한다. 필자가 왜정기에서 8·15 해방으로 광복
의 환희에서 진정된 1946~47년경 S 건설 회사에 근무시의 경험
담이다.

　왜정 시의 '노가다' 생활이 험난하였음을 대변하는 사례일 것
이다. 당시로는 문교부 산하 38선 이북 땅의 황해도 모지방의
학교 신축 공사를 어렵게 낙찰시키고 현장에 투입되는 공사팀

---

2)　노가다と かた: 공사장의 막일꾼. 일본어 土方가 변형되어 사용되면서 '노가다'가 되었다.

(인원 약 20명 정도)을 선정하였다. 현지 출장에 필요한 인원 및 공구 자재, 준비금, 기타 필요한 요건을 정비하여 2, 3일 전부터 준비 및 체력 보강을 위한 보식 및 사기 진작을 위한 모든 절차를 정비한 후 출장 점검을 하는 등 상당한 배려가 필수적이었다.

첫째, 건장하고 주먹이 센 십장이 선정되어야 하고 둘째, 정보수집. 그 지방에서 누가 주먹 세계의 왕초냐? 셋째, 건설작업 현장 숙식 문제 등 기타 출장 조건 점검이 완료됨에 따라 출장 명령의 하달과 동시에 출발한다.

건설 회사 본사에서는 현지 학교 건축 시공에 과실이 없도록 전반적인 준비를 완료하고 출장 지시를 하였어도, 현지 도착 후 1~2주간을 최대의 위기 관리 기간으로 지정하고 '주재와 철퇴' 여부의 중요한 시점이 되는 관계로 이 시기에 현지 정착 여부의 결정이 좌우되는 것이다. 이 시기에 현지에서 일차로 원주민 깡패와 파견 작업 담당과의 결투가 시작되어, 세 대결 싸움에서 회사 작업원이 승리하면 대단히 융성한 잔치를 베풀어 주고 당당히 직주 착공하는 조건이 성료되고, 만약에 패하면 그때부터 모든 장비를 회수하여 철수하고 그 후 제2차 시기에 재도전하여 승자가 될 때까지 결사적인 투쟁은 연속되는 것이다.

이런 현실은 왜정 시의 전통적인 '노가다'의 생태 유지 현실이었다. 이러한 '노가다'의 투쟁사는 왜정 시에 우리 민족의 항일적 관념에서 발생되는 기이한 현상이었을 것이다. 그 후 그 전통 싸움은 8·15, 해방 후에도 지속되었으나, 근래에 이르러서는 이 무지막지한 주먹 겨루기 투쟁에서 서구 문화의 도입을 빙자

한 민주화, 자유경쟁화를 발표하면서 방법이 교묘하게 변천하였다. 그 방법은 '후다' 판가름이다.

이 방법의 '후다'라는 어구가 일본말로 '찰札'이라는 뜻인데, 정당한 입찰은 참다운 선의의 '경쟁입찰'이라면 참으로 훌륭한 제도에는 틀림이 없다. 그러나 이 경쟁 방법은 부패 사회의 온상이 되는 역경쟁 제도를 활용하는 방법이다. 이 경쟁 '후다'는 한 도급 공사를 경쟁입찰 하기에 앞서 경쟁 상대 업체 간에 이 공사를 청부 도급함에 있어서 자기가 도급업자로 선정되면, 본 공사 낙찰 금액 외에 별도의 '떡값'이라는 명목으로 더 투자할 터이니 이 '후다'에 표기된 돈은 여러분들이 안배 착복하고 나를 이 공사 도급업체로 선정하여 주기를 약정하는 '후다'라는 부정 악용 방법이다. 즉, 부정 경쟁입찰을 암시하는 표기 방법이며 이 악습제도가 부정 사회 조성의 원천 행위가 되었다.

이 부정부패의 근원적인 뿌리는 왜정의 침탈과 관료 만능 시대로부터 뿌리가 내려 그 방법이 고도로 성숙 발전되어 현재까지 지속되어 왔다. 근래에 와서는 이 방법이 지능적인 다단계를 거치며 성숙하였으므로 이를 개선 또는 개혁하는 것은 고양이에게 독이 든 생선을 맡기면서 "이 생선을 먹으면 너는 죽는다."라고 이르고 이를 책임지고 보호하라고 부탁하는 것이나 다름이 없다고 판단된다. 그러나 이미 생선 맛에 중독된 고양이가 그대로 지키고만 있을 수는 없을 것이다. 그 고양이가 살아가는 방법 중 생선을 취식하는 것은 그 생활 속의 중독성 습관이므로 더 이상의 감내는 곤란할 것이다. 만약, 이 생선을 먹고 죽는다고 경고를 받아도 이미 이 고양이의 생활습관은 '아편 중독자'와 같은 고질병적 상태로 변질된 것이다. 따라서 이에 대한 치료는 참으로 난제 중의 최고 난제다. 이 문제의 해결 과제는 우선 장기적인 가정교육을 기반으로 정부차원의 교육 방침에 따라 개개인의 의식 개혁이 선행되어야 할 것이고 그 시기는 요원할 것이다.

호랑이 목공의 중간 생애

이 호랑이는 출생 당시부터 선천적으로 불우한 타지에서 태어나서 유년 시절과 청년 시절에 이르기까지 그 천대 속의 생활이란 본인 자신만이 그 처절함을 헤아릴 수 있을 것이다. 그는 모든 수모와 치욕을 극복하고 이 사회에서 떳떳하고 활기에 찬 생활을 꿈꾸며 청년 시절 선택인 목공 기능 연마에 열중한 결과, 어느 일정한 수준에 도달하였다고 판단된다.

목공 생활이란 역시 상위층에 위치한 도편수나 그 하부의 중간 대목이나 하위급 평목수를 불문하고, 전술한 바와 같이 건설 도급업 사회에서의 '노가다'는 변명할 수 없는 '노가다'다. 다만, 두령급 노가다냐 아니면 새끼 노가다냐 하는 등급 차이는 있어도 작업의 성격상 객지 생활의 테두리를 벗어날 도리가 없다는 것은 공통된 운명이다.

이렇게 혼잡한 환경 속에서 소년 목수가 건축 시공 작업에 열중하고 있던 어느 촌락 마을에서 참한 규수가 눈에 띄었다. 그 순간은 방황하는 환경 속에서 탈피하려고 몸부림을 쳐야 할 처지이므로, 당장 혼례식이나 거주할 거처도 준비되어 있지 않은 상태에서 가정환경도 여건이 성숙된 것은 한 가지도 없는 실정이었다.

성숙 단계에 이른 젊은 목공은 심사숙고 끝에 방법을 모색하기에 여념이 없었다. 그 취지를 그의 부친과 상의하였다. 그 결과, 속담과 같이 냉수 한 그릇을 떠놓고도 신혼부부의 정성 어린 결합이 중요하다고 판단되어 현지 마을 규수와 혼례식을 간략하게 거행하고, 신혼과 동시에 전술한 이웃 마을 마꼴로 이주하게 된 것이다. 바로 이 간략하고 초라하게 거행된 호랑이 신랑과 그 신부가 바로 25세 낙교洛橋와 부인 전주 이씨다.

이 기이한 인연의 신혼 생활은 타향 마을에서 신비한 기적 속에 꿈의 나라의 연속이었다. 신혼의 단꿈은 일정 기간이 경과할 때까지는 지속되었다. 그러나 그 기간은 일시적이었다. 이 목수는 본가에서의 서자 생활의 고통은 뼈저리고 머릿속까지 사무치는 정신적 치욕과 수모로 인내하기 곤란한 지경의 굴욕이 있었다. 그러나 지금의 신혼 생활상은 전연 다른 방향에서 진행되고 있었다.

지금의 생활은 수치와 치욕은 면하였으나, 왕성한 식욕을 채워 준 신혼 생활의 단꿈은 순간이요, 한 식구를 거느린 굶주림은 단꿈의 세계를 짓누르는 치욕과 수모의 그 고통과는 판이한 지경이었다. 당장 신부와 똑같이 허기를 면할 수 있는 방법을 모색하였다. 그 방법은 잠시나마 행복하였던 보금자리를 박차고 굶주림을 면할 수 있는 목공의 생명수 격인 작업장에 투신하여 급박한 식생활을 해결하는 방향이었다. 창공을 밝히고 있던 온화하고 자애에 찬 듯한 한가위 보름달은 '새 터전을 마련하였으니 지금부터는 어느 누구에게도 굴복하지 말고 부부가 길이길이 행복한 보금자리를 마련하라.'라고 그에게 귓속말로 다정하게 속삭여 주었다.

호랑이의 가정생활 일화

필자가 조부님을 알현하고 직접 대화 또는 접촉한 기간은 5~6년, 조모님도 직접 대화와 접촉 기간은 대략 3~4년의 단기간이므로 그간의 실화 또는 추리에 따라 추가되는 사항이다. 호랑이 25세 조부께서는 신장이 170센티미터에 체중은 약 70킬로그램 정도의 탄력적인 건장한 체구로, 선천적인 직업상의 고도의 시련과 현지 작업상의 체력적인 단련으로 어떠한 강적에게도 패한 사실이 없었다. 이러한 당당한 체질상의 우위로 항간에서는 장사라는 칭호를 받은 바도 있었다. 그 예로 본인이 7~8세 유년 시절, 김씨네 부잣집 김 노인 댁과 우리 집과의 분쟁이 발생하였다. 그 집 김 노인은 대지주 출신이고 가문도 권세가 당당하여 감히 도전하는 사람은 아무도 없었다. 그 위세로 누구에게도 굴복하는 예가 없는 김 노인은 계속하여 우리 호랑이 조부를 괴롭게 행패를 부리고 있었다. 호랑이 조부께서는 빈농에 생활고로 시달리는 것도 서러운 처지인데, 사소한 문제로 곤욕을 당하는 사례가 빈번하여 가문의 자존심 때문에 더 이상 감내할 수가 없었다.

마침 그 시기는 우기여서 비가 주룩주룩 내리고 있었다. 호랑이 조부께서는 "너 이놈 호령만 하지 말고, 밖으로 나와서 나하고 한번 겨뤄 보자!" 하고 호령을 하셨다. 그 순간 김 노인은 그 위세당당한 나에게 누가 감히 도전을 할 것이냐 하고, "야, 이놈이, 함부로 덤비는 놈이 누구냐?" 하며 대적을 선언했다. 그 김 노인의 체구는 우리 호랑이 조부보다 월등한 거구였다. 그 체질은 근육질 같은 거구이나, 상대인 호랑이 조부는 최고로 단련된 체구여서 "이놈아, 한판 해 보자." 하며 웃통을 벗어 던짐과 동시에 "이놈 맛 좀 보아라!" 하는 고성과 함께 상대의 몸을 휘어감고는 그 자리에서 개구리를 잡아 메어치듯 진흙 바닥에 철벅하고 내동댕이쳐 버렸다. 비로소 그 김 영감은 "야, 내가 졌다. 너는 도대체 어느 곳에서 살던 어떤 놈이냐?" 하고 물었다. "그래 나는 용각산에서 태어난 호랑이다." 하고 응답했다. 그 후부터 그 용각산 호랑이로 정정당당하게 불리게 되었다.

그 이후부터 그 김 영감은 우리 호랑이 할아버지와 우리 이씨 가문을 두려워했다. 김 노인과의 승부 판정 후로부터 이씨 가문 후손들의 번성과 성장으로, 그 마을에서 체력 대결하는 분쟁에는 상당한 우위를 차지하게 되었으며, 주변 촌락에서도 우리 마을 양성 이씨 가문에 대하여 함부로 천대할 수 없는 위상을 확보하게 되었다. 그리고 기득권 씨족사회에서 선점한 김씨족 외에 차씨, 정씨족 등과도 자연히 화합된 분위기가 형성되었다. 그러나 체력의 대결 외 이 사회에서는 금력과 권력의 힘에는 우리 가문이 감당하기 역부족이었다. 그러나 산중에서 이주한 이씨 가문의 평상 생활에서, 금권을 제외한 일상생활 범위 내에서는 부족한 사항이 대부분 해소되고 정상 궤도의 생활을 유지할 수 있었다.

용각산 호랑이 부부의 만년 생애

조부에 대하여 필자는 5~7세 정도의 연령인 소년 시절에 면접이나 다정하게 접촉이 된 기회도 2, 3회에 불과한 것으로 기억이 떠오를 뿐이다. 조모의 인상은 상당히 소안이고 차분하고 침착하고 세심한 분이었다. 매사를 조부님에 대하여는 순종하시는 부창부수의 모범 가정이었다. 신장은 약 145센티미터 정도에 체중은 약 43킬로그램 정도에 달할 것으로 추정된다. 조모님에 대하여 기억에 떠오르는 부분은 필자가 2, 3회 정도 접견하였으나, 조부님의 평소 생활 관습에 지친 상태에서 면접 대화한 부분적인 상상뿐이다.

그 후 운명을 달리하신 후 우리 부친 형제자매 7남매가(4남 3녀) 상주복을 착용하고 문상 조문을 받는 그 상중의 모습과 만장 행렬 외에는 기억에 떠오르는 사항이 없다. 여하간 이 할머님은 이씨 가문의 제일 첫째 며느리로서 본가의 갖은 수모와 치욕의 분노를 인내로써 우리 이씨 가문을 이곳으로 정착시키고, 이루 헤아릴 수 없는 고초를 극복하며 기반을 확립하신 위대한 가신이다. 머리 숙여 정중히 존경하오며 통일이 이루어지고 제가 생존하면 반드시 백천의 개우지 선산을 기필코 참배드리겠습니다. 머리 숙여 다시 한번 사죄드립니다.

우선, 여기서 가문의 전통적인 비운의 시기에 설상가상으로 절대 침략적 왜정기에, 봉건사회 관념의 극복이란 참으로 감내하기 어려운 과제였다. 본제에서 망각하여서는 안 될 중요한 사항이 바로 산중의 호랑이가 터전에서 탄생하여 생소하고 낯선 마을로 이사하여, 방황하는 호랑이 남편의 미래 진로 설정에 크게 도움이 되도록 적극 내조하신 증조모의 고귀한 공로가 가문의 모체다. 더욱이 그 본가의 비인간적인 학대와 비참한 천대 속에서도 이를 극복하고 그 불행했던 우리 가문의 성숙한 기반을 구축하신 이 조모님의 힘겨운 인내와 헌신에 깊은 감사를 드린다. 특히, 조모님께서는 9세의 소녀의 몸으로 우리 이씨 가문에 입적되어, 우리 부친 대의 7남매의 자녀를 훌륭하게 양육하여 사회 일원으로 진출시킨 이분들이 걸어온 생활 과정에서 대표적인 일화의 한 토막을 소개한다.

특히, 필자의 추측으로는 그 불우한 가정환경과 호랑이 조부의 예측 불가의 생활 습성 및 돌변하는 고질적인 성격 변화는 자식들로서도 이해가 안 되는 사례가 허다하였다. 그러나 본인으로서는 그의 생활상을 이해할 수 있다. 그 원인은 험준한 산간벽지에서 불우하게 출생한 그 처지에 본가에서 좀 더 자애롭고 따뜻하게 대해 주었으면 이렇게 과격한 성격의 소지자로 변신되지는 않았을 것이다. 이 변덕스런 조부와 부친 세대의 7남매를 내조 및 양육하는 과정에서 발생하는 애로 사항을 인내로써 극복하는 데는 수많은 고통이 따랐을 것이다.

그 시기는 구한말 시대와 기미년 만세 의거 및 그 혹독한 침탈 정치의 왜정 시대를 거쳐서 그 고집스런 조부에 내조로 화목하고 안정된 가정의 기반을 형성하였다. 구한말과 기미년 만세의 그 시기에도 참혹한 고통을 잘 극복하신 조모님의 이 고귀한 업적은 길이길이 후세손의 유훈으로 보존하고자 합니다.

천대받은 산호랑이의 효행

이 산골 호랑이 조부는 타고난 특수한 건강 체질에다 생활 환경과 직업상 험난한 작업의 수행 과정에 정신적인 성취감이 강해져, 타인이나 가족과의 대인 관계에서도 상당히 완강하고 직선적이고 활달한 성격이었다. 체력적인 조건에서도 절대 월등하였으며 도덕적인 면에서도 효성이 지극한 효자로서 입증된 존경할 만한 사례가 많았다.

필자가 6~7세의 유년 시기에 구정, 명절이나 주기적으로 도래하는 기제사 때면 조부님께서는 혹한의 동절에도 반드시 헌 옷이라도 깨끗하고 단정하게 입히고 몸과 마음의 준비를 하였다.

이른 새벽부터 우리 마을을 출발하여 약 2킬로미터 정도의 거리를 눈보라를 헤쳐 가면서 정해진 시기에 조부님 자신과 부친 세대 중 생업에 지장이 없는 두세 명과 손자 세대의 우리 형제들을 대동하고 본가댁 제사에 반드시 참례시킨 기억이 생생히 떠오른다. 그 제사를 거행하는 절차에서 나는 의아한 점을 발견하였다. 그 제사 첨배 때, 본가의 가족들은 윗분부터 순서대로 어린 자식까지도 첨잔을 시켰는데 원거리에서 동참한 우리 가족들에게는 첨잔에 동참시키지 않았다. 그래서 필자의 어린 소견으로는, 아마 그것은 제사의 예절상 엄격히 집행되는 것이 정통의 집행 방법인가 생각하고 별생각 없이 그 행사를 마쳤다.

그 후 1~2년이 경과된 어느 날, 갑작스럽게 우리 집 재산 중 식용으로 전 가족이 성심성의를 다하여 키우던 약 100근 정도의 돼지 한 마리를 우리 조부님께서 지게에 짊어지고 어느 곳으로 떠나셨다. 필자는 부모님께 문의하였다.

"할아버지는 저 돼지를 어디로 가지고 가시나요?"

아버지께서는 "며칠 후면 알게 될거야."라고 말씀하셨다. 어른들께서 하시는 일에 불공스럽게 관여하는 것이 아닌가 하여 더 이상 문의하지 않았다. 그러나, 필자의 소견으로는 그 돼지 한 마리는 그 당시 우리 가족 10여 식구의 약 5개월의 식량난을 해결할 수 있는 구급 식량 대책이었을 정도의 막중한 생계 연장 경비로 충당될 수 있는 재물이었다.

그 돼지가 반출되고 며칠이 지난 어느 날, 조부님은 부친 세형제와 우리 세대에서는 형님과 나를 어느 곳으로 가자고 말씀

하시기에 일행은 선친들의 행보를 뒤따라 나섰다. 조부님께서
는 깨끗하게 차려입고 전과는 달리 검은 헌 갓에다 두루마기까
지 정장을 하시고 근엄하게 갖추셨다. 나는 의아하게 생각을 하
였다. 평상시에는 허술한 옷차림으로 외출하시는 분이 오늘은
정장을 하시기에 이상하게 생각하면서 나는 할아버지를 묵묵히
따랐다. 총총걸음으로 조부님과 부친 대 3형제를 따라 숨 가쁘
게 달려가 보니 도착한 곳은 우리 가정으로서는 서먹서먹하게
느낄 수 있는 바로 큰집이었다. 도착 시간은 오전 10시 쯤으로
추측된다. 큰 앞마당에는 휘황찬란하고 융성하게 큰 음식상이
즐비하게 차려져 있는 것이 아닌가? 우리 일행은 그 상좌에 앉
아 계신 윗분들에게 일차적인 인사를 드렸다.

　나는 생후 항상 빈곤에 시달려 하루하루의 끼니를 잘 먹어야
죽 세 때를 먹고, 아버지나 어머니의 머슴 벌이가 없을 때에는
온 식구들이 끼니를 거르는 것은 평소의 식생활 상태였다. 이러
한 생활 환경 속에서 연명에 급급하던 나로서는 눈 앞에 화려하
게 마련된 큰 상차림에 당황하여, 이곳은 어디이고, 이 물건은
음식물인지 장식물인지 알 수 없을 정도로 정신이 혼돈되었다.
아버님에게 "이것들은 무엇인가요?" 하고 질문을 하였다. 아버
님께서는 잠깐 동안 머뭇거리시다가 "음, 저것들은 먹는 음식물
인데 잠시 후 큰 할아버지께 절을 이쁘게 잘 하면 너에게 주실
것이다."라고 대답하셨다. 그 말씀이 떨어지자 순간적으로 나
의 굶주렸던 뱃속이 왈칵 용솟음치는 것을 느꼈다. 그 순간 차
례상을 덮쳐서 퍼먹고 싶은 감정이 솟구쳐 올랐다. 그 용솟음치

는 배를 움켜쥐고 군침을 한 모금 꿀꺽 삼키고 나서 그 고비를 넘기게 되었다. 내가 인내로써 극복할 수 있었던 것은, 원래 빈한한 가정에서 태어났지만 우리 가정에서는 규율이 엄하여 어떠한 욕심이나 과도한 행위는 일절 허용되지 않은 때문이었다.

그 순간 나는 또 다른 생각이 떠올랐다. 우리와 같이 빈곤한 환경 속에서 호구책을 유일한 생활신조로 믿는 우리 가족으로서는, 눈앞에 펼쳐진 광경이 이 세상에서는 볼 수 없는 별천지의 꿈나라에 온 것으로 생각을 하게 되었다. 나는 그 솟구치는 욕망을 억제하며 인내로써 극복하였다. 그 황홀한 장소에서 고귀하고 품위 높으신 귀족들과 서민들과의 혼합된 하객의 참례가 시작되었다.

순서에 따라 본가손의 직계, 자, 손순으로 예식을 거행하게 되었다. 본가 25세 큰 조부 낙순의 회갑연이므로 족순서에 따라 직계 혈통인 장남 해영 외 동생 세 명과 그 손과 동생 전원의 첨배주가 완료되었다. 그 후의 순서에 따라 우리 가족들의 첨례 순서를 기대하고 부친 대의 아버님과 삼촌 두 명의 입장이 허용되어 장내로 입장하고 잠시 후, 왈칵하는 돌발적인 고성이 외부로 폭발하고 있었다. 나는 철없는 어린애로서 내실에서 튀어나오는 고성에 귀를 기울였다. 그 순간 나는 내 귀를 의심하였다. 그 고함 소리는 아버님과 왕고모 할머니와의 함성이었다.

큰 소란의 원인을 요약하면, 필자의 아버님이 식장에 입장하여 주최석을 살피어 관찰하니 우리 조부님의 좌석은 지정되어 앉아 계시나, 조부님에게 배정되는 상이 전연 배정되지 않았다.

이를 목격한 부친께서는 "아무리 인심이 고약하여도 소위 형님 회갑 잔칫상에 동생의 음식 한 상도 안 차려 주는 무례한 처신이 있을 수 있느냐!" 하고 항의하였다. 그 즉시 왕고모 할머님의 큰소리가 터져 나왔다. "야 이놈들아, 서파 새끼 주제에 상차림이 무슨 상이야. 같은 자리에 배석되어 한 가족으로 같이 동석하게 해 준 것만도 상당히 배려한 것이야!"라고 맞대응하는 것이었다. 그래서 아버님께서는 "세상에 우리 집에서는 극심한 생활고에도 불구하고 생돼지 한 마리를 회갑에 사용토록 최대한의 성의를 표하였는데, 이와 같은 처사는 더 이상 묵과할 수 없다."라고 선언하고 우리 가족 일행 전원이 퇴장하여 고향 마을로 귀가하였다. 나는 어린 시절이라 충격도 이루 헤아릴 수 없이 컸지만 왕고모 할머님의 이 서파 자식들아, 하시는 것이 무슨 말인지를 몰라서 대단히 궁금하였다.

그로부터 2년 후, 그 고성의 장본인인 왕고모 할머니는 타계하시고, 그 회갑 잔치의 주인공인 본가의 조부도 작고하시고, 우리 호랑이 할아버지도 회갑 잔치도 못 차리시고 저세상으로 영원히 떠나셨다. 이로써 이 분쟁 주연 인물들은 모두 이북 땅에서 다 각각 영원한 곳으로 작별하시고, 6·25의 참변으로 문제의 양가 사이는 남과 북으로 산재되어 각 가정의 편의에 따라 분산 거주하고 있는 실정이다.

이러한 분단은 과거의 불편하였던 모든 관계는 불투명한 상태로 남에서는 최소한의 친족 관리가 유지되고 있으나 그리 돈독한 상태는 아니며 체면 유지를 하는 정도다. 그러나, 북의 옛 고향에서는 정상적으로 일정한 장소에 거주하고 있는지조차도 의심이 되며, 옛 농촌 마을에서 온 가족이 과거와 같이 다정하고 화목하게 생활이 보장되는지 추측이 불가능한 상태다. 이후 이남에서도 그 골의 형상은 소멸되지 않은 상태로 양가 서로 통일을 고대하고 있을 뿐이다.

산호랑이 부부의 떠나심

황해도의 본적지에서 뚜렷한 생활 기반의 정주도 되지 않은 상태에서 중장년에 걸쳐 정신적인 갈등과 생계유지란 참으로 고달픈 나날의 연속이었다. 산호랑이 목공은 초보적인 견습공과 중년에는 기능 연마로 불철주야 노력하여 도편수라는 일류급 대목수의 위치를 점유하게 되었다.

그러나 그 당시에는 정식 자격증으로 증명되는 것이 없으므로 도편수로 호칭될 뿐 작업장에서는 두세 명의 조공을 대동하고 직접 작업하며 지휘 감독을 겸하여야 하는 실정이다. 이렇게 노력하여도 그 시기에는 근린 부락, 마을 사이에 인심이 좋아 상부상조하는 취지에서 집을 신축하는 노력이 부조를 하는 것이지, 어떠한 대가나 보수를 요구하는 것도 아니었다. 작업에 종사하는 도편수나 작업원들에 대한 숙식은 시공주측이 일절 부담하고 기타 작업상의 편익을 도모하는 선에서 제공하게 되는 것이다.

이러한 상황 속에서 작업을 하는 관계로 우리 가족의 생활 환경은 향상되지도 않고 우기 또는 작업이 없을 때에는 상당한 시련을 겪어야 하는 형편이었다. 도편수는 평소 생활에 보탬은 못 주어도 일상 작업장에서의 대우는 농촌 대우로서는 최상급 처우를 받고 생활하였으므로 그 생활 속에서 격리되면 상당히 고통을 겪는 실정이다. 따라서 현장 건축시공이 우기 또는 자금사정 등 기타 여건에 의하여 휴축 기간이 발생하여 집으로 돌아올 때까지, 노도편수는 평소 현지 작업장에서 최고의 대접에다 도가다에 대한 필수적인 음주 생활 습관으로 본가에서 체류하는 기간 동안의 제일 첫째 문제가 음주 생활의 지속적인 유지였다.

그 시기의 생활 형편은 10여 명의 대식구들의 호구책도 간신히 유지하는 상태에서 노대목의 주량을 감당해 가는 데는 상당한 타격이 아닐 수 없었다. 식생활이 곤란하다 하여 노조부가 강요하는 주육은 피할 길이 없다. 끼니는 굶어도 조부님의 호령은 이행하지 않을 수 없었다. 이러한 연유로, 조부님의 귀가 휴식은 결과적으로 그 가난 중에 부담이 가중하여 가계에 보탬은 전연 없고 부채만 가중되는 형식이었다.

그 와중에 25세 조모 전주 이씨는 산호랑이 남편과 어린 소녀 시절부터 양성 이씨 가문에 입적된 후 숨돌릴 사이도 없는 서파손의 초대 며느리의 임무를 부여받은 그날부터 정신적인 고통과 가난한 생활 형편을 타개하는 데 혼신의 노력을 경주하시고 가문 발전에 투신하셨다. 그러나 그 성과는 큰 기대할 만한 경제적인 발전은 미미하였지만 26세 자녀 7남매와 우리 후세대

(27세손)가 성장 발전될 수 있는 기반 수립에 크게 기여하였다고 평가할 수 있다.

　이러한 복잡다단한 생활상을 슬기롭게 이루어 놓으시고 목전에 그 공로 표시의 성과는 없었으나 고생고생하시다가 필자가 5, 6세쯤 되는 시기에 작고하시고 그 전주 이씨의 장례식을 거행하던 옛 모습이 어렴풋이 떠오르는 것을 느낄 수 있다. 이웃에서 거주하는 할머니들은 조모님의 장례 만장의 행렬을 주시하며 눈시울을 적시며 한 많은 망인의 장도를 애도하고 있었다.

　조모님의 작고로 호랑이 조부님의 생활상도 점차적으로 변하고 있었다. 일상생활에서 항상 강인하고 완강하였으나 조모님과의 작별 후 근 1개월 정도는 식음을 전폐하고 두문불출 생활로 일관하셨다. 우리 가정에서는 비상한 관심사로 대처하였다. 항상 비상시에 활용되는 호랑이 작전으로 손자 호랑이의 비상 처방으로 산호랑이께서 좋아하시는 손자 호랑이(27세 필자 형동)의 화해 전술로 간신히 정상 생활로 회복되었다.

　그 후 인근 마을 농촌 주택의 초가집 건립 요청이 있어 약 1년간의 현지 작업장에서의 생활이 지속되었다. 그 작업 중에 수시 휴업 기간에는 향리 집에 오셔서 휴식을 취하셨다. 조부님께서는 심리적인 변화가 시작되는 듯한 모습이 나타나고 있었다. 그전에는 집에서 휴식을 취하실 때에는 반드시 약주를 강요하고 폭음 생활로 일관하였으나, 조모님의 작고 이후에는 음주도 자제하시고 무엇인가를 심사숙고하시며 자숙하는 모습이 표출되었다.

조부께서 수임한 초가집 건축 공사가 완공되고 경축 속에 준공 행사가 평소처럼 진행되었다. 시골에서 수확한 농산물로 제조된 떡과 농주, 과일, 농촌 우리에서 키운 돼지, 순수한 농민의 땀 냄새가 듬뿍 풍기는 준공 경축 행사였다. 참으로 소박하고 순수한 기쁨과 희망에 찬 축하 분위기로 충만되었다. 근래의 젊은 세대에서 수행되는 집들이와는 너무나 대조가 된다. 옛날의 그 모습은 온 마을의 기쁨과 희망에 찬 마음속에서 우러난 진실된 축하 잔치인 반면, 현재의 집들이라는 것은 젊은 층의 자기 자신의 능력을 상대에게 과시함으로써 자신의 체면의 손상을 보완하고 좀더 상대로부터 유익한 대우를 받을 수 있는 기회로 활용되는 느낌이다.

조부께서는 현지 농민의 주택을 완공하여 경축 분위기 속에서 공사를 마감하고 약간의 축의금을 수령하고 적적한 향리촌의 자택으로 복귀하였다. 귀가하고 보니 집은 옛집이며 방도 정든 사랑채였으나 지금의 이 방은 과거의 다정스러웠던 옛 보금자리와는 다른 모습으로 허전함이 느껴지는 것이었다. 안채에서 거주하는 자식이나 며느리 부부로서는 조모님과 작별하시고 홀로 계신 할아버님을 고독에서 다소라도 위안이 될 수 있도록 최대한의 성의로 대접을 하여도 그 옛날 활달하시던 그때와는 판이하게 어두운 그림자가 엿보였다.

그 후로부터 조부께서는 항상 수심에 찬 모습으로 일상생활을 유지하셨다. 그러한 생활이 지속되던 어느 날 이웃 마을의 옛 친구와의 술 대작에서 조부께서는 그 친구에게 "야, 이 친구야. 나는 이 세상에서 살아가는 동안 나의 생명과 온 힘을 다하여 내 나름대로 이웃과 사회에 열심히 봉사하였는데도, 나 자신과 내 가족과 후손들에게는 보잘것없고 한심한 처지가 되었네. 참으로 나의 가족이나 친인척들에게 참회로써 체면을 유지하는 도리밖에 없네. 나는 가야겠네."라고 친구에게 숨은 속을 솔직하게 고백하였다.

그 후 집으로 귀가하시어 조부님의 사랑채로 들어가셨다. 그날은 할아버지께서 귀가하시기에 저녁 식사도 평소와는 달리 좀 더 준비하시던 부모님께서는 나를 부르시며 "할아버지께 저녁 진지 드시라고 사랑채로 나아가서 말씀드려라."라고 하셨다. 나는 바로 그대로 컴컴한 할아버지 방으로 다가가 창문을 열자마자 큰 소리로 "할아버지, 저녁 진지 잡수세요!"라고 소리쳤다. 그러나, 대답을 하시지 않으셨다. 이상한 생각이 나서 안채로 돌아와 성냥을 가지고 다시 문을 열어 불을 지피는 순간, 섬찟한 기분이 떠올랐다. 자세히 살펴보니 이미 먼 곳으로 떠나신 분이었다.

나는 당황하여 안채로 건너와 부모님에게 그 사실을 말씀드렸다. 부모님은 화급히 사랑채로 달려와 재확인하였으나, 영원히 다시는 돌아오지 못하실 곳으로 영영 떠나신 것이다. 그 후, 가족회의에서 그분의 사인은 불문에 붙이고 5일장으로 공동묘지(도당골)에 안장하기로 합의가 이루어졌다. 필자는 열 살도 되지 않은 기간 중에 장례식을 두 차례나 치르면서 우리 선대분들에게서 크게 감탄할 만한 사실을 발견하였다.

첫째, 그렇게 극심하게 천대를 받으면서도 호랑이 할아버지께서 이복형님의 회갑 잔치에 돼지 한 마리를 선뜻 축하용으로 제공하는 그 아름다운 마음가짐은 참으로 가상하기 이를 바 없다고 생각하고.

둘째, 부친 대의 일곱 남매는 모두가 심한 생활난으로 그날그날의 식생활에 연명하는 것 자체도 고달픈 형편이었다. 그러나 일단 유사시에는 강철을 용접하는 것보다 더 강건하게 상호 단결하여 일사불란하게 모든 사건을 완벽하게 처리하는 것은 그 어느 가문에서도 보기 힘든 선도가 아닌가? 재삼 칭찬받을 모범 가문의 효행으로 심심한 경의를 표한다.

본제를 마감하면서 의문점이 제기되는 문제는, 그 호랑이 할아버지가 어떠한 이유로 유언 한마디 없이 자신의 마음속에 겹겹이 쌓여 있는 수많은 사연들을 자신이 혼자서 고이고이 간직하고 가신 그분의 깊은 사연은 무엇이었나? 그 마음속 깊은 곳은 현재까지도 미확인 상태다. 이 조부모님 두 분의 선대 영령들께서는 그 혹독하고 처참한 생활 환경 속에서도 방황하지 않고 당당히 대처하여 후손들에게 미래의 정신력의 주입에 성공하였다고 평가되며, 후세에 영원한 지주 역할을 수행하였다고 판단될 것이다.

제2부

2 세대 이야기

제2장

개혁을 선도하는
풍운의 운명

유년 시절의 갈망 향학열

선친 여러분들 중에서도 특히, 부모님께서는 조상 선대분들의 혈통에 따른 차별 대우와 천대 속에서, 대가족의 최소한의 호구지책에도 불구하고 끼니를 거르는 일이 허다하였음을 본인의 실질적인 체험을 통해 누구보다도 잘 알고 있다. 아버님의 애국심과 투철한 민족 광복 정신은 그 누구보다도 선견적인 판단으로 우리 민족과 겨레를 위한 집념으로 가득했다. 자신의 개인적인 업적은 불문에 부치고 오직 국가 대의를 위하여 살신성인 정신으로 투신하심을 필자는 직접 목격도 하였고, 부친님의 전언으로 수차에 걸쳐 청문한 바 있다. 여기서는 필자가 어린 시절부터 20대 중반까지 선친으로부터 청문한 내용과 필자가 직접 체험 또는 목격한 사항을 기술하고자 한다.

유년 시절부터 부친(해학)께서는 선대에서 물려받은 유산이란 전무하고, 이웃 지주의 도움으로 지주댁 사랑채에서 무료 제공한 셋방에 근근히 머슴살이로 살며, 온 가족의 굳은 일은 다 맡아서 처리해 주고 밥만 구걸하여 연명만 해도 다행으로 생각하는 처지였다. 유산 중의 행운은 온 가족의 건강이 전부였다. 특기한 사실은 우리 모친께서 모유를 이웃 지주 집 자식들에게 제공하시고 그 대가로 우리 집 식구들의 끼니를 이을 수 있었던 것도 어머님의 큰 은덕임을 깊이깊이 명심하고 있다. 아버님의 유년 시절을 상기하니 한 가지 떠오르는 내용이 있다.

우리 후세들은 선조님들의 향학열에 감탄하지 않을 수 없다. 그 한 예로도 충분히 이해가 되고 우리 후손들의 귀감이 될 수 있다. 부친께서 선대님들에게서 받은 유산이라고는 그 천대와 수모, 대식구들의 찌들은 구걸 생활 속에서도 자식들의 장래를 위해서 확고한 교육관을 가지고 계셨다. '우리 가문의 미래 발전을 위한 지표는 무지에서 벗어나기 위해 무엇인가 배워야 한다'는 것이다. 그러한 각오와 결심을 실행할 것을 다짐하였으나 그 처참한 환경은 그를 배움의 길로 인도할 만한 처지가 못 되었다. 이를 인지한 부친은 비상한 발상을 하게 되었다. 우리 부모님은 자식에 대하여 교육을 시키고자 하는 열의는 그 어느 부모와 비할 바 아니었다. 그러나 그 당시의 통념이나 가정 형편상 도저히 학교의 취학은 고사하고 마을 서당조차도 보낼 형편이 못되었다. 당시 호구지책도 간신히 이어 가는 처지에서 서당에서 1년간 수학을 하려면 1년에 벼 한 섬을 제공하여야 한다.

수학료 한 섬의 벼는 그 빈곤한 대식구 가정의 반달 분의 식량에 해당하는 양곡이다. 이를 감당할 수 없는 가세가 한심할 뿐이다.

그러나, 그는 그것으로 배움을 포기하지 않고 비상한 각오로 좀 더 적극적인 방법으로 대처할 것을 결심하였다. 앞으로는 부모님의 농사일을 돕고 나면 마을 서당 창밑에 가서 *귀동냥*으로 *도둑글을 배우기*로 결심하였다. 그 후로부터 그는 아침 서당문을 열기만 하면 여가 시간을 이용해 서당 창밑에서 온몸을 움츠리고 혹독한 추위나 여름의 혹서에도 불구하고 근 3년 동안의 도둑 동냥글을 배울 수 있는 기회를 얻을 수가 있었다.

귀동냥 서당 공부와
한양행 결심

그 후 근 3년에 걸쳐 서당의 도둑 동냥 공부로 비록 자구의 기록은 못하지만, 귀동냥으로 얻어들은 글의 발음 자체는 대부분 기억할 수 있을 정도로 명확하게 학습이 가능하였다. 부친께서는 이를 좋은 기회로 더욱 분발하여 무엇인가 확신에 찬 희망으로 가득 차 있었다. 그런 생각을 하는 순간부터 그는 빈농의 자식이지만 희망과 용기가 용솟음치는 것을 느꼈다.

그다음 날도 평소와 같이 도둑 공부를 하려고 창밑에서 글방의 글 읽는 소리만 기다리고 있는데 글방 문이 털썩 열리며 귀에 익은 준엄한 목소리가 들려왔다. 그는 기겁하여 도망치려고 움츠리고 있었는데 풍격이 훌륭히 갖춰진 노훈장님이 "너 거기 있거라! 나 좀 보자."라고 하시었다. 그 순간 그는 수학비도 안 내고 평학동들이 학습을 하면 매일 도둑 공부를 한 죄책감으로 도망치고 싶은데, 순간적인 호통으로 사지가 후들거려 도저히 도망갈 기력도 상실하여 멍하니 서서 그 위엄하신 훈장님 앞에 조아리고 있었다.

그 순간 그의 머리에 떠오르는 걱정은 '근 3년 동안 도둑글 배운 대가의 수업료를 내라고 하면 벼 한 섬을 무슨 방법으로 변제하여야 하나?' 하고 공포에 떨며 도주할 묘안을 생각하고 있을 때, 또다시 훈장님께서 말씀하셨다. "학봉아! 걱정 말고 나를 따라 서당으로 들어오너라."라고 하셨다. 그는 그 순간 더욱 놀라지 않을 수 없었다. 선생님도 모르게 도둑글을 배우는 것으로도 깊은 죄책감을 느끼는데, 이름까지 불러 주시니 깜짝 놀라서 몸 둘 바를 몰라 당황하고 있었다. 훈장 선생님께서는 서당문을 열고 정좌하시며 "내 앞에 앉거라." 하시며 점잖은 어조로 말씀하셨다. 때마침 그 시간에는 서당 학동들이 출강 전이라 한 명도 없어 글방 안은 조용하였다. 그 순간 훈장 선생님께서 조용히 말씀하셨다. "학봉아! 너 그토록 공부가 하고 싶니?" 하고 말씀하시는 순간, 그는 깜짝 놀라서 자신의 귀를 살며시 만져 보았다.

"공부가 하고 싶으냐?" 하시는 말씀은 분명히 그를 상대로 하시는 것으로 느끼게 되어 정신을 가다듬어 "예." 하고 외마디로 대답하였다. 그 순간 선생님은 또다시 말씀하셨다. "학봉아! 너 그동안 귀동냥 글 좀 배웠니? 배웠으면 선생님 앞에서 강 암송 좀 해 보아라." 하셨다. "'강'이라는 것은 정식 등록된 글방 서생들은 정상적으로 하는 것이나, 너는 귀동냥으로 배운 글이 있었지?" 그 실력을 이 선생님 앞에서 강을 명하니 당황하지 않을 수 없었다. 그러나 당황하고 좌절하고 있을 수만은 없었다.

정신을 가다듬고 천자문을 낭독하기 시작하여 '천 지 현 황 우 주 홍 황'으로 몇 장분의 천자문을 낭독하기 시작하자 훈장 선생님은 그 순간 놀라는 표정으로 계시다가 "그만 됐다. 우리 서당 학동들보다 강을 더 잘하는구나." 하시며 "됐다. 그러면 선생님이 네가 공부할 수 있는 곳을 소개해 줄 터이니, 네가 가서 잘만 하면 성공할 수도 있을 것이야. 어떠냐? 가 볼 자신이 있다면 내가 너의 부모님께 동의를 구해 줄 것이다."라고 말씀하셨다.

그는 잠시 생각하고 선생님께 말씀드렸다.

"부모님의 농사일을 도와 드려야 하겠으나 선생님의 분부이시니 주선만 해 주시면 선생님의 은혜는 평생 잊지 않겠습니다."

그러자 선생님께서 부모님께 당일로 동의를 구해 주셨고 그가 서울로 갈 수 있도록 추진하셨다. 이어 선생님은 "네가 출발할 수 있는 날에 추천서를 써 줄 터이니, 부모 친척들과 충분히 협의하여 출발 날짜를 정해서 선생님에게 알리도록 하여라." 하시며 "정착할 곳은 한양이고 일단 떠나면 다시는 부모님에게 돌아올 수 없다고 생각하고 비장한 각오로 출발해야 할 것이다."

그다음 날 가족들과 완전 합의를 보았다. 부모님은 먼 타지로 떠나보내야 할 어린 자식에게 성의껏 새 옷이라도 입혀 보내려 해도 그 당시 가세로서는 무염 바지, 저고리조차 제대로 입힐 수 있는 형편이 못되었다. 누덕누덕 기워 만든 헌 옷을 깨끗하게 세탁하여 입도록 하고, 신발은 삼으로 엮은 미투리(짚신처럼 삼은 신)를 한 켤레는 신고 또 한 켤레는 비상용으로 준비한 후, 송 선생님과는 출발 일자를 예약하였다.

드디어 출발할 날이 도래하여 준비를 마치고 서당의 훈장 송 선생님의 안전에 조아리고 있으니 송 선생님께서는 미리 준비된 봉투를 한 장 건네주시면서 "이학봉, 너는 지금 이 순간부터 일가친척 아무도 없는 고아로 출발하여야 한다. 만약 너의 측근에 친척이 있는 것이 발견되면 고아원에서 안 받아 준다. 명심하여라! 너 자신 비장한 각오로 출발하여 출세 못하면 이 고향 땅에 다시는 돌아오지 못한다. 혹독한 이 사회에서 너는 낙오되지 말고 결사적인 투쟁으로 반드시 성공하여라. 나 송○○ 훈장에게 약속하는 것이다."라고 훈시를 주시고 그의 어깨를 힘껏 안아 주셨다. 이것으로 온 가족, 친척과 작별 인사를 끝내고 외로이 송 선생님께서 주신 추천서, 한양 지역 약도와 설명서를 안주머니 깊숙이 넣고 장도에 올랐다.

그는 부모님이 장만하여 주신 허름한 옷과 미투리, 짚신을 등에 걸머지고 일약 송 선생님이 지정하여 주신 목적지인 한양의 고아원을 향해 발걸음을 재촉하였다. 어두침침한 꼭두새벽의 가을바람은 그에게 힘을 북돋워 주는 활력이 되었지만, 마음속 한구석에서는 살아서 영광스럽게 출세하여 금의환향할 수 있을 것인가 하는 감성이 교차하는 기로에서 헤매고 있었다. 발걸음을 재촉하며 목표를 향해 질주하고 있는 순간, 백천 온천을 거쳐 토성에 이르렀다. 부모 슬하를 떠나 타향 객지로 떠나는 것은 생후 처음 있는 일이라, 가는 곳마다 사람의 생김새와 지방 풍속 및 생활 습성 등 모든 것이 새롭기만 하여 내가 태어난 후 처음 맛보는 세상이 신기하게만 보였다.

그러나, 지금 이 시점에서 '두려움이나 주저하여서는 안 된다'는 새로운 각오와 결의로 힘차게 천 리 길의 행보를 계속하였다. 정신을 가다듬을 사이도 없이 일약 목적지 한양을 향해 3일간의 강행으로 한성에 도착하였다. 주변의 행인을 비롯하여 4, 5회의 문의 끝에 송 선생님이 소개하신 그렇게도 그리워한 목표의 ○○고아원을 발견하게 되었다.

비통한 운명적인 고초

기대하고 희망에 부풀어 여한도 없이 3일간의 강행군으로 입성한 한양 땅에 도착하니, 그 고행으로 인한 피로는 어디론가 사라지고 그리도 고대했던 고아원을 발견하는 순간, 꿈속에서 헤매다가 깨어난 듯 정신이 명쾌해졌다. '나의 운명은 지금부터 성패의 분기점에 서 있구나.' 정신을 가다듬어 송 선생님께서 주신 추천서를 안주머니에서 점검하고 운명의 고아원으로 한 걸음 한 걸음 발자취를 옮기며 고아원 내실로 다가섰다.

원내에서 교사로 보이는 한 분에게 "저는 황해도 연백군 봉북면 마꼴 서당의 송○○ 훈장님으로부터 소개장을 지참하고 온 '이학봉'인데요, 김○○ 원장님을 뵈러 왔습니다."라고 신고를 하니 바로 옆에 계시는 원장님께서 "원장은 나다." 하시며 잠시 후에 "송 선생님은 나의 옛 친구인데 참으로 반갑구나." 하시자 소중히 보관하였던 추천장을 원장님께 정중히 올렸다.

그 추천장을 보시고 나를 향하여 "너 참 영리하게 생겼구나. 그러면 황해도에서 여기까지 혼자서 찾아왔구나. 참 똑똑하구나." 하고 말씀을 시작하셨다. 그리도 고대하였던 김 원장님을 첫 대면하니 설레임과 두려웠던 마음속 한구석에서 진정감을 느끼게 되었다. 그 순간 질문인지 시험인지 분별이 되지 않을 정도로 말씀이 이어졌다. "너의 부모 형제, 일가친척 아무도 안 계신 고아란 말이지?"라고 말씀하셨다. 그 순간 그의 머릿속에서 확 떠오르는 것이 있었다. 고향에서 작별 인사를 할 때 송 선생님께서 '너는 지금 이 시각부터 부모님과 일가친척도 없고, 고독하고 외로운 고아로, 출세하지 못하면 이 고향 땅에 돌아올 수 없다.'라고 최후의 결의를 다져 주신 기억.

그는 정신을 차리고 "예." 하고 숨이 막히듯이 외마디 소리로 대답을 하였다. 그렇게 대답을 하고 나니 그는 참으로 고아가 된 듯 외로움에 사로잡혔다. "그러면 지금까지 어디서 어떻게 먹고 자고 모든 생활은 어느 곳에서 하고 있었느냐? 그 말을 좀 해 봐라."라고 하셨다. 그는 그 순간 송 선생님이 말씀하실 때 '고아가 아니면 그 고아원에 입소할 수 없다.'라고 하신 말씀이 떠올라, "네, 저의 부모님이 모두 작년에 전염병으로 돌아가셨습니다."라고 대답을 하였다.

"그러면 지금까지 어떻게 생활을 하였느냐?"라고 질문하시어 "저는 그 후, 그 동네 이웃, 대농집에서 일을 해 주고 밥만 얻어먹고 있었습니다. 그런 생활을 계속하고 있을 때, 공부가 하고 싶어 이웃 서당 밖의 처마 밑에서 시간이 나는 대로 도둑 공부를 해 왔습니다." 그러고 나서 "그렇게 도둑 공부를 하다가 서당의 송 선생님에게 발각되어 그로부터 3개월 뒤, 저에게 한양 가서 고아들이 공부할 수 있는 곳을 알려 주셔서 오늘 여기에 오게 되었습니다."라고 대답하였다.

그리고 잠시 침묵이 지속되고 있는데 원장님께서 "좋다." 하시며 잠시 후 "네 사정이 그렇게도 고통스럽게 지냈는데, 지금 입고 온 이 옷은 누가 지어 주셨느냐?"라고 질문하셨다. 그 순간 그는 '시험에 합격되어 즉시 원생으로 입소되는구나.'라고 생각하여 "이 옷은 고향의 먼 친척 아주머니께서 제가 한양 간다고 하여 입던 옷을 꿰매고 세탁을 하여 입고 온 것입니다."라고 대답을 하였다. 그 순간 원장님께서는 무엇에 취한 듯, 잠시 자세를 가다듬고 계시다가 그의 얼굴을 똑바로 보시면서 "그래! 그러면 너는 이 고아원에 입적할 자격이 없는 아이다."라고 최종 결론을 내리셨다. 그는 그 자리에서 둔기로 얻어맞은 듯 천지가 모두 노랗게 변하는 것을 느끼는 순간 쓰러져 버렸다.

　그 후, 어느 정도 시간이 경과하였는지 분별이 어려웠다. 잠시 후 누군가 그의 머리와 등을 가볍게 두들기는 것이 느껴졌다. "정신을 차려라."라고 하는 목소리가 어렴풋이 나의 귓가를 스쳤다. 그는 정신을 가다듬고 다시 한번 원장님께 "저는 지금 고향에 갈 수도 없고, 귀향해 보아도 집도 없고 일가친척도 없으니 끼니를 이어 갈 수도 없습니다. 저의 사정을 살피시어 제발 여기서 살 수 있게 해 주세요. 그러면 말씀을 잘 듣고 착실한 원생이 되어 열심히 일하겠습니다. 꼭 여기에 입소시켜 주시면 그 은혜는 보답하겠습니다."라고 사정을 하였다.

　그러나 원장님께서는 수심에 찬 어조로 "참으로 너의 사정이 곤란한 처지를 이 원장도 잘 이해할 수 있다. 너의 사정도 있지만 특히 너를 추천하신 송 선생님의 성의를 보아서도 너를 수용하였으면 좋겠으나 너보다 더 사정이 딱한 고아들이 헤아릴 수도 없이 많다. 이 고아원에 매일 아침이면 길가에 쓰러져 있는 걸식아들과 노숙 걸아의 수용도 할 수가 없어 안타깝기만 하다. 너는 고향에 친척도 계시니 불행한 처지이나 그것으로도 다행한 편에 속한다. 내가 고향에 계신 송 선생님에게 잘 말씀하여 너를 잘 보살펴 달라고 편지를 보낼 터이니, 네 고향으로 다시 돌아가서 송 선생님 앞에서 열심히 공부 잘 하여라. 그러면 앞으로 훌륭한 사람이 될 것이다."라고 훈시를 주셨다.

　원장님께서 "기왕에 먼 곳에서 한양까지 왔으니, 이곳 근처의 구경이라도 좀 할 생각이 있으면 먼 곳은 가지 말고, 잠시 좀 살펴보아라."라고 하시며 "하루나 이틀 좀 휴식을 취하고 속히 고향으로 내려가거라."라고 말씀하셨다. 그 말씀을 하시는 찰나, 그는 청천벽력과도 같은 심정으로 기절할 지경이었다. 그러나 그는 결심하였다. '나는 천생에 태어날 때부터 타고난 운명이 어린 시절부터 혹독한 시련 속에 성장해야 할 팔자인가 보다.' 하고 결의하고 '이것이 나에게 부여된 운명이니 이와 같은 아픔, 이보다 더한 역경이 닥치더라도 절대 굴하지 않고 극복하여 참된 인간으로 소생할 것이다.' 라고 굳게 다짐하였다. 이렇게 결심을 하고 나니 마음의 안정을 느낄 수 있었다. 그로부터는 어떠한 사태라도 담담히 수용하여 극복할 수 있는 마음을 결집시켰다.

그 후 그는 고아원에서 일박을 하고나서 아침 일찍이 원장님 방으로 방문하여 "저를 위하여 원장님께서 애써 주셔서 대단히 고맙습니다. 오늘 시골로 내려가 송 선생님 말씀 잘 듣고 열심히 노력하여 앞으로 훌륭한 사람이 되겠습니다." 하고 인사를 드렸다. "그래 잘 결심하였다. 꼭 성공하여라. 그리고, 이 편지는 송 선생님께 드리고 이것은 네가 고향에 갈 때 밥값으로라도 좀 보태 써라." 하시며 호주머니에 무엇인가 넣어 주셨다. 그는 이 세상에 태어나서 고향집을 떠나서 타향에 발을 들여놓은 것도 처음이고, 타향 땅에서 고향 길로 돌아가는 것도 이번이 처음 있는 일이었다. 그는 공손히 원장님께 작별 인사를 올리고 이른 새벽에 고향 집을 머릿속에 그려 보며 귀로에 올랐다. 상경길에 초라해진 옷차림에다 짚신은 다 떨어져서 보행조차 힘들 지경이었다. 그러나 더 이상 귀향길을 지체할 수 없는 처지여서 여장을 가다듬고 한양 땅에서 발걸음을 재촉하였다. 한양에 올라올 때 도보로 상경하는데도 강행하여 지칠 대로 지친 몸을 이끌고 다시 고향으로 귀향하는 데는 몸도 피곤하지만, 한양에 온 목적을 달성하지 못한 정신적인 부담은 육체적인 피로를 가일층 가중시키고 있었다.

한양 길을 출발하여 교외에 도달하였을 때 우연히 주머니에 손을 넣어 보니, 고아원 원장님께서 주신 동전 몇 닢이 손에 잡히는 것을 느꼈다. 그 순간 그는 당황하지 않을 수 없었다. 그는 열 살이 되도록 동전 한 푼도 만져 본 적이 없었는데, 원장님께서 하향길에 노상 밥값으로 보태 쓰라고 주신 돈이지만 그로서는 난생 처음 만져 보는 거액이었다. 그러나 그는 귀향하는 기간 중에 길가에서는 한 푼의 돈도 안쓰고 가지고 가서 부모님께 드리기로 다짐을 하고 귀로를 재촉하였다.

미투리 짚신도 다 떨어질 정도로 이틀간의 강행군 결과, 개성과 토성을 경유, 백천 온천에까지 도달하고 보니 고향집에 다 온 것 같은 기분이었다. 밤은 어두워지고 2일간의 지친 몸과 마음의 피로로 더 이상의 행보가 어려워져 한 농가에 가서 사정을 하였다. 집주인인 노농부께서는 "어린 놈이 부모는 어느 곳에 사시고, 너는 어떠한 일로 어디를 가는 것이냐?"라고 물으셨다. 그는 그 노인에게 지금까지의 사연을 상세하게 말씀드렸다. "너, 그 어린 나이에 참 훌륭하구나. 네 뜻이 성사는 못 하였지만 너의 의지와 집념은 앞날에 큰 밑거름이 될 것이다."라고 칭찬을 하시었다.

그 후 그 노인께서는 자기의 별채 거실로 입실토록 권유하셔서, 잠시 기다리고 있으니 푸짐한 식사를 제공받아 공복에 시달리던 차에 충분한 식사를 하게 되었다. 노인께서는 그동안 장거리 여정에 피곤할 터이니 내일의 귀향에 차질이 없도록 즉시 취침할 수 있도록 배려하여 일박을 할 수 있었다. 다음 날 농촌의 아침에 식사를 마친 다음 멀지 않은 거리에 있는 고향 땅을 향해 출발 직전에, 사랑방 촌로를 비롯하여 온 가족들에게 그에 대한 후대에 감사의 인사를 드리고 발걸음을 재촉하였다.

고향 근처까지 오고 보니 그립던 부모 형제 및 친인척들의 얼굴들이 머릿속에 주마등과 같이 스쳐 가고 있었다. 그 원대하고 희망에 벅차던 꿈은 어디론가 사라지고 산산조각이 난 채 허무하고 수치스러운 뿐이다. 막상 이러한 처지에 당면하니, 자신의 이 비참한 처지가 한심스럽기 이를 바 없었다. 그러나 이 참혹한 운명을 비관만 하고 있을 수는 없었다. 이 가혹한 환경의 소용돌이를 그의 확고한 집념으로 극복하여 앞으로의 성숙된 광영의 진가를 더욱 발휘할 수 있을 것이라고 상상하였다. 그는 앞으로 어떠한 악조건의 수난에도 최대한의 결의와 노력으로 대처할 수 있는 저력의 축적이 밑거름으로 활용될 수 있을 것이다. 사회생활에 수반되는 모든 악조건에도 인내로 성취할 결의를 다지고 패전의 병사와도 같은 심정으로 그리던 고향 땅의 정든 보금자리에서 부모 형제들과 재상봉을 하게 되었다.

그는 패배 의식과 수치심과 여독에 지쳐 집에 도착하여 어머님의 모습이 나타나는 순간, 기진맥진하여 쓰러질 지경에 이르렀다. 그는 모든 처신에 첫발의 중요성이 인식되어 체면 불구하고 부모님께 사죄를 하며 머리를 조아리고 정중하게 상면 인사를 올렸다. 부모님께서는 패잔병을 다루듯이 흥분된 감정을 자제하시고 잠시 후 "이 모두가 부모 된 내 자신이 자식들의 보육에 미흡하였던 나의 책임이 막중하다. 이번 경험을 거울삼아 앞으로의 발전에 크게 기여할 것이다. 이번의 체험은 이것으로 끝내고 앞으로는 더욱 열심히 노력하여 미래의 목표를 위하여 더욱 분발하여라."라고 충고하셨다.

그 즉시 그는 한성에서 고아원 원장님으로부터 휴대하고 온 편지를 서당의 송 선생님께 전달하였다. 송 선생님도 역시 제가 인사를 하고 나니, 하시는 말씀이 "어린 몸으로 고생 많이 하였구나. 그 결과는 성공하지 못하였으나 이번 체험을 거울삼아 앞으로 더욱 분발하여 미래의 대성을 다짐하여라. 신은 이 세상 모든 사람에게 균등한 권리를 부여하고 있다. 그러나 승리의 영광을 모두에게 골고루 분배할 수 있는 권한까지는 부여받지 못하였다. 그 시범의 상대로 너와 같은 사람이 선택되었던 것이다. 그 대상이 유익하거나 불리한 상대로 선정되는 것은 그 누구도 예측하지 못한다. 그 가늠의 잣대를 좀 더 유리한 방향으로 유치하기 위하여 인간은 모든 수단과 방법을 가리지 않고 헌신하고 있다고 판단하여야 한다. 그 수많은 경쟁의 무리 속에서 진실하고 선량한 자에게 그 영광된 행운의 열쇠가 주어지는 것이다."라고 말씀하셨다. 그는 이러한 송 선생님의 훈시를 경청하는 동안, 앞으로 우리 가문의 미래의 행운과 결실을 목표로 헌신, 노력할 것을 맹서하였다.

귀향 후 빈농의 생활 양상

열망하였던 고아원 입소가 실패한 후, 미력이나마 가족들과 합심하여 부모님의 노고에 보답하기로 결심하고 농사에 전력을 경주하였다. 그 당시 일제의 토지 수탈[3]은 우리 농민들을 소작농으로 전락시켰다. 그러나 원래 빈농의 소작농이란 기본적인 자금난과 영농 기술의 후진성을 면치 못하고 있는 상황인데, 평소에도 15~16명의 대가족의 생계유지란 처참한 형편이었다. 그 비참한 생활로 연명해서라도 희미한 미래의 희망을 바라보며 지루한 고통의 연속을 감수해야 하는 처지의 가련함은 이루 헤아릴 수 없는 기막힌 사연이 깊숙이 새겨져 있었다. 우리 가정의 처지는 상상할 수 없는 시련의 연속이었다. 그 당시의 생활 상태는 질적인 면은 고려조차 할 수 없고 하루하루의 호구지책, 어떠한 귀천의 생활 양상이나 형태는 상상조차 할 수 없고

---

3) 1910년대 왜정 시의 경제 수탈은 토지조사사업(1912~1918)에서 출발하여 근대적 토지 소유권 확립을 명분으로 토지에 대한 소유권만 인정하여 지주는 유리하나, 농민의 경작권을 부정하여 기한부 계약의 소작농으로 전락함.

연명 유지 자체가 더 중요하였다.

그러면 이 가정도 일개의 빈농 가족으로 형성된 하나의 생명체의 집합체인데, 어떠한 사연으로 이러한 가혹한 생계를 유지하고 살아가야 하나 그 원인과 그들이 고대하는 희망은 무엇이며 그 열매를 구할 시기는 어느 때일까? 그 절망의 늪에서 벗어날 수 있는 대망을 기대해도 되는 것인가? 그 미래의 전망을 누가 어떠한 형태로 가늠하고 예측할 것인가? 그 어떠한 예측도할 수 없는 막막한 환상 속에 사로잡혀 암묵의 허공을 떠돌아야했다.

그러나 부모님들 꿈속에는 거대하고 강렬한 욕망이 꿈틀거리고 있었다. 비록 나 자신은 천대와 속박의 생활 속에서 헤매고처참한 삶 속에서 허덕이고 있으나 내 자식들만은 이 숨막히는진흙탕 속을 박차고 용솟음할 수 있는 터전을 마련하여야 한다는 굳은 결의를 다졌다. 후세들의 찬란하고 영광된 서광의 빛이비칠 그날을 약속하고 고대한다는 것이 유일한 소망이었다. 후손들의 장래를 위하여 부모된 도리의 책임을 이행하여야 한다는 결심은 하였으나, 당시의 시대적 여건이나 선천적인 환경이앞날의 전도에 서광의 빛을 가로막고 있었다.

그러나 그는 유년의 쓰라렸던 과거 고아원 추천의 비애를 회상하며 어떠한 난관도 극복하여 자신이 지향하는 위대한 목표를 향하여 최선의 노력을 경주할 것을 다짐하였다. 그 참혹한고통 속에서의 생활은 일각이 여삼추였다. 그 와중에서도 유수와 같은 세월에 떠밀려 머리때가 벗겨진 성년기에 이르렀다. 찌

들고 고달팠던 세파의 조류로 그에게 가해지는 물질적인 박해
는 상상을 초월한 고통이었다. 그 가혹한 경로를 거치는 과정에
서 육체적인 성장과 정신적인 계발이 이루어졌다. 속담에 '쥐구
멍에도 볕들 날이 있다'는 진리를 해득할 수 있었다. 지속되는
생활고 속에서도 부모님의 희망이란 자녀들이 건강한 모습으로
성장하는 과정을 살피는 것이 유일한 보람이며 곤혹스러웠던
피로의 위안제가 되었다.

농촌의 명절

떠밀리는 세월과 함께 성년기의 어느 해 구정 명절을 맞이하게
되었다. 농촌의 명절은 추수를 끝내고 가장 즐거운 1년 중의 최
대 축제의 시기다. 대지주나 빈농 모두의 축제 분위기는 고조
되어 온 부락민은 우리 민족의 전통 예절에 따라 남녀노소 구분
없이 화기애애한 분위기 속에서 상호 가정을 방문하여 세배를
올리고 각 가정에서 준비한 음식물을 서로 나누어 먹으면서, 지
난 한 해의 후의에 감사드리며 신년 새해의 건안과 축복을 기원
하는 그 끈끈하고 따뜻한 우정은 소박한 농촌 마을의 인정이 아
니면 도저히 느껴 보지 못할 미풍양속이다.
　농촌의 정월 보름은 그야말로 축제 행사 중에 대행사다. 보름
의 횃불놀이는 참으로 대축제의 정점이다. 그해의 소원성취를
기원하며 정월 명절을 마감하는 큰 축제다. 이 불꽃놀이 행사가

끝나면 곧이어 석전이 펼쳐진다. 그 당시의 돌싸움은 인근 마을과 마을 간의 젊은 청장년의 힘과 단결의 경쟁 및 마을의 기세 다루기의 한마당 잔치 놀이였다.

전설에 따르면, 그 당시 천수답 농사 시대에는 농업용 저수지가 없어서 농번기가 도래하면 천연수에 의지한 영농뿐이어서, 우기 중 불시에 한정된 강우량으로 단시일 내에 그 많은 농가가 일시에 농업용수를 확보할 수가 없었다. 각자가 자기 논으로 물을 대는 일은 그해 농민의 사활이 결정되므로 수많은 농가에서는 초비상 자세였다. 자기의 논밭으로 물을 끌어넣는 강한 의지로 그 순간부터 혈투가 벌어진다. 그 광경을 살피던 어느 촌장이 묘안을 제시했다. 이럴 것이 아니라 우리 각자 부락의 사건을 책임지고 처리할 수 있는 촌장을 한 명씩 선정하여 각 마을 물대기에 따른 회의소집을 제안하게 되었다. 그 회의에서 결정된 조건은 다음과 같다.

첫째, 우리는 서로 유대를 강화하며 이웃 촌락 상호 간의 우호를 돈독히 하기 위하여 비가 내릴 때마다 반복되는 물꼬싸움을 각 마을 촌장이 책임지고 만류시키고.
둘째, 정월 보름날 정오 시간을 정하여 각 촌락 단위로 지정된 장소에서 돌쌈을 벌여서 승자촌이 물사용에 우선권을 가지고, 패자촌은 승자가 사용한 후에 순차적으로 통수 순서를 정하여 사용한다.

셋째, 승부의 심판권은 각 부락의 촌장 및 원로들이 공동으로 판정한다.

넷째, 싸움 용구는 돌과 몽둥이를 사용할 것으로 제한한다.

다섯째, 각 부락 단위 승부가 결정되면 각 부락 단위로 설치되어 있는 농악대를 동원하여 농악 경연대회 및 축하연을 겸하여 축제를 벌인다.

위 협약은 공동 합의하에 그 후 해마다 정월 보름이면 연례행사로 농경수 유입 '돌쌈'이 시행되었다고 전설로 이어졌다. 저수지가 설치되지 않은 천연 농경 시대에는 이 방법이 최상의 용수 방법이었을 것이다. 그 당시의 정서로는 매우 지혜롭고 낭만적인 처사로 등장하였을 것이다.

필자의 부친(이해학李海學)은 구정 보름 '돌쌈'에서 인근 부락과의 대전에서 그 전략이 상당한 성과를 거둔 일도 많았다. 이 예도 동출서비東出西飛 격으로 구정 보름 달빛 속에 동쪽에서 순식간에 상대 적진에 침투하여 용맹스런 석전을 벌이고 적진원을 맹공하여 전세를 호전시키고 순간적으로 철수하였는가 하면, 불시에 그 빠른 순발력을 이용하여 서쪽 지역 적진지에 출몰하여 '도깨비 방망이'를 휘두르고 적진원을 두들겨 패서 혼비백산으로 적진을 혼란시키고 귀신같이 철수하는 것이다.

그 탁월한 전술로 훌륭한 전적을 올린 실적도 많아 일약 유명세로 거론된 적도 있었다. 원래 건장하고 우월한 체력의 소지자였던 관계로 비호같다는 평도 많은 사람들로부터 들었다.

뿐만 아니라, 탁월한 체력과 소양 및 정신적 기저가 확고하여 그 기억력이 비상함은 말할 수 없을 정도로 명철하여 어느 누구에게도 비교가 되지 않을 정도였다. 그 실례로 몇 가지를 소개하고자 한다.

우선 필자가 목격한 실례로, 농촌에서는 그 당시(1930~1940년)에는 지금과 같이 주택을 건축하려면 철근이나 시멘트와 자갈 같은 재료를 배합하여 콘크리트나 파일을 사용하여 건물의 침하를 방지하는 공법에 의하여 시공할 수가 없었다. 그 시기에는 초가집이나 기와의 목조 건축물의 기초공사는 점토나 황토 흙을 매립 축적하여 '떡메'나 달구(집터를 다지는 데 쓰는 연장)를 새끼 끈으로 네 귀에다 매어 '달구'로 쳐서 흙더미를 굳게 다져서 완벽하게 정지하는 것이 건물의 기초공사였다.

집터 다지기 공사에 가장 흥겨웁고 활력을 불러 일으키는 것은 그 작업에서 다지기 달구의 선 소리꾼의 소리메기(선창)가 대인기였다. 이 기초공사는 그 건축주의 일생의 경사이며 전 부락민의 축복의 축제이기도 하다. 따라서 온 동네 남녀노소 불문하고 전 부락민이 전원 합심하여 무보수로 참가하여 작업하는 것은 농민 스스로의 인정에 넘치는 상호 노력 봉사였다. 이러한 흥겨웁고 행복에 넘치는 환경 속에서 온 부락민에게 흥을 북돋아 주는 '달구' 작업의 시작은 선소리꾼 부친의 "에헤 허리달구" 하는 구성진 선소리로 시작한다. 만장해 있는 전농민의 가슴속 깊은 곳까지 스며들면서, 우렁찬 함성과 함께 운집한 농민들의 "에헤 허리달구"로 작업이 시작된다. 건축주가 준비한 막걸리와 음식으로 목을 축여가며 밤이 깊어 가는 줄도 모르고 '달구'의 선소리 속에 맞추어 흥겨웁고 화기애애한 분위기 속에서 집터 다지기는 튼튼하게 마무리된다. 뿐만 아니라 그는 농촌의 농악대에서도 주축을 이루고 있었다. 그 당시 농악대에서 장구의 명수로 악대의 선도자이며 지휘자 역할을 담당하기도 하였다.

또 한 가지 소개할 것은, 명창의 소질이 풍부하였으나 가정환경으로 인하여 출세는 못 하였으며 그 시기에는 인근 부락에서는 명창으로 호칭받았으며, 농촌 마을에서 노환으로 작고하시는 상가에서는 발인 출상시에 반드시 그를 초청하여 고별행사를 치를 정도로 중요 인물로 선정되었다. 부락민 중 타계하시어 고별 장례 발인식에서 출상 시에는 온 마을 사람들과 상주의 애도 속에, 선소리꾼은 구성지게 '상여'의 선수에 선채로 "북망산천, 이제 가면 언제 오나"로 선창한다. 상주는 물론 온가족들과 온 부락민과 연로하신 할아버지, 할머니들의 구슬픈 상여 소리와 함께 흐느껴 울며 통곡하는 그 모습은 필자도 역시 그 당시 광경이 주마등과 같이 가슴속에 스며들어 지금도 눈시울이 촉촉하여짐을 느낀다.

왜정기의 용수대책

일제 강점기에는 전략적 수탈 정치의 일환으로 동양척식회사[4]가 등장하여 연백군 모란면 '구암저수지'[5]라는 대저수지가 조성되고 연백수리조합이란 관치수리조합[6]이 조직되어 농민의 수탈정치가 수행 중에 있었다. 그러나 그 수리조합(38선 이북)에 편입되어 농경민의 용수 방법은 왜정기에 수세란 명목 하에 용수세를 납부하여야 경작이 가능하였다. 수세납부에 의하여 영농하는 그 당시에는 일제가 양력 정월 초하루를 명절로 강제로 지정하였다. 우리 민족의 전통적인 음력 명절 과세는 금지되어 있었다.

왜정기 수리업의 수행으로 용수 정책은 성공하였다. 그러나 구정 과세의 금지 조치의 불복은 민족의 전통적인 관습과 항일 정신의 발로의 일환이라고 추측이 된다. 이러한 구정 과세의 엄금 조치에도 민족의 전통 명절은 도저히 금지시키지 못하였다.

---

4) 식민지 지주제 : 토지조사를 통해 대규모 토지가 국유화됐고, 토지는 동양척식주식회사를 비롯한 대지주에게 불하돼 농장으로 변했다. 소작인들이 거둔 쌀은 일본 시장으로 건너갔다. 저렴한 조선 쌀 수입으로 조선의 대지주들은 거부를 쌓았다. 이런 미곡 생산 시스템을 말함. (박종인, "박종인의 땅의 歷史—대한제국 황실이 설계한 식민 수탈 시스템", 조선일보, 2021년 10월 20일, https://www.chosun.com/opinion/column/2021/10/20/VGWTJGCIRFHV5AVIFO45N3VSQU/)

5) 이와 관련된 내용은 제6장에서 한반도의 분단과 연백평야 통수와 연결됨.

6) 1920년대 경제 수탈: 산미증식계획(1920~34)으로 쌀 증산량보다 수탈량이 더 많아 국내 식량이 부족하고, 쌀수출에 가담하면서 식민지 지주제의 강화로 지주 이익은 증가된 반면, 수리조합비 및 품종개량비 등은 농민에게 전가시켜 화전민이나 토막민으로 전락함. (https://seven00.tistory.com)

왜정의 구정금지령은 우리 민족의 반발을 저지할 수는 없어서 구정 명절이 되면 금지령 속에서도 구정의 과세는 지속되어 전기한 구정의 돌쌈은 연례행사로 관습적 민족의 큰 행사로 각광받았다.

제3장

3·1독립 항쟁기와
독립운동의 계기

3·1 독립운동의 절규

부친은 한양의 고아원 입적이 자격 미달로 낙방하여 정든 고향
으로 귀향하여, 모든 정성을 다하여 빈농 생활로 복귀하였으나
일정의 탄압과 그 당시의 낙후된 영농 방법과 소작 농민으로서
는 지주들의 고리채의 수탈로 도저히 호구지책도 불가능한 실
정이었다. 그는 빈농의 자손으로 태어나 선조의 유산이라고는
농토 단 한 평도 없고, 부모 형제를 비롯하여 대식구들뿐이었
다. 그러나 그 혹독한 고통 속에서도 정열에 불타는 국가와 민
족을 위한 투지와 집념은 그 어떠한 대사라도 관철해 낼 수 있
는 청년이 되었다. 바로 그 시기가 우리 조국의 국운이 걸린 기
미년 3·1 만세운동이 전개되는 1919년이었다. 비록 빈농가에서
유산과 지식은 없어도 애국정신만은 철저히 무장된 청년으로

성장하였다.

필자와 장본인인 부친과의 대담 내용이,『황해민보』1996년 7월 10일(수) 제254호에 게재된 기사 내용[7]과 너무나 흡사하여, 3·1 독립 만세를 절규하는 그 당시의 처참한 현장을 직접 목격한 것과 같아 감탄을 하게 되었다. 부친의 말씀을 옮겨 보았다.

거사 수일 전에 모처로부터 사전 연락이 통달되어 연안읍의 장날에 지정된 장소인 연안읍 장터 사거리에 도달하니, 사면팔방으로부터 운집하여 만세를 외치며 모여든 시위 군중이 집결 목적지인 남문 중심 지점에 이르는 순간, 왜군 헌병 기마병이 총칼로 무자비하게 난사하고 휘둘러 시위 군중이 무참하게 쓰러져 가고 총탄과 칼에 맞은 애국 투사들은 처참하게 피투성이가 되어 쓰러지는 광경을 목격하였다.

그러한 참상을 목격하는 순간 민족정기에 치받혀 나도 모르게 손에 쥐고 있던 돌멩이와 몽둥이가 일시에 날아갔다. 그 몽둥이에 맞고 탁 하는 소리와 함께, 말위에서 시위진압에 열중하던 헌병 선두자가 말 위에서 땅바닥으로 철석하는 소리와 함께 떨어져 곤두박질하며 "조센징, 고노야로!"를 외치며 거꾸러졌다.

또다시 두 번째 행동으로 움직이려는 때엔 이미 만세 소리는 절

---

7) 1919년 3월 18일 황해도 연안읍 산양리 남문시장 거사(『매일신문』 1919년 3월 21일자 보도)에서 왜놈의 기마헌병이 총칼을 마구 휘둘러 시위자의 피해와 참상이 보도되어 있음.

정에 이르러 일대 아수라장으로 변하고 있었다. 거사가 절정에 달했다고 느끼는 그 순간 나는 머리를 둔기에 맞는 감각을 느끼게 되었다. 나는 머리에 피범벅이 된 채 정신을 잃고 쓰러졌다. 뒤따르는 왜병의 격분한 행동과 동시에 나는 수많은 애국지사들과 함께 혼수상태로 왜병에 체포되었다. 현장에서 무자비하게 구타를 당하여 어디론가 끌려가고 있었다.

　정신없이 연행된 곳은 시위 애국지사를 심문할 연안경찰서였다. 본 당사자의 고문 내용인즉, 시위 군상이 순식간에 운집한 집단 항일에 대한 고문 방법은 목불인견이었다. 고문대상 군상 수가 하도 많아서 정상적인 고문 용구나 기구는 전부 파손되어 고문이 불가능한 상태여서, 인근에서 채취한 생목, 가시나무 몽둥이로 구타를 당하였다. 그 가시나무 몽둥이에 가시가 돋친 상태 그대로 구타를 당할 때에는 왜놈들의 무자비함과 야만적인 행위를 이루 눈뜨고 볼 수가 없을 정도로 비인간적인 행동이었다. 그러나 부친의 각오는 대담하였다.

　"나는 기왕에 고문을 당할 바엔 우리 민족으로서 왜놈들에게 비굴한 모습을 보여 주고 싶지 않았다. 그 가시도 제거하지 않은 상태의 생가시나무로 마구 비인간적이고 악의와 광기에 찬 정신 상태로 구타를 연속할 때에는, 왜놈 경찰서의 책상다리의 나무통을 두 손으로 꼭 쥐고 온정신을 가다듬고 온몸에 힘을 꽉 주어 한 대, 또 한 대 맞을 때마다 독립 만세를 외쳤다."라고 필자에게 진술하시었다. 그 현장에서 취조를 하던 담당관 왜놈은 나를 보고 말하기를 "네놈 대단한 놈이구나. 네놈이 이 만세 집회의 주동자구나. 헌병 진압대장의 말 발목을 쳐서 쓰러뜨리는 것을 보니 보통 놈은 아닌 것 같다."라고 하며 또다시 엎드려 놓고 볼기를 치는데, 그때마다 선혈이 충천하고 심문장은 붉은 색으로 피범벅이 되었다. 그때 취조 헌병이 "너의 배후에 있는 주모자가 누구인지, 이번 사건에 연관된 자를 지명하라."라는 등 여러 방법으로 협박하였다. 그러나 "주동자는 전체 국민이 주동자다."라고 일관하였다. 그 후 심사관은 이놈이 그 면 단위 주동자가 틀림이 없다고 판단하고 이놈이 자백할 때까지 취조하라고 부하 직원에게 명령하였다.

그 후 계속되는 항쟁 투사들의 체포로 경찰서는 실내나 실외를 비롯하여 넘쳐나는 애국지사들의 수로 이루 감당할 수가 없을 정도로 포화 상태이며, 투사들의 절규로 순식간에 삼엄한 경찰서도 수라장으로 변했다. 소수 경찰의 감시원으로는 도저히 감당하기에는 역부족 상태이며 총칼의 만행은 계속할 수 없는 극악의 상태였다.

나는 전신에 선혈이 극심하여 생사의 기로에 처해 있었으나 주변에서 동지 한 명이 "여보시오, 동지! 정신을 차리고 나를 따르시오." 하며 내 손을 잡는 느낌이 들어 정신을 가다듬고 주위를 살피니 대수라장으로 변해 있었다. 순간, 혼수상태에 빠져 있던 나는 불현듯 정신을 차리고 엉금엉금 기어 그 동지의 도움을 받으며 탈출의 기회를 포착하게 되었다. 그 순간 두 사람은 필사적인 노력으로 탈주에 성공하였다. 그 후 제2, 제3의 투쟁 목표를 설정할 수 있을 것이라고 판단하고 발걸음을 재촉하여 제2의 목적지를 선택하게 되었다. 그때 탈출시켜 준 주역은 누구인지 미확인 상태다.

탈옥 후의 망명 생활

부친은 3·1 독립 만세 항일 투쟁의 그 혹독한 고문과 구타, 살인적인 만행으로부터 애국지사와 함께 탈옥하여 중국으로 향하셨다. 제2의 투쟁 목적지 선정을 위하여 왜놈 관헌의 눈을 피해 탈출하여 집결할 목적지는 우리 동포들의 독립운동의 본거지인 만주의 하얼빈과 북간도 외에 우리 민족의 집단거주지인 길림, 서주, 상해 등 독립투사들의 거점 지역을 목표로 선정한 것으로 추정된다.

우선 북간도에 대해서는, '구한말 시대로부터 우리 민족은 외세의 침략과 탄압 및 약탈에 못 이겨 연명과 생계유지책의 일환으로 남부여대하여 도피를 겸하여 이주하여 최종 거류지로 정착한 곳이 바로 북간도가 아닐까?'라고 필자는 생각된다. 부친의 서술에 의하면, 이 지역은 천연적으로 형성된 광활한 산야지대이며 미개척지로서, 인적 집결이 소수이며 한민족의 농경능력으로도 충분히 생계유지가 보장될 뿐만 아니라, 영농 지역으로도 모든 농산물을 풍부하게 경작할 수 있는 기후조건이 갖추어져 있는 절대적인 요지라고 말씀하셨다.

전술한 바와 같이, 만주의 거대한 지역으로 우리 동족 간의 조직이나 언어 기타 모든 활동의 첩보망이 다변화되어 있고, 더욱이 만주는 우리 조국과의 국경 지대인 압록강과 두만강의 접경으로 항일 활동 영역은 물론 하얼빈, 안동, 길림, 서주, 남경, 상해 등지에 활발한 항일 투쟁의 근원지와 같은 역할의 본거지로도 손색이 없는 여건이 구비된 곳이다. 특히, 하얼빈은 안중근 의사가 적장 이토 히로부미를 저격한 사건으로 그 유례를 찾아볼 수도 없는 위대한 의거가 발생한 지역이다.

필자가 9~10세 때의 어느 날 저녁 무렵 4, 5시경이었는데, 전연 면식도 없는 40, 50대의 걸인과 같은 사람에게 2, 3일간 숙식을 제공하며 같은 방에서 다정다감한 옛 친구와도 같이 기거하신 후 애석하게 작별하는 모습을 목격하게 되었다. 그 숙객을 보내고 나서도 상당 기간 섭섭하게 느끼시는 모습이었다.

수일이 경과된 후, 필자가 부친께 "조용히 떠나신 손님은 아버님과 어떠한 친분 관계가 있으신 분인가요?" 하고 문의하였더니, 그분은 만주의 북간도 지역에서 농민이나 선량한 민간인들의 금품이나 식량 등을 강탈해 가고 그 행위를 은폐하는 방법으로 사람의 혀를 절단하여 폐인이 되어 가게 하는 악한들의 집단 행위로 희생된 불우한 사람이라는 것을 알게 되었다. 그들이 '마적단'이라는 것이다.

이러한 말씀을 듣고 보니 그 사람은 수일간 우리 집에 기거하는 기간 중, 말하는 것을 보지 못하였으며 수화나 필기로 대화를 하는 것을 알게 되었다. 그 후 부친께서는 필자에게 "북간도나 중국과 만주 등지에서는 이러한 사례가 무수히 발생하므로 항상 주의 깊은 경계 속에 생활하고 있다."라고 말씀하셨다. 그러한 사실을 알고 보니 부친께서 그 행객에게 극진한 대우를 하신 원인을 알게 되었다.

'모든 인간의 처세는 올바른 사고에서 발생하나 애정의 원천은 실질적인 체험이 없으면 그 진실한 의미는 측정하지 못하는 것'이라고 느꼈다. 그러한 사례를 목격하고 나니, 필자도 부친의 망명 활동에서의 동지애의 참뜻을 이해할 수가 있었으며 그 현장의 상황이 목전에 전개되는 듯하여 마음이 숙연해졌다.

비통한 위기, 왜인 관헌에의 출두

전술한 바와 같이, 기미년 3·1 독립 만세 사건으로 만주로의 망명길에 하얼빈, 길림, 북간도 등지에서 활동하시고 서주 지방으로 임무 수행을 위하여 수차 여행한 사실을 역설하셨다. 여행에는 열차와 보행 등의 방법으로 임무를 수행하였고, 그 여행 중 열차를 이용할 경우는 일인, 관헌의 검문검색을 피하는 방법으로 의복은 필수적으로 중국인 복장을 착용하고 왜군 헌병의 검문을 피하는 것이 용이한 일이 아니었다.

　그 와중에서도 망명 생활 중 최대의 위기가 도래하였다. 그러한 혼란한 시기에 뜻하지 않은 사건이 발생한 것이다. 지속되는 혼란 속에 개인의 건강 상태는 관심도 가질 수 없는 절박한 생활 속에서 돌발적인 중증의 증상이 발생하였다. 그 증상은 대농양 증상이었다. 원래 다사다난한 이국에서의 망명 생활이므로 신체적 건강 상태의 점검은 염두에 둘 처지도 못 되고 그 난시에는 왜헌들의 눈을 피해 지하조직 생활을 해야 하므로 의료 시설도 왜군의 점령군의 지휘 병원에서 치료를 받을 수밖에 없는 실정이었다.

　이러한 와중에 병세는 점점 악화되어 도저히 더 이상 치료를 받지 않으면 생명이 위태로운 상태에까지 이르렀다. 일각의 여유도 없는 사정에 처해 있는 그 절박함을 동료들과 협의하였으나, 이구동성으로 현 상황에서는 병원에서 수술을 하지 않으면 일주일도 생명을 유지하기가 곤란할 정도로 급박한 상태였으므로 병원에서 수술받는 조건으로 합의가 성립되었다.

　그렇게 결심을 하였으나 그 병을 현대식 수술로 치료할 수 있는 병원은 일본 군인이 관리하는 군 의무대가 아니고는 치료할 방법이 없었다. 생사의 기로에 선 시점에서 비장한 각오로 결심을 하게 되었다. 기왕 이러한 처지에 이르고 보니 나의 최종 운명은 일단 왜놈 병원에 맡기고 처리할 것을 다짐하였다. 결심한 그날 동지들과 결의를 다졌다. '내 몸을 왜놈들에게 위탁하게 된 바에야 다행히 수술이 성공하면 다시 여러 동지들과 재회가

될 것이나, 왜군들이 우리 민족과 동포들에게 무사히 치료를 해
줄 것 같지 않으므로 불행이면 여기서 나의 일생은 끝나는 것이
다.'라고 결심하고 병원으로 발걸음을 옮겼다.

병원 초병으로부터의 간단한 심문을 마치고 병원 수술 치료
담당 부서에 도달하니, 한민족과 만주에 체류하게 된 사유 및
시기 등 세세한 사항까지 심사하여 상당한 고통은 겪었으나 다
행히 통과되어 수술 절차를 끝내고 응급수술실로 입원에 성공
하였다.

입원까지의 과정을 끝내고 수술 절차는 완전히 자국민(일본
인)과 한민족(중국인)을 구분하여 성분 조사가 끝났다. 그 후 담
당 수술 집도원은, 의사의 지시에 따라 행동하는 일개 하수인과
같은 느낌의 군속 같은 용원으로 젊고 험악한 인상이었다. 첫인
사가 "너 같은 조선놈이 여기까지 왔으니 참 운이 좋은 놈이구
나."라고 첫말을 던졌다. 그러자 당장에 그 자리를 박차고 뛰쳐
나갈 생각이 들었지만, 나도 입원하기에 앞서 죽을 각오를 하고
온 이상 어떠한 수모를 당해도 감내할 것을 굳게 다짐하였다.

그러나 내 몸을 왜놈들의 손에 의존해야 할 존재가 너무나 서
글프고 처참함을 새삼스럽게 느꼈다. 비장한 각오로 수술대에
오를 몸이니 명이 다한 기분이어서 죽이든 살리든 결과에 주목
할 수 밖에 없었다. 왜병 군속의 일원인 자가 수술대를 가리키
며 이리로 올라가서 알몸으로 엎드리라는 지시가 떨어졌다. 그
순간 환자는 깊이 결심한 바 있었다. 우리 민족의 자존심에 손
상되지 않도록 어떠한 아픔도 극복할 것을 다짐하며 수술대에

올랐다.

환자의 궁둥이 한쪽에 큰 농양이 악화되어 주먹만 한 환부를 내보였다. 환부를 점검한 왜놈은 "대단히 위험한 상태이구나. 단단히 각오해라. 살고 죽는 것은 네 운명이다."라고 한마디 하고는 마취 같은 사전 조치도 고려할 필요도 없다는 듯이 "이 조센징 지금부터 수술한다."라고 한마디 말만 하고는 즉시 환부나 전신에 어떠한 마취도 하지 않은 상태에서 생살을 그대로 쭉 10 센티미터 정도 째는 순간 붉은 선혈과 고름이 솟아 나왔다. 불시에 기절할 정도의 고통이 따랐다. 그러나 그 순간 왜놈들 앞에서 그만한 고통도 극복을 못 하고 당황하는 추태는 우리 민족의 자존심이 용납하지 않을 것이며, 교만하고 야만적인 행위에 대한 무언의 항쟁으로 왜놈들에게 경각심을 심어 줄 각오로 이를 악물고 그 고통을 극복하였다.

왜인이 환부를 집도하는 동안 환자는 조금의 소동이나 소요도 없이 치료가 끝나자, 왜놈 군속은 시끌벅적하게 환자를 향하여 "야! 이 조센징 같은 놈이 100명만 있으면 큰일 날 것 같다. 참으로 지독한 놈이구나."라고 지껄이고 있었다. 환자는 그놈의 한마디에 분노하여 그 자리에서 벌떡 일어나서, 이 잔인한 왜놈아 하고 불끈 두 주먹을 쥐고 격분하였다. 그러나 나는 정신을 가다듬었다. 그때 머리에 떠오르는 것이 있었다. 서울 고아원에서 낙방하고 허탈하게 귀향하여 서당의 송 선생님께서 훈장님으로서 주신 한마디 훈시가 떠올랐다.

'온 세상 사람은 죽고 싶도록 곤경에 처할 때가 수도 없이 부닥치는 것이다. 그것이 인간 사회생활의 철칙이다. 그렇게 긴박할 때에는 정신을 말끔히 가다듬고 참을 인자를 열 번 이상 머릿속에 쓰고 또 쓰면 반드시 성공할 날이 너의 앞을 밝힐 것이다.'라는 훈장님의 교지가 그것이었다.

그 순간 나는 정신력과 긴장이 결속되어 불끈 쥔 주먹으로 집도대를 힘껏 쥐고 "악!" 하는 함성과 함께 죽을 힘을 다하여 아픔을 이겨 내며 불끈 힘을 주었다. 그때 집도를 끝내고 치료를 하려는 때여서 장기간 고였던 붉은 피와 고름 덩어리가 일시에 터져 버렸다. 순간적으로 장기간 체적되었던 고름덩어리가 일시에 사라지니 아픔이 사라지는 듯하였다.

그러자 치료 중에 있던 집도병은 "이놈 조센징 왜 이리 힘을 쓰냐."라고 꾸짖고는 "네놈의 힘 때문에 자연히 치료가 끝났다."라고 한마디 하고는 별다른 치료도 없이 소독약으로 닦아 주는 것이 고작이었다. 병원의 수술대가 피고름이 흩어져 범벅이 되어 어쩔 줄 모르는 중 다시 수술대에 오르자, 왜놈의 집도병은 또다시 환자를 향해 무엇인가 중얼대고 있었다. 사연인즉 "환자 놈이 수술 치료 중에 아픔을 이겨 내는 것을 보니 대단한 놈이다."라고 말하고 있었다. 병실도 순간적으로 조용해졌다. 환자는 속으로 이 인내는 심리적 저항의 행위라고 인정되었다. 집도병은 그 환자를 즉시 퇴원 조치하라는 상부의 지시라 하여, 당일 병원에서 응급 환자 치료로 소독약을 바르는 정도의 치료를 끝으로 불과 30, 40분 만에 수술과 치료를 끝내고 그날로 퇴원조치가 되었다.

그 사정을 알고 있던 동지들의 동정의 구급 조치로 수술 후 생명의 위험성은 사라졌다. 그러나 그 후의 치료 방법은 암담하기만 하였다. 그래도 이국만리 타향에서도 동족애의 필사적인 노력으로 간신히 구명의 재활을 이룩하게 되었다. 퇴원 후 동지들의 지원으로 생명은 유지하게 되었으나 왜놈 관헌의 추적은 날이 갈수록 심화되고, 신체적인 위기 관리 등 여건의 악화와 동지들의 권유로 이역만리 중국으로부터 부득이하게 떠나지 않을 수 없었다. 결국 고국의 사정에 따라 다시 활동할 각오를 다지며 귀국을 결심하게 되었다.

고뇌의 귀국

불굴의 투지도 병마에 굴복

1919년 기미년 독립 만세의 의거로 국내에서의 활동에 제한은 물론 신변의 위기로 더 이상 국내에 거주가 불가능해짐으로써, 선배, 동지와 함께 중국의 만주 지방으로 망명하여 3, 4년간 독립운동을 활발하게 전개하였으나 그 지역 역시 왜군경의 수색이나 가혹한 탄압은 시간이 경과할수록 극심해졌다. 그 와중에 불의의 질병으로 왜군 병원에서의 수술로 완치는 되었으나 건강 상태의 악화 및 신분 노출 등 활동상의 제약으로 불가피하게 귀국을 결심하게 되었다.

　귀국을 결심하고 이역만리에서 여러 동지들과 끝까지 이루지 못한 광복의 꿈을 아쉬워하며, 작별의 인사와 더불어 해방과 광복된 조국 땅에서 재회할 수 있는 시기를 기약하며 여러 동지들께서 각자의 주머니 속 용돈을 모금하여 주었다. 그 돈은 고국 땅 평양까지의 여권과 고향에서 농사에 복귀하여 정착할 수 있는 영농 준비금으로 금일봉을 선사받았다. 그 금액은 100원이었다. 그 당시 1923년경의 100원은 거액이었다. 실제로 1923년보다 17년 후인 1940년도에 필자가 회사 신입사원으로 입사하였을 당시 초임 월급이 월 3원이었다. 이에 대비할 때 그 돈의 가치는 현재 가치로 환산하면 약 2, 3억 원대로 추산된다.

귀국길 노자 절도 피해

수년간 이국땅에서 미수에 그친 조국 광복의 꿈을 아쉬워하며 동지들의 고별의 정을 달래며 야간열차에 몸을 의지하였다. 고국에서 큰 포부를 안고 출발하던 그 당시의 향리의 이모저모가 주마등같이 머릿속을 스치고 있었다. 이것이 나에게 부여된 모진 운명의 장난이고, 나에게 제2의 기회와 시련의 새로운 장의 임무를 부과하는 큰 뜻과 책임감을 자각하면서 고국을 향한 열차에 몸을 실었다. 광활한 그 만주 땅, 한 많은 이국에서의 악몽을 되새기며 정든 고향으로의 귀향길은 금의환향은 아니지만 고향 땅을 향해 질주하는 열차가 마냥 지루하게만 느껴졌다.

때마침 같은 열차에서 길림 지역에서 활동 중이던 평양 출신 동지 한 분을 상봉하게 되었다. 우연히 서로 만나게 되었지만 광활한 타향 땅에서 동지와의 상봉이란 신비함과 기적과도 같은 현실이었다. 그 순간의 감정은 고향의 혈육의 형제를 우연히 만난 것 이상의 감회가 새롭게 느껴졌다. 차중에서 상봉한 동지와의 대화는 그칠 줄을 모르고 온 밤이 지새도록 이야기가 지속되는 순간 만주와 압록 국경 지대에 도래하였다.

왜경의 검문검색에 다행히 두 동지들은 심문에서 만주의 간도 땅에서 농사에 전념한 농부로서 건강 상태가 악화되어 고향으로 귀농한다고 하여 별 이상 없이 국경을 무사히 통과하였다. 지루하게 만주 땅을 여행하던 두 사람은 하루 종일 밤을 새워가며 대화가 이어졌다. 그 후 피로한 여정에 지친 두 사람은 한만 국경을 통과한 후, 과로와 안도 속에 깊은 새벽 잠에 빠지게 되었다.

피로와 긴장에서 풀린 두 사람은 잠시 동안 취침하고 있던 중이었다. 열차 밖 구내 방송에서 "여기는 평양, 여기는 평양." 하는 확성기에서 흘러나오는 방송 소리에 잠자던 두 승객은 순간적으로 용수철이 튕기는 듯 깜짝 놀라 일어났다. 한 동지는 평양이 종착지이므로 당연히 평양의 고향 땅에서 하차하여야 하지만, 또 한 사람은 황해도 연안읍까지 가야 하므로 평양까지의 여행 승차권으로 일단 평양에서 연안까지의 차표를 재차 구매하도록 제한이 되어 있었다.

그러나 잠이 깨는 순간, 청천벽력 같은 사건이 벌어졌다. 평양역에서 하차한 후 황해도 연안역까지 가야 할 승객이 귀중하게 보관하고 있던 소지금 100원을 완전히 도난당하고 만 것이다. 순간 기절하다 깨어난 황해도 행 승객은 동승하였던 동지에게 "○○ 형, 큰일 났소!" 하고 외쳤다. 그 동지는 큰일 났소 하고 외치는 동지를 향해 습관적으로 귓속말로 하자, "동지에게 사정을 털어 놓아야겠소." 하고 나는 말문을 열었다. "실은 내가 만주에서 귀향할 때 전별금 100원과 여비로 소지하고 있던 돈을 통째로 절도당하여 고향으로 갈 노비도 없는 형편이니 어찌하면 좋겠소?" 그 말을 하고 나니 귀향을 재촉하던 열차는 이미 평양역을 출발하여 서울역을 향하여 활기차게 달음질치고 있었다. 그때 평양 친구는 입에 힘을 주어 말했다. "이것이 우리 두 동지가 더욱 합심 단결하여 목적 달성의 계기를 천지신명께서 설정하여 주는 것으로 결심하고 동지, 아무 염려 말고 나의 고향으로 가서 추후 문제를 논의합시다."라고 하며 나에게 위안을 주었다. 실인즉, 그 친구는 평양에서 출생하여 성장하였고 부유한 가정에서 탄생하였으나 왜정에 항쟁하여 만주로 망명 생활 중 모친의 타계로 귀향 후 고향에 정착할 예정이라고 하였다.

고향에 도착한 동지는 도착 즉시, 동행한 친구를 그의 부친께 만주에서 동일하게 활동하던 동지라고 소개하며 인사를 나누었다. 그 후 그 동지의 안내로 모친의 빈소로 가서 상례가 끝난 후, 동행한 여행 동지도 상문喪門을 끝냈다. 그날 평양에서 두 동지가 일박을 한 후 평양의 친구 부친은 망명 사유 등을 들은 후, 귀향길에 있는 동지의 고향까지의 여비와 점심 식사를 준비하여 연백군 연백역까지 무사히 귀향하게 되었다. 그 동지와 그 부친의 도움이 없었다면 큰일이 발생하였을 것이라고 부친께서 말씀하셨다.

부친님과 필자가 38선으로 인하여 남북으로 이산이 되기 전인 1935~1936년 필자가 9, 10세였다. 당시 일정 시대에는 포악한 왜정의 탄압과 항쟁으로부터 독립을 쟁취하는 문제는 공상할 수 있었으나, 우리 강토가 남과 북으로 분단되는 상황은 상상조차 하기 힘든 상황이었다. 부친께서는 "내가 만주에서 귀향하는 여행 중 그 당시 거액을 몸속에 소지하고 피로에 못 이겨서 잠깐 잠이 든 순간, 나의 정신적인 긴장으로 나도 모르게 내의 속 주머니에 보관중인 돈주머니로 자주 손이 가고 있었을 것이고, 이 사정을 눈치챈 절도범의 장난이었을 것이다."라고 말씀하셨다. "그래서 부득이 평양의 ○○리 ○○동 ○○○ 선생의 배려로 무사히 향리까지 귀가하게 되었다. 앞으로 내가 사망하더라도 너희 자식들은 이 은혜를 명심하여 반드시 보답하여라." 하고 진술하셨다. 지금에 와서 나는 어떻게 보답할 수 있겠는가? 대답할 말이 없다.

그 당시에는 남북은 통일된 단일 국가로서 항상 전국 각 지역을 왕래할 수 있었고, 필자도 유년 시절이었으며 부친께서도 30대의 장년기였으므로 차후 방문할 수 있을 시기에 다시 재확인하면 될 것으로 생각하여 불성실하게 확인한 것이 큰 원인이 되었다. 그렇지만 지금에 와서 고향 땅의 혈육의 생사조차 확인할 수 없는 처지에 있는 상황은 국가와 민족의 비운으로 이르기에는 너무나 무책임한 현실이다. 따라서 필자는 그 유언에 보답하지 못하는 불효가 되고 있다.

그러한 사정으로 '평양에서 도와주신 선친의 그 동지께서 거주하였던 연고지나 그 주변 지역에서 출생한 제2세자가 월남하여 본 필자와 접촉이 있을 경우, 혹시 소생이 찾고 있는 사정을 알고 있는 사람이 아닌가?' 주의 깊게 살피고 있으며, 나의 이남 태생 2세에게도 이 사실을 충분히 설득시키고 현 이남 세대와 잔류 재북 세대들이 합심하여 본 취지에 성의를 다할 것을 주의 깊게 전달하고자 한다. 특히 이러한 현실은 우리 국가와 민족의 국운으로 자위할 수는 없다는 사실을 명심하여야 할 것이다.

패자의 수모와 독립투사 가족의 고통

민족적 거사인 기미년 3·1 독립 항쟁과 거대한 포부를 품고 이역만리 타국에서의 망명 생활에 돌입하였으나, 최종 목적인 조국 광복의 꿈은 미룬 채 건강상의 요인으로 부득이 향리로 귀향하게 되니 그 착잡한 감회는 이루 헤아릴 수가 없었다. 남아 대장부가 초지일관 중대한 결의로 출발하여 자신의 목표가 관철되어 남아로서 당당하게 귀향할 때, 백만 대군을 이끌고 대전에 출전하여 승전한 개선장군도 부럽지 않을 것이라고 상상해 보았지만 일신상의 병고로 초라하게 귀향하는 내 모습은 참으로 처참하기 이를 데 없었다.

귀향 직전의 심정을 재정립하고 신변 안전을 고려하여 중간 마을 친척 집에서 잠시 휴식을 취하고 본가의 사정을 문의한 후, 저녁 무렵에서야 귀가를 하게 되었다. 본가에 도착하여 가족들의 생활상을 보니 참으로 형언할 수 없을 정도로 비참한 형편이었다. 고향의 본가 역시 기미년 만세 당시, 출옥으로부터 망명까지 2, 3년에 걸쳐 왜경으로부터 요시찰 가족으로 지목되어 수시로 불시 점검을 당하는 처지였으므로, 본가의 생활상은 최악의 상태이고 감시 속에서 농사는 물론 막노동도 마음대로 할 수 없는 처지였었다. 그 고통 속에서도 희미한 기대는 당사자의 부친(25세 낙교)께서는 그 선대로부터 목공으로서의 기술 연수를 받은 덕분으로 향리를 떠나 인근 마을에서 목공일에 취업하여 최소한의 호구지책을 유지하고 있는 형편이었다.

그러나 나는 기미년 3·1 항일운동 및 만주 지방에서의 망명 생활 등으로 수많은 변란을 경험하고 향리로 귀향하고 보니 국가의 장래도 염려가 되었으나, 당장 본인이 망명 생활을 하는 기간 가족들이 겪은 고통을 생각하니 젊은 장정이 대가족의 식생활도 무시하고 오지에서 방황한 자신의 무모한 행위에 대하여, 가구주로서 책임을 망각하고 가족들을 방치한 책임감을 깊이 통감하게 되었다. 잠시 마음을 정리해 보았다.

'내 자신의 존재는 무엇이며, 나는 무엇 때문에 이 세상에 태어났는가? 내가 이 세상에 태어나서 무엇을 하였으며, 어느 정도 목표를 달성하였는가? 그 성과는 어느 정도의 효과를 구현하였는가?' 자신에게 반문하여 보았다.

그러나 그 물음에 대한 회답은 묵묵부답이었다. 그것은 당연한 귀결이다. '아무리 고귀하고 위대한 위업을 감안하여도 완성된 결실을 얻지 못하면 대전에서 패한 패장이나 다를 바 없다.'라는 결론을 내리게 되었다. 내가 바로 그 패장이라고 생각하니 허무하기 이를 데가 없었다. 부모님 뱃속에서 태어난 후, 청년으로 성장하였건만 이 세상에서 공짜 밥만 먹고 허송세월을 한 것이 참으로 후회스러웠다. 지금에 와서 왜 이러한 결과가 초래되었을까, 그 원인은 무엇일까?

첫째, 국가의 운명 탓. 둘째, 가문의 빈약 탓. 셋째, 부모의 혜택 부족. 넷째, 지역 조건의 탓 등.

아무리 외쳐 보았지만 어느 것도 내 탓이라고 대답해 주지 않는다. 결국 못난 놈이 패배하면 누군가의 탓으로 돌려 자기 자신의 무능을 위장하여 합리화하고 기만하는 것이라고 자책을 하고 나니, 지금까지 무겁게 짓눌렸던 마음이 일시에 해맑아지고 상쾌해지며 순간적으로 온몸이 공중으로 치솟는 쾌감을 느낄 수 있었다.

제3부

3 세대 이야기

제4장

일제 강점기
고향에서의
생활상

굴욕과 감시 속의 토착 생활

소년 시대의 부푼 야망으로 배움의 열기에 불타 서당 송 선생님의 지도로 한양의 고아원 입소도 기대했던 대로 성사되지 못하여, 열망했던 한양에서의 배움의 꿈도 일시에 사라지고, 그 후의 비통함은 참으로 어린 가슴에 상상할 수 없는 큰 충격이었다. 그 후로는 모든 것을 포기하고 고향 땅에서 고생하시는 부모님을 모시고 열심히 농사에 전념하였으나, 의외로 기미년 3·1 독립 만세 의거로 정열에 불타는 젊은 혈기는 민족의 대역사에 동참하지 아니할 수 없었다. 그 거사는 우리 민족과 국가 장래가 좌우되는 대역사였으나 국운의 시기가 이르지 못하였는지, 또다시 성공하지 못하여 온 국민의 한탄과 분노 속에 미완성의 민족사로 마감되었다.

부친은 미수에 그친 기미년 독립의 완수에 조그마한 도움이라도 될까 하여 이역만리 만주까지 망명의 장도에 올라 헌신, 노력하였으나, 역시 불우한 운명의 장난은 그에게 대농양증이란 가혹한 발병으로 또다시 국가와 민족 앞에 사죄하고 만주 땅에서 부득이 수치스런 귀향길을 택하게 되었다.

부친은 자신이 계획하고 추진하는 거사가 성사되는 일은 한 가지도 없고 매사가 미수에 끝나자 모든 것을 운명으로 돌리고 일단, 부모님을 위한 효도와 자식들의 성장과 올바른 교육으로 자신과 같은 불행한 후손이 아닌 미래가 촉망되는 자녀 육성을 위하여 농사에 전념할 것을 다짐하였다.

그러나 결심만으로 모든 문제가 순조롭게 해결된다고 할 수 없었다. 우선 3·1 운동과 만주 지방에서의 망명 생활에 따른 요감시 대상 인물로 지명됨에 따라 항상 심리적 안정을 유지할 수가 없었고, 둘째는 봉건시대로서 근대와 같은 핵가족이 아니고 가구당 15~17명의 대식구를 부양하는 경우가 정상적인 통념으로 인정되고 있었다. 따라서 한 지붕 밑에서 조 부 자 3대가 거주하는 것은 보통 정상 가정이고 4대, 5대까지 한 울 안에서 생활하는 가정도 다수였다.

이러한 대가족 생활 중, 대농이어서 봄가을의 농번기에는 온 가족이 전원 논밭으로 나가고, 큰 집에는 원로 1인만 집을 지키고 있는 것이 집단 가정의 상례였다. 시골 농번기에는 농민들이 힘드는 노동의 피로 회복제로 1일 3식에 새참으로 오전 10시와 오후 3, 4시경에 두 차례 간식을 제공하였다. 그 집 원로는 고령에 바라는 것은 하루에 밥 세 끼니 먹는 것 외에는 기대할 것이 없었다. 농번기에 모내는 날이나 추수 날이면 아침에 한 끼와 오전 10시 제공하는 새참이 두 번째 식사이고, 정오에 점심 식사를 치르고 나면 식사 세끼를 차려 먹게 된다. 그 노인은 하루에 밥을 세 차례만 먹으면 하루 생활은 끝난 것이어서, 대낮에도 밤인 줄로 생각해서 대문을 잠그고 밤잠에 들어간다. 그것이 정상 생활인 줄로 인식하고 있는 것이다. 그 시대의 대가족 생활에는 이러한 사례와 일화도 허다하였다.

감시 속의 정착과 가족 형성

귀향 후 출발에서부터 폐정원에서 외로이 핀 한 포기의 잡초에 비할까? 사면팔방 모든 곳을 살펴보아도 의지할 친구도 없고, 이웃들도 냉혹하기만 한 고향 땅의 재출발은 애국열에 불타고 단결된 동지들의 참된 인간애와 화합된 분위기 속에서의 생활상과 대비하여 보니, 참된 인간성은 좀처럼 찾아보기 힘든 개별 사회였다. 그러나 이대로 주춤거릴 수는 없었다. 2, 3일 지나고 보니 대식구의 생계유지는 당장 급박한 상태가 목전에 처하여 있음을 직시하게 되었다. 본향리의 가족 상황은 평소 정상적인 식구수가 보통 10~12명의 대식솔을 유지하는 대가정이었다. 그것도 그럴 것이 선친 대 형제 구성을 살펴보면, 부친의 형제자매가 4남 3녀이고, 필자가 재북 6·25 당시의 남매 역시 5남

2녀로 선대와 동일한 7남매의 출생률을 유지하고 있었다. 그와 같은 대식솔을 부양하는 문제도 보통 일이 아니었다.

　빈곤한 소작 농민으로서는 이 대가족의 의식주를 해결할 수만 있어도 그 당시에는 부자이고, 효자 소리를 들을 수 있는 행복한 가정이라고 말할 수 있었다. 이렇게 긴박한 식생활상이라기보다는 절박한 호구지책이라는 것이 적적한 표현이 될 것이다. 특히, 그 당시 왜정의 약탈과 침략 정책은 기반 조성을 위한 초창기이므로 더욱 극렬하였다.[8] 왜인들은 침략의 외적 명분을 위장하기 위하여 기본 정책을 대동아 공존공영이니 하는 명분으로, 침략과 수탈을 목표로 군대를 앞세워 숨 쉴 여유도 없이 1만 군대를 진입시키고, 후속은 기묘한 정책과 방법으로 착취에 광분하고 있었다. 이러한 침략정책으로 동족 간에도 친일파인 일부 특수 계층 인물을 앞잡이로 선정하여 침략수단으로 이용하며 기만정책의 수행을 촉진시키고 있었다.

　귀향 후 자신의 과거 활동이 국가와 민족을 위하여 헌신적으로 노력하였으나 성과도 없는 상황을 뒤돌아보니, 무모한 소행이었음을 절실히 느끼게 되고 허탈감을 금할 수가 없었다. 모든 거사가 이와 같이 무모하게 종결이 되고 보니 부모님 모시고 농

---

8)　1905년 을사조약으로 통감부를 설치한 일본은 토지조사로 국유지 실태를 파악함. 1910년 토지 측정과 서류 조사로 조선 토지 실태를 파악. 그때 만든 토지대장이 21세기 대한민국 토지 측량에 여전히 사용됨. 이때 통감부와 총독부가 세운 원칙은 다음과 같다. 1) 관습적인 조선 소유권은 인정하지 않는다. 2) 국유화된 토지에 대해 행정적 이의 제기는 허용하지 않는다. (남기현, "일본과 식민지 조선에서 성립된 토지소유권의 성격 검토", 개념과 소통 no. 27 (2021))

사에 열중하였으면 부자는 못 되어도 부모에게 효도도 되고 생활 형편도 좀 더 향상되었을 것이 아니었을까? 하고 회상도 해 보았다.

그 순간 머리에 떠오르는 것이 있었다. 진인사대천명盡人事待天命. '지금까지 나는 노력과 인내가 부족하여 성공하는 일이 없으니, 앞으로 더욱 열심히 노력하면 반드시 서광이 비칠 날이 올 것이다.'라고 결심하고 당면한 농사에 열심히 종사하여 지금까지 고생시킨 부모 형제의 고통을 덜어 드릴 것을 결심하였다.

막상 굳은 결의로 부모에게 효행하고 동생들을 보살피며 안락한 가정을 이끌어 나가야 할 것을 다졌으나, 의외로 과중한 부담이 어깨를 짓누르는 과제가 있었다. 그 첫째가 극빈 소작 농가 재활. 둘째, 그 당시에는 산아제한이라는 것은 발상조차 할 수도 없는 실정이었고, 속담에 태어난 놈은 제가 타고난 복으로 자연적으로 성장하니 무조건 출생하면 다 생명이 유지된다는 사고방식이었다. 이러한 관점에서 우리 가계를 세분하여 살펴보기로 한다.

전술한 가족 현황과 같이 대식구를 유지하여야 하고, 당시 왜정의 착취 정책과 탄압으로 농경민의 생존이나 자립은 절망 상태였다. 설상가상으로 독립운동에다 망명 생활에서 귀향한 자인 관계로 요감시인의 처지에 있었으므로 그 숨은 고충은 평민에 비할 바가 아니었다. 가혹한 소작농에다 관헌으로부터 불시의 감시 순찰은 일반 농가에서는 참으로 혹독한 공포 생활의 연속이었다. 그러나 생활고에 허덕이는 부모 형제와 성장하는 자

6·25 당시 가족 계보

관계	성명	배우자	분가 여부	자녀 관계	생활/징병 징용	비고
부	해학 海學	유	호주	5남 2녀	기반 형성	애국·애족성 투철 농지 5,240평 소유
삼촌	학선 學善	유	분가필	1녀 2남	자족	목공, 독자 유지
삼촌	학원 學元	유	〃	1녀 1남	자족	농업, 노동, 의욕적
삼촌	학수 學秀	유	〃	1녀	미자족, 징용	목공 조수, 생기 약함
고모1	학노 學魯	유	〃	2남 1녀	자족	장남 1녀 월남
고모2	-	-	〃	-	-	2남 국군 입대, 6·25 전사
고모3	-	-	〃	1녀 1남	자족	향리 농기반 유지
장형	정동 正東	유	호주	2남	자족, 징병	선도성 유지
필자	형동 衡東	망	세대주	1남 1녀 중 1녀 생존	자족	재북 농지 1,200평 소유
3남	주동 柱東	미	본가 동거	연농 재학중		온순 6·25로 소식 단절
4남	계동 啓東	미	〃	소학 4, 5년	-	〃
5남	시동 施東	미	〃	소학 1, 2년	-	〃
1녀	양자 良子	미	〃	미취학	-	〃
2녀	명자 明子	미	〃	〃	-	〃

녀들을 방관만 하고 있을 수만은 없었다. 결심 끝에 가업에 종
사하여 이 숨 가쁜 가계의 소생을 목표로 하나둘씩 순차적으로

착수하게 되었다.

전기한 가족사 상황의 제일 첫째 동생(학선)은 불행 중 다행으로 선친(낙교)이 대목공인 관계로 목공 조수로서 수련을 거쳐서 초보적 목공으로 성장하여 근근 최소한의 식생활은 유지하는 형편이었고, 자녀는 장녀 연순, 장남 이동, 차남 제동 계 5식구로 식생활에 큰 불편은 없는 가계를 유지하였다. 삼촌(해선) 부부의 성격은 주변이나 형제간에 유대가 원활한 편이 못되었다.

둘째 동생(해원)은 별도의 기술을 보유하지 못하여 소작농과 노력(품팔이)으로 생계를 유지하여 최소한의 식생활은 유지되었다. 슬하에 장녀(연재)와 장남(건동)이가 생존하였으며 부부 생활도 원만하였다. 성격은 약간의 욕구형으로 외부 사항에는 불간섭하는 경향이 잠재되어 있었다.

셋째 막내동생 해수는 왜정 말기에 일군에 징용으로 징발되어, 일본 탄광에서 광부로 근무 중 8·15 해방으로 생존해 귀환 조치되었다. 고향에서 결혼하여 독자적인 가정을 형성하여 생계를 유지하고 있었다. 성격은 다소 소심한 상태였고 친화력이나 유대심이 미약한 상태였다. 생활 형편은 최하위 생활이었으나 목수 조공이나 일당 공원과 약간의 소작농으로 근근히 생활을 유지하였다.

전술한 바와 같이 25대 조부(낙교)께서는 농사에 관심이 없고, 특유 기능직인 목공으로 직무 수행 초기에는 일반 평목공으로 작업을 집행하였다. 원래 24대 선대조의 지도와 기술 연마로 조속한 발전 및 막강한 체력과 정신력으로 일약 일인자의 위치에 등장하게 되었다. 그 시대의 도편수라는 직함 덕분에 자식들의 분가에는 대지만 임차가 되면 동리의 한 마을 주민들의 협조로 산중에서 나무를 채벌하여 공동 작업이 이루어진다. 소달구지를 동원하여 운반하고, 온 동네 농민들이 합심하여 집터를 다져서 기초 대지조성이 완료되면 도편수인 조부와 조카 조수공 등의 가족이 공동 작업으로 주택을 건축하는 것은 비교적 큰 문제가 아니었다.

동기간 우애 속의 발전

기왕에 결심하고 시작한 영농에 성심성의를 경주하여 노력은 하고 있으나, 날이 갈수록 소득의 증대는 없고 온 가정에 피로와 생활상의 압박과 정신적인 고통은 가일층 심화되고 있었다. 이러한 서민 생활의 고통의 원인은 몇 가지로 지적할 수 있었다.

첫째, 일정의 탄압에 의한 수탈 정책. 둘째, 친일파들에 의한 중간착취. 셋째, 영농 기법의 낙후. 넷째, 비축재산의 전무. 다섯째, 무방비적 출산율.

이상 제시된 사유 등은 주요 요건이고, 잠재된 질병 기타 불합리한 조건도 결부되어 있었을 것이다. 그렇다고 좌절하고 포기할 수는 없었다. 나 자신 백방으로 헌신 분투하여 노력하여도 성사되는 일은 단 한 가지도 없었다. 그렇다고 좌절하고 패주하는 내 모습을 후손들에게 이대로 내보일 수는 없었다.

그는 그날도 1만여 평의 대농사에 피로한 몸을 내던지다시피 조부가 사용하시던 사랑방에 떨어뜨리며 깊은 잠에 빠지고 말았다. 잠깐 눈을 붙이고 있다가 순간적으로 깊은 잠에서 놀라 깨어났다. 그 순간 공동묘지에 안장되신 25세 조부모 내외분께서 현몽하시어 상당히 고통스러운 표정을 지으시며 "이곳이 왜 이리 춥냐? 집에서는 따뜻했는데." 하시며 꿈속에서 사라지셨다.

그 기이한 꿈으로 하룻밤을 지새웠다. 부친은 효성이 지극한 효자였다. 그 예로 사랑방에서 조부께서 침소에 드시면 항상 새벽 5시경 기상을 하시었고, 농촌에서는 소를 키우는 관계로 새벽 3시나 4시에 일찍이 소죽을 쑤게 되었다. 그 시간대에는 차가웠던 온돌방 바닥이 뜨겁게 데워진다. 그는 매일과 같이 아버님께서 벗어 놓은 의복을 자신이 자고 난 이불 속에다 묻어 두었다가 기침하실 때, 따뜻하게 데워진 그 의복을 부친께 입혀 드리는 것이 일상생활화된 효자였다.

그는 부모님의 현몽이 자신이 매일 옷을 따뜻하게 덮혀 모셨기에 그러한 꿈자리가 현몽된 것이 아닌가 하고 해몽을 해 보았다. 그러나 마음속에 담담함이 조금도 사라질 줄 몰랐다. 그날 밤을 지새우고 잠시 누워 있다가 깜박 눈을 부쳤는데, 순간 아버님께서 아무 표정도 없이 또다시 꿈속에서 사라지는 것이었다. 그 찰나 그는 다시 눈을 뜨게 되었다. 그때 순간적으로 마음에 잡히는 것을 확인하게 되었다. 바로 그것은 그 묘지가 공동묘지임을 느끼게 되었다. 그는 비로소 부모님께서 현몽하신 뜻을 자인하게 되었다. 그는 즉시, 현지의 공동묘지를 되새겨 보았다. 우리 가문은 비록 가난하여 헐벗고 굶주리고 빈곤하여 물질이나 권력에는 빈약하지만, 국가와 민족을 위한 애국애족이나 정의와 도덕적으로는 어느 누구와도 비교할 수 없는 선량하고 성실한 농민이며 사회적으로 모범 대상의 존재였다.

이와 같은 가문에서 타계하신 선조 부부께서 합장으로 두 분이 동일한 장소에 안장되고 계시나, 그 주변에 집단 산매된 시신들은 수십 년간 산지사방으로부터 회집되었다. 그중에는 선량한 생활로 추앙받을 만한 업적을 이루고 타계하신 영혼들도 안장되어 있을 것이고, 생존 시에 흉악한 범죄의 소굴에서 활개치다가 그곳에 온 혼귀 또는 왜놈의 앞잡이로 활동하다 선량한 민중들로부터 눈총받고 죽은 넋들 등, 불귀의 몸이 된 속사정은 공동묘지의 산신령이나 탐지하고 있을지 천태만상일 것이다.

이렇게 혼탁하고 무질서 상태인 공동묘지에 그 숭고한 양부모님을 방치하고 있음을 감지한 순간부터, 부모님을 좀더 편안하고 안락한 장소로 이장을 하여 그 복잡하고 혼탁한 공동묘지를 떠나실 수 있는 대책을 빠른 시일 내에 마련할 것을 결심하였다.

성은과 기적의 이장移葬 결의

본 과제의 기술에 앞서 필자가 특히 역설하고자 하는 내용은 이장의 3대 요소 중 이장 작업9)에 대해서 서술하려고 한다. 전술한 바와 같이 선친 두 분의 안식처로의 이장 문제는 부친의 독단적인 결심이었으나, 그 문제의 이장 목적을 완수하려면 넘어야 할 장애 요소가 많았다. 첫째, 이장하는 의지는 결정되었으나 이장지 선정과 이에 따른 묘지 매수와 더불어 이에 필요한 토지 대금의 염출 문제가 제일 첫째 과제다. 그 시기에는 농경민 특히 대식구의 영세 소작인으로서는 도저히 이룰 수 없는 큰 모험이었다. 그는 심사숙고 끝에 형제간의 가족회의를 개최할 것을 결심하였다.

그다음 날 가족회의의 요지를 각 가족의 혈육 동생들에게 설명하였다. 가족회의에 소집 인원은 남동생 세 명과 본인을 포함 네 명에 불과하였다. 회의를 주최한 당사자는 세 명의 동생들을 상대로 회의의 절박한 사정을 다음과 같이 설명하였다.

"우리 형제는 누구나 모두 다 영세한 빈농으로 처자의 호구지책에도 급급한 것을 이 형이 역시 모르는 것은 아니다. 우리 형제는 지금 생계유지도 지극히 곤란한 것은 사실이나 어젯밤에 공동묘지에 계신 양친께서 나의 꿈에 나타나시어 '이곳은 왜 이다지도 추운지 참으로 고달프다.'라고 하시며 현몽하셨다." 우리 형제자매들은 생활은 어려워도 최소한의 식생활은 유지하고 밤에는 등 따뜻하게 생활하고 있으니 다행한 일이 아닐 수 없다. 우리 7남매가 총력을 다하여 부모님을 환생시켜 다시 모시

---

9) 이장의 3대 요건: 장지 선정, 용지 매수 계약 체결 및 이장 작업이다.

는 각오로 전가 일묘 형성의 결의를 다졌다. 한 가족에서 하루 두 끼로 연명하는 한이 있어도, 금년 중으로 산소를 매입하고 명년 가을에 기필코 이장할 것을 굳게 맹서하고, 그 매입 방법, 위치, 이장에 필요한 절차 및 소요 인원 등 전반적 행사 준비를 협의하였다.

그 당시에는 왜정의 초기로 이장 허가란 영세 농민으로서는 도저히 상상도 할 수 없는 문제였다.[10] 특히나 우리 가족은 항일 가족으로서 요감시 대상으로 지적되어 있는 관계로 더욱 어려운 형편이었다.[11] 이와 같은 가정환경을 감지한 형제들은 일찍이 관허에 따른 이장은 단념하고, 혈육 간의 효심에 의한 밀장으로 결행할 것을 다짐한 후 이를 위한 비밀 계획을 수립하였다. 이 계획을 수행하려면 제일 먼저 거사에 따른 비밀이 시행 전이나 사후에도 영구히 보장되어야 하였다. 친족 동기간 인물 외에 타인을 상대로 하는 찬조적 인력 동원이나 기타 외부와의 동정 거래 등 보안 사항이 상당 부분 공개된 작업도 다수이므로

---

[10] 1910년 9월 10일 칙령으로 조선주차헌병조례를 발표하여 경찰과 치안 유지에 관한 행정 담당을 시행함. 서울, 광주, 대구, 평양에 77개의 헌병 분대를 설치하였다. 치안, 우편 호위, 도로 수축, 묘지 매장, 화장 단속, 우량 수위 측량, 도박, 무인, 예창기, 매음, 풍속 등 단속함.

[11] 조선주차헌병대 ① 한성과 부산 사이의 군사용 전신선 보호 명목으로 헌병 주둔 시작 (1896년), 1903년 '조선주차헌병대'로 개칭. 권한 확대되어 군령으로 군사경찰 사무, 사회단체 단속, 의병 토벌, 항일 인사 체포, 일본 관민과 친일파의 보호 등 보통경찰 활동과 고등경찰 활동 수행.
② 1906년 통감부 설치로 헌병은 '헌병조례'에 따라 군사경찰 외 행정·사법경찰 업무 수행으로 권한 확대됨. (폐폐, "갑오개혁 이후의 경찰제도 개념 파악하기", 폐폐블로그, 2020년 9월 7일, https://blog.naver.com/cys990619/222082907600)

본 이장 사업을 계획한 이후부터는 잠시도 마음의 안정이 유지
되지 않았다.

　이장 계획[12]은 신의를 기초로 한 매매계약의 이행을 우선적
으로 추진하여 순조롭게 진행되었다. 양 당사자 간에 계약을 위
하여 본 목적인 이장 후에도 이 사건에 대해서는 절대적으로 외
부에 누출되는 일이 없도록 철저한 보안 유지도 약속하였다. 자
금 문제는 형제간의 우애가 돈독하여 식생활에 고통이 따르더
라도 일치단결하여 부모님께 대한 효도에는 한 치의 차질도 없
이 완벽하게 성사되었다. 이로써 이장에 따른 3대 요건 중 장지
매입 자금과 용지의 매수 계약 체결이 완료되어 이에 따른 두
가지 문제는 해결을 보았으나 최종과제인 이장 문제는 상이한
난제가 수반되어야 했다.

　마지막 이장 작업. 즉, 야밤에 밀장이란 상상만 하여도 소름
이 끼칠 정도로 험난하고 위험 부담이 따르는 모험이라는 생각
이 들었다. 난제라 하여 고민만 하고 있을 시기는 이미 지나고
실천하는 길밖에 더 이상 다른 길은 보이지 않았다. 동기 4형제
와 자매 내외와 함께 지관이 타협하여 시행할 일시와 장소, 공
동묘지에서의 발분, 보존, 안장지까지의 운구 작업, 이장 묘소
의 성묘 작업 등 산적한 문제를 전반적으로 상세히 논의하였다.
시행일자는 '달이 없는 그믐날'로 결정하여 캄캄한 야밤에 작업
을 시작하여 해가 뜨면 마무리 봉분작업을 완료한다는 방안으

---

12)　현재는 묘지 이장 관련 특별법에 의하면 개장이라 함.

로 최종합의가 이루어졌다. 이로써 그 고대하던 부모님의 안식
처 이전 사업의 실천 계획이 완성 단계에 이르렀다.

그러나 이 계획을 완전무결하게 수행하기 위하여, 사전 일 개
월 전부터 암흑 속의 야간작업에 따른 운구 방법 및 성묘 작업
등 다방면의 점검도 5, 6회에 걸쳐 반복하여 답사도 하여 한 치
의 착오도 없도록 완벽한 준비가 되어 있었다.

드디어 사업 계획의 결행 시일이 도래하였다. 결행 전날에 자
매부 두 명과 같은 한 마을에 거주하는 부친과의 절친한 친구
대여섯 명은 성묘 작업에 필요한 도구를 휴대하여 이장묘지에
서 성묘 작업을 담당하여야 하므로, 시신이 도착하는 즉시 매장
작업이 실시될 수 있도록 사전에 논의된 대로 현지로 출동하여
작업에 임하였다.

공동묘지에서 야간 발굴 작업과 시신의 운구 작업은 제일 주
의 깊은 신중한 작업으로서 당사자인 4형제가 전담하기로 약속
이 되어 있었다. 조부의 제3세인 장형과 차남인 필자는 제3진
격인데, 작업시행 전일 출발한 선발대와 하루 전날 출발하여 현
지에 거주하는 지관 댁에서 일박 후, 행사당일 안장식에 참례하
기로 협의가 있었다. 제3세인 우리들은 이 숭고한 장례 행사에
참례하여 외부 사회에서 체험하지 못한 우리 혈륜의 굳은 의지
와 단합의 위대함이 이 행사 과정에서 시험이 될 것으로 예측하
였다.

결속으로 완수한 팔십 리의 운구

드디어 현몽 열매의 결실인 부모님의 안면 거사 결행일을 하루 앞두고 새로운 장지에는 이미 선발 요원들이 준비된 장비를 휴대하고 출발하여, 한 치의 차질도 없이 신설 성묘 작업이 추진되고 있었다. 제1진인 4형제는 결행 전날, 암흑 속의 야밤을 이용해 공동묘지의 발굴 작업에 나섰다. 사전 여러 차례에 걸쳐 답사하고 야간작업에 지장이 없도록 묘지 주위를 대부분 발묘하여 가매장한 상태로 보전되어 있었으므로, 심야작업으로는 선영의 유골을 2구로 선정 분리하여 운구하는 관계로 약 두 시간의 작업으로 다행히 발굴 작업은 완료되었다. 작업은 완료하였으나 발굴 묘지의 흔적을 남기지 않기 위하여 사전 일궈 놓은 생떼를 덮어서 원상태와 흡사하게 복구하고 나니 안도의 한숨이 나는 것을 느끼게 되었다.

지금부터 할 일은 70, 80리나 되는, 새로 단장된 부모님께서 안면하실 새로운 안식처로 촌각을 다투어 운구하는 것이다. 암흑 속의 심야에 70, 80리 장거리의 시신 운구는 4형제가 교대로 하기로 하고 시신도 2구를 구분하여 한 포대에 간소하게 포장하였다. 제일 먼저 맏형(해학)이 시신을 등에 업고 약 10리 정도를 활주하는 형태로 행진하고 4형제가 교대로 운구하여 신묘지의 산 밑까지 도달한 것은 새벽 5시경으로 추정되었다.

새벽 암흑천지의 산기슭에서 시신을 모시고 70, 80리를 단숨에 달려오고 보니 온몸이 땀으로 범벅이 되었다. 주먹밥 몇 개로 야간 행보를 계속하고 있으니 공포와 허기, 피로가 겹쳐 더 이상의 강행군이 불가능한 상태에 이르렀다. 잠시 휴식을 취하고 있을 때 장형이 조용한 말로 "지금 우리의 목표지는 이 산의 정상을 정복하는 것이다. 저 정상의 한 자리에 우리 두 부모님의 영원한 보금자리가 우리 형제들을 기다리고 있다. 가일층 심기일전하여 끝까지 전력을 다하자."라고 말하였다. 4형제는 형의 의미심장한 한마디의 격려로 다시 힘을 내서 목표인 정상 등정에 도전하였다.

결행 당일 새벽, 컴컴한 암흑의 숲을 헤치며 4, 5시경 최종 목표 지점을 향해 4형제는 촌각을 아쉬워하며 일보 일보 정상방향으로 등정에 총력을 경주하고 있었다. 일반 주민이나 기타 나무꾼에게 발견될까 우려되어 계곡을 이용하여 4형제는 조심조심 주의 깊게 정상 방향으로 발걸음을 재촉하고 있었다. 순간 울창한 숲속에서 몇 종류의 동물의 울음소리가 들려오는 것이었다. 캥캥거리는 여우 소리가 나는 순간 늑대 소리도 들려오고 있었다. 컴컴한 산중에서 시신을 모시는 것도 고통스러운 심정인데 산짐승의 소리까지 들리니 온몸이 오싹하고 머리끝이 치솟는 공포에 시달리게 되었다.

그때를 놓칠세라 장형께서는 "내가 체험한 바로는 일반 인도나 산길에서 야밤에는 사람의 접촉이 무섭지 정신만 단단히 차리면 짐승은 사람을 해치지 않는다."라고 충고를 하셨다. 4형제의 마음속에서는 '우리 형제들이 수년간의 결속으로 다져진 이 의지가 동물 몇 마리로 이 행사가 좌절될 수는 없다'라고 결의하며 4형제는 일로 정상을 향해 돌진하였다.

영구불멸의 숙원과 신비 속 봉분 작업

드디어 성묘 작업 현장에 도착한 것은 아침 7시경으로 추측된다. 현장에 도달하니 선발 작업 요원들은 환호 대신 감격의 눈물과 포옹으로 환영을 대신했다. 선후발대의 피나는 노력으로 합류된 참례 인사들은 노소를 불문하고 환성은 못 내도 전원의 눈빛은 환희의 일색이었다. 친인척은 물론이고 동참한 친구를 비롯하여 참여한 모든 분들의 얼굴에는 희색이 만연하였다. 소박한 농경민으로는 도저히 이장이란 불가능한 상황임에도, 가문에 이와 같은 대경사의 성공은 꿈에도 꿀 수가 없는 일이었다. 지극히 빈한한 일개 영세 농민의 자손들의 거사는 착실하게 다져진 효성과 돈독한 형제간의 우애와 단결된 결속의 열매라고 동참하신 원로분의 칭찬과 부러움이 대단하였다.

제1진의 선발 요원과 제2진과의 사업 집행 결행일인 새벽 7시를 기해 비로소 당해 목적인 이장 성묘지에 합류하게 되어 작업이 촉진되었다. 사업의 모의와 진행 시일은 2일의 단기간이었으나, 시행 과정과 정신적인 부담은 헤아릴 수 없는 고충의 결실이었다. 제2진의 합류로 성묘 조성 작업은 가속화되어 선발 요원들은 불안에서 벗어나 작업의 진도가 촉진되고 있었다. 선발 요원들은 지관과 동행하여 사전에 여러 차례에 걸친 답사를 통하여 산소의 배경 및 채광, 주변의 환경 풍수해 여부 외에 지하수 유입 및 묘소의 토질감 등 다양한 방법에 의하여 선정된 묘지였다. 따라서 작업 요원들은 지관의 지시에 따라 작업을 진행하고 있었다.

제3세인 필자는 당시 9~10세이고 형은 12세 정도의 소년 시절로 추억된다. 우리 3세자 두 명은 공동묘지가 어떤 곳이고 사설 묘지는 어떠한 사람이 묻히는 곳인지 알 수도 없고, 한 번 죽으면 상여나 들것에 실려 산에다 묻는 것이고, 식구가 여러 명 있고 돈이 있으면 죽어서 꽃상여 타고 산에 묻히고, 사람 없고 돈이 없으면 거적에 싸여 산에서 흙을 약간 덮고 돌로 지질러 놓는 것으로만 알고 있었던 것이 전부였다.

이러한 두 소년들로서는 우리 조부모님의 장례 과정이 이렇게 복잡하고 어려운 절차와 위험한 작업임을 새롭게 알게 되니, 선조님의 장례 절차와 작업 과정에 깊은 관심을 가지고 살피게 되었다. 이러한 관심 속에 우리 할아버지와 할머니의 새로운 산소를 지정된 위치에 서서 보니, 광활한 산세 및 주위의 환경과 선정된 위치의 채광이 참으로 화창하고 온화하였다. 특히 산소 주위의 잔디는 잘 활착되어 포근한 보금자리와도 같은 느낌이 들면서 '우리의 조상께서 복잡다단하던 공동묘지란 객지 생활에서 벗어나셔서 따사로운 영원한 안식처로 가시는구나.'라고 회심의 안도감을 느꼈다.

신비 속에 이루어진 봉분의 일화

4형제와 고마운 이웃의 우정에 얽힌 다정한 벗들의 피나는 노력으로 안장 결행의 성묘 작업은 속속 진행되어, 중반 작업인 표면 토취 과정을 끝내고 지관의 지시에 따라 최종 합장에 소요될 묘지 중심부의 점선으로 표시된 부분의 절토 작업에 착수하였다.

처음 착수할 때에는 가볍게 삽으로 파내려고 삽질을 하는 순간, 삽끝이 굳은 물체에 부딪히고 더 이상 굴착이 불가능하였다. 중공구인 곡괭이로 함께 두들겨 보았으나 콘크리트 관을 치는 것과 같이, 내부에 공간이 발생한 것 같은 이상한 괴음과 동시에 반사적으로 곡괭이가 튕겨 나오는 것이었다. 하도 기이한 상황이 발생하여 작업을 중단시키고, 지관 및 상주와 원로 인사들은 심각한 토의 끝에 심상치 못한 사태가 발생하였음을 감지하고 전원 합의로 일단 내부의 물체를 발굴하여 확인하는 방향으로 의견의 일치를 보았다.

상주와 지관의 지시에 따라 작업원을 4형제 중의 막내 삼촌이 직접 작업에 임하게 되었다. 참석자 전원이 지켜보는 가운데 삼촌은 목표물의 중심 부위를 곡괭이로 힘껏 내려쳤다. 꽝소리만 나고 곡괭이는 또다시 반사되었다. 이를 지켜보던 가족은 "빨리 서둘러라." 하고 재촉하였다. 사정없이 힘껏 내려쳤다. 그 순간 '꽝' 하는 굉음과 함께 두꺼운 상석 뚜껑이 왈칵 젖혀지면서 뽀얀 안개와 같은 기체가 묘지 위로 증발됐다가 순간적으로 사라졌다. 어차피 파헤친 바에 내부 물체의 유무와 그 물체의 정체와 형태 등 여러 면에서 궁금해지며 극도로 흥분된 상태로 돌변하였다.

최종적으로 지관과 상주가 긴급 협의 끝에 일반 물체의 전모를 확인하는 방향으로 합의되어 작업원에게 상판을 열어젖힐 것을 지시하였다. 이 지시에 따라 작업원은 상판의 상부와 중간 부위에 속하는 상석된 상판을 곡괭이로 파서 상석을 확 젖혀 버렸다. 그 순간 전체 참석인은 "아이쿠," 하는 한마디의 탄식뿐 별말이 없이 초조한 기색이었다. 그 상석함 속에는 멀쩡한 사체의 전신이 안식을 취하고 있는 형태였다. 시신의 안면도 정상인과 거의 흡사한 상태였으나 청명한 햇빛과 외계의 공기가 유입되자 사체는 차츰 변화되어 버렸다.

이 광경을 목격한 상주 가족은 물론 지관과 마을 친구 등 전원이 정신 나간 사람 모양으로 한숨만 내쉬고 있었다. 당초 작업을 시작하기 전의 원형 묘지의 상태는, 산정상에서 약간 낮은 경사지에 아늑하고 양지바르며 따뜻하고 온화한 평지이고 포근한 잔디로 감싸여 있었다. 상주 4형제는 빈곤한 가정에서 모진 고통 끝에 이루어 낸 정성도 이제 수포로 돌아가는 형상 전개에 도저히 감내하기가 힘들어 일시에 파멸되는 기분이었다.

잠시 후 분위기는 가다듬어지며 지관과 상주 4형제와 마을 원로가 이 문제로 토의가 시작되었다. 지관은 일차적으로 현장의 전개 과정을 설명하였다. 내용인즉, 이 발굴된 밀장이 시행된 시기는 최소한 15년 내지 20년 전에 암매장되었다고 설명하였다. 그 이유로는 본 작업 전의 산림이 형성되었던 상태나 잔디의 발육 및 보전 상태로 보아 그 정도 연한이 경과되었음을 확인할 수 있다고 진술하고, 지관 자신의 판단으로는 현재 암매장된 사체를 발굴하여 폐퇴한 후, 그 장소에 양친 부모님을 안장하는 방법이 가장 엄정한 이장지가 된다고 판정하였다.

그 후 향리의 원로와 상의하였으나 역시 지관의 선택에 동의하였다. 지관과 원로의 선택 방법에 대하여 다음은 상주 4형제의 의중을 확인하는 순서였다. 4형제 중 아래 동생 세 명도 일차 결정 내용에 동의하는 것으로 결론이 내려졌다. 이 토의 내용을 세심히 경청하고 있던 주상주께서 그 결정 내용에 대하여 이의를 제기하였다.

그 사유인즉, "여러분의 뜻에 참으로 고마움을 느낍니다. 그러나 여러분도 다 아시는 바와 같이, 우리 형제자매나 일가 모두가 부모님에게 효도하여 생전에 좀 더 호화롭고 다복하게 모시지 못해 한이 되어, 돌아가신 후라도 더 편안한 안식처를 구하여 모시고자 갖은 고통을 극복하며 부모님을 이 자리로 모시게 되었습니다. 그러한 악조건을 극복하고 이 자리에 와 보니 참으로 놀랍고 감탄스러운 현실을 목격하게 되었습니다. 잠시 전에 지관님의 현황 설명에서 이 산소에 암매장한 후손들의 정성 어린 효심은 높이 평가되어야 하며, 적어도 우리 형제들보다 15년 내지 20년 전에 시행한 행위는 우리들도 존경해야 할 효도입니다. 따라서 본인도 결심한 바 있습니다. 우리보다 선행한 효심과 우리의 효성이 상호 간 친선과 유대를 돈독히 유지하기 위하여, 우리 형제들이 기왕에 안치된 위치에서 일보 양보하여 세 영혼께서 합분하시어 영원한 친분을 유지할 수 있도록 배려하는 것이 본인으로서 정신적인 위안이며, 상대측에 대한 최대한의 도의로 판단되어 그 방안으로 봉분을 선정하고자 하오니 양해하여 주시기 바랍니다."

여러 친척분이나 지관, 원로의 반대도 있었으나, 상주가 요해를 구하여 만장일치의 합의에 따라 본격적 성분 작업이 시작되었다. 우리 어린 제3세들은 그 이장 작업이 전개된 과정을 직접 목격도 하고 여러분들의 대화 내용도 상세히 들었으며 생각도 하여 보았으나, 어떤 것이 합당하게 처리되는 것인지 어린 소견으로는 판단하기가 용이하지 않았다. 그러나 한 가지 의문스러운 것은, 부친께서 무엇 때문에 지관으로부터 일급 묘지로 선정한 묘의 위치를 변경하면서까지 일평생 한 차례 밖에 이룰 수 없는 귀중한 대사를 변경하여 처리하시는 그 후의에는 상당한 의아심을 가지고 있었다.

그러나 시간이 가고 세대가 교체되고 유년이 노령기까지의 경륜이 축적되고 모진 세파에 세탁되고 보니, 지금에 와서는 부친님의 세련된 온정에 탄복하지 않을 수 없었다. 본격적으로 성묘 작업이 진행되는 과정을 지켜보는 그 당시 제3세 필자의 연령은 10세 정도로 기억된다. 천진난만한 필자가 본 사업이 추진되는 기간 중 참으로 인간의 천륜과 효성의 숭고함을 감명 깊게 소장하게 되었으며, 필자의 부친께서 어린 이 두 형제를 이 험난한 묘소까지 참례시킨 의미를 지금에서야 감지하게 되었다.

부친께서 필자에게 훈교를 하신 기억이 떠오른 몇 구절을 추려 본다. '지성이면 감천이요, 진인사대천명'. 어린 시절에는 이 구절이 무슨 뜻이며 어떠한 의미인지 알지 못하였다. 지금은 납득이 가는 구절이다. 또 몇 가지 신비하였던 것은 행사를 시행하는 그 당일의 날씨는 얼마나 화창하였는지, 참으로 고인이나 상주를 비롯하여 모든 참석자들의 정성 어린 보은의 축복이 아닌가 생각된다. 또한 그날의 산묘지 위에 잔잔하고 포근하게 깔려 있던 잔디의 온화하였던 모습도 아름다웠지만, 성묘 작업 중에 봉분장의 황토질 즉, 필자가 목격한 토질과 같이 좋은 토색은 재북시와 월남하여 여러 곳의 장례장에 참례하며 비교하여 보아도 그 토질과는 비교가 될 수 없다.

여러 가지 기이한 상황을 최종 점검하여 결정된 합의에 따라, 동일 묘지에 양친 부모님과 확인 불가한 기존 시신 1구와 3구의 합장 작업이 시작되었다. 일기도 축복이나 하듯 화창하고 참석인원 전원이 성심성의를 다하여 작업은 상당히 빠른 속도로 진행되어, 기존 시신의 매립 위치에서 약간 상층 지점에 부모님의 입관 위치를 정하여 토취 작업을 시행하게 되었다. 그 결과 양친께서 안면할 토색과 토질은 그 어느 대지에서도 구할 수도 없는 천혜의 은덕으로 영원히 간직하고 있다.

그 천혜의 장지에서 성원하신 모든 분들과 여유 있게 정담도 나누고 싶으나 이 행사는 왜정의 눈을 피한 비상수단에 의한 밀장인 관계로 작업을 촉진하여 당일 오후 2시경 완전히 성묘 작업이 완료되었다.

신비 속의 기이한 삼배주

이로써 숙원이던 백년대망의 공동묘지의 양친 부모님의 숭고한 안장 사업이 소원과 같이 성공리에 성사되었다. 성묘 작업이 완료되고 끝으로 작별의 산신제가 시작되었다. 제일 먼저 제주인 상주가 간략하게 준비된 제사상이 조촐하게 마련된 상위에 제주를 올리는데, 한 번에 세 잔의 술을 따르고 4형제의 상주와 3세인 우리 형제들도 동시에 참배를 하였다.

참배가 끝나고 나니 부친께서는 부친의 3형제와 우리 두 형제를 면전에 불러 모아 말씀을 하셨다. "내가 지금 얘기하는 말을 명심하여 앞으로 내가 이 산소에 참가 못 하여도, 너희들은 이 산소에 참배할 때는 반드시 술을 세 잔씩 따라서 모셔라."라고 말씀하시며 "생전에도 한잔 술에 눈물이 난다고 하였다. 하물며 같은 산중에 고독하게 계신 옆 분의 자식들도 효심은 우리들과 다를 것이 없을 것이다. 세 분의 영혼이 영원한 화목과 유대를 유지할 수 있도록 우리 자손들이 최선의 노력을 다하여라."라고 말씀을 맺었다.

그 산중에서의 말씀을 필자와 이북에 계시던 숙부들과 나의 형제들이 생존하는 한 그 약속은 지켜질 것이다. 그러나 이산가족의 약속은 과연 지켜질 것인가? 그 산중의 산소에서 한 약속은 지금은 유언으로 변해 버렸다. 따라서 필자 생존 기간 남북이 통일되며, 이산된 가족들이 상봉하여 자유롭게 왕래할 수 있어, 그 유서 깊고 신비로웠던 묘소를 전설을 앞세워 가며 이남 탄생의 제4세들을 대동하고 참배할 수 있을 날을 학수고대한다. 이와 같은 나의 뜻이 이루어지지 못할 경우에는 필자의 취지를 명심하여 후세에 영원히 계승되어야 할 것이다.

본 행사의 성사와 관련하여 필자가 부언하고 싶은 신념을 서술하고자 한다. 본인은 현존하는 인류 사회에 만연되고 있는 모든 신앙의 진실성이 믿어지지 않는다. 그 진실 그 밑바닥의 저의가 의구스럽다. 물론 개중에는 성실하고 진실된 선행도 없는 것은 아니다. 그러나 필자로서는 제3의 힘을 배경으로 한 선행보다는 직접 자신의 참된 양심에서 우러나는 선의의 실천이 더욱 고귀한 신의로 판단된다. 따라서 본인은 선조님으로부터 실지로 교육받은 체험이나 교훈에 따라 축적된 실적實跡을 기반으로 독자적인 신의로써 창조와 자주적 발전에 기여하고자 한다.

탄압 속에 꿈을 키우는 부자 결속

왜정의 탄압 속에서도 형제자매의 결속의 열매이며 숙원이었던 부모님의 이장이 신의 가호로 무사히 안장의 꿈이 이뤄졌다. 생전에 이루지 못한 소원을 성취한 후 자식의 도리를 일부라도 보은하였다고 생각하니 정신적인 위안이 되어 안도감을 느낄 수 있었다.

숙원이었던 이장의 피로에서 지친 체력이 점차 회복됨을 느끼게 되었다. 그러나 이것으로 부분적인 위안은 되나 미래의 전도는 첩첩산중이었다. 앞으로 해야 할 계획을 정리를 해 보았다. 정리할 대상의 항목, 건수, 조건 및 전망 등 여러 사항 중 완급의 선별조차 하기가 곤란할 정도로 긴박한 상태였다.

양친 부모님의 안장 사업을 지상 목표로 수행하는 과정에서 무리하게 과중한 부담으로 각 가정에서 생계에 큰 위협을 받고 있는 실정이었다. 그뿐만이 아니었다. 장형으로 당장의 동생가족 등 대식솔의 생계를 유지해야 할 책임도 큰 문제이고, 장손으로서의 막중한 책임을 소홀히 할 수 없으므로 막내 동생은 물론이고 장손에 따른 직계 자녀들도 7남매가 출생하여 식생활과 미래의 교육 문제는 더욱 신경을 경주할 과제로 주목되었다.

특히 교육관은 부친이 유년 시절 배움의 열기로 상경하여 고아원 입소를 갈망하여 자원하였으나, 자격 미달로 입소하지 못한 쓰라린 경험을 한 사실이 있으므로 후세손에 대하여는 특별한 의지를 가지고 있었다. 그러나 의지만으로 모든 자녀들의 교육이 성사되는 것은 아니었다.

일제 강점기 서민의 생활상

일제 강점기 서민들의 생활은 상상을 초월하는 것이었다. 일제는 경제 수탈의 일환인 산미증식계획(1920~1934)으로 쌀 증산량보다 수탈량이 더 많아 국내는 식량이 부족해지고, 일본으로 수출하는 식민지 지주제의 강화로 지주 이익은 증가된 반면, 수리 조합비 및 품종개량비 등은 농민에게 전가시켜 농민들은 화전민이나 토막민으로 전락하였다.[13)]

이러한 실정에서 농민들은 1년 농사를 이른 봄 꼭두새벽부터 저녁 어둠이 짙어질 때까지, 허리가 부러질 정도로 10여 명의 전 가족이 1년간 지속적으로 소작농에 매달려 피땀을 흘려서 농사를 지어 왔다. 가을에 추수하여 탈곡하고 벼 가마니에 채우는 순간이, 소작 농민의 1년간의 일그러졌던 주름살이 펴지는 희망의 순간이며 1년의 손익을 따지는 결산의 정점이었다.

그러나, 대부분 영세 소작농과 지주 간의 결산의 손익계산이란 명분상의 계산일 뿐, 추수 마감 결과는 전체 수확량의 2/3 정

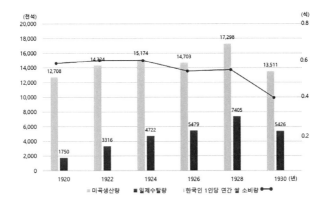

산미증식계획의 쌀 생산량과 수탈량
(조선총독부 농림국, 조선미곡요람, 1937)

13) https://seven00.tistory.com

도는 악덕 지주의 고리채권 상환으로 지주의 소유로 환수되는 사례가 보편화되어 있었다. 전술한 바와 같이, 한 가정 열두 명의 식구를 대상으로 대략 추계해 볼 때, 영세 소작 농가의 영농 결산손익은 적자인생을 모면할 방법은 없고, 이러한 생활상이 일반화된 상태다. 이러한 상황 속에서 우리의 가정은 대표적인 사례였다.

필자가 보통학교에 재학 1, 2년생인 당시의 생활상을 몇 가지 소개한다. 지금 이 시대에서 성장하는 어린 아이들은 춘궁기 '보릿고개'라는 용어의 의미조차 모를 것이고 그 용어가 '어떠한 환경에 처하였을 때 활용되는 단어인지, 왜 이러한 단어가 사용된 건지' 의아스럽게 생각될 것이다. 당연한 사실이다. 그와 같은 경험을 할 기회도 없었으니까. 그 당시의 빈농의 '보릿고개' 란 참으로 참혹한 현상이었다.

농번기에 농가에는 '품앗이'라는, 온 마을 농민들이 순차적으로 집집마다 돌아가면서 농사일을 도와주는 농촌 특유의 상부상조 제도가 있다. 이 작업은 아침 5시경부터 착수하여야 한다. 우리 집 남자 장정들은 이 작업에 모두 동원되고 그 작업에 동원된 인원은 작업장의 주인농가에서 당일 분 식사와 간식, 기타 필요한 음식물 등으로 대접을 하니 동원된 식구의 당일분의 식량 문제는 해결된다.

우리 가정의 주모인 모친께서는 동원되지 않은 잔여 식구들의 아침밥을 준비하기 위하여 쌀광의 쌀 항아리 뚜껑을 열고 쌀의 재고량을 점검한다. 쌀 항아리는 컴컴하게 텅 비어 찬바람이

쌩쌩 불고 있었다. '보릿고개'의 빈농의 쌀 항아리는 이것이 정상적인 생활상이었다. 어머니께서 그 쌀 항아리의 뚜껑을 열 때의 심정은, 그 쌀 항아리의 입에서 고픈 배를 움켜쥐고 버티고 있는 일고여덟 명의 굶주린 어린 가족들의 눈동자가 떠올랐을 것이다.

집에 있어 보아도 끓여 먹을 식량은 한 톨도 없다. 방법은 한 가지뿐, 컴컴한 새벽에 어디론가 달려가는 것. 이웃집 김 부자 집의 부엌으로 달려가는 것이 유일한 구급책이었다. 소위 일천 석의 김 부자 집은 평상시에도 본가 주인 가족과 머슴, 집 지킴이, 하인 남녀 가족, 기타 내왕객들 모두 약 30~40명 정도의 식탁 준비가 항상 준비되어야 한다. 그 댁 부엌일을 모친께서 거들어 주고 그 댁 식사가 끝나면 먹고 남은 밥과 찬을 가지고 말똥말똥 허기진 배를 움켜쥐고 고대하고 있던 귀여운 새끼들에게 건네진다.

어머니께서는 그 광경을 정신없이 쳐다볼 뿐, 자신은 부엌에서 냉수와 채소로 허기를 모면하였다. 점심은 운이 좋은 날에는 마을 대가의 생일이나 결혼식, 회갑 잔치 또는 이웃 동네 상가 등 경조사가 있으면 다행스럽게 간신히 허기는 면할 수 있다. 저녁때에는 김 부자 집에서 연료나 퇴비용으로 저장하여 보관중인 볏짚더미에서, 일차 탈곡을 끝낸 볏짚을 한 묶음씩 헤쳐가며 다시 털면, 덜 익은 벼쭉정이에서 떨어지는 쭉정이 벼를 조금씩 구하여 절구에다 빻아서 멀건이 야채와 혼합하여 한 모금씩 나누어 연명이나 하는 것이 보통이다. 그것도 없으면 천정만 쳐다보다가 허기진 배를 움켜쥐고 잠자리에 드는 것이 평상시의 생활상이었다.

배가 고파서 울기도 많이 울었지만 배가 고프면 잠도 오지 않는다. 우리 형제들이 이 세상에서 가장 슬픈 것이 무엇일까? 슬픔 중의 가장 고된 슬픔은 배고픈 슬픔이라고 거침없이 말할 수 있다. 그러나 지금 세대의 어린이들은 이것이 무슨 말인지조차 모를 것이다.

현세의 아이들에게는 이러한 지구력과 인내심의 결핍이 있을 수 있다. 필자도 역시 조부님이나 어머님을 따라서 경사나 상갓집에 가서 구걸을 체험한 적도 많았다. 나는 좀 숫기가 없어서 어른들하고 동행하여 얻어 주는 것을 먹기는 하여도 숨어서 먹고 나니 그 처지란 처참한 신세였다. 이렇게 방문하여 걸식을 하는 상대 집은 나의 동급 학우의 집인 때도 여러 차례 있었다.

그뿐만 아니라 선친께서는 어린 자식들의 배고픔의 해결책으로, 같은 마을의 애경사는 물론 이웃 마을의 좀 친분이 있는 가정의 대소사(회갑, 결혼, 생일)에도 빠짐없이 일을 도와주는 고달픈 호구지책의 구걸이 눈만 뜨면 연속되는 일상생활이었다. 심지어 우리 자식들을 출산한 후, 유아들의 양육 기간을 이용하여 이웃 부잣집의 산모를 대신하여 모유를 제공하는 유모 생활을 하여 자식들의 배고픈 시련을 극복하신 현모였음을 첨언한다.

우리 어머님의 모유를 먹고 성장한 현세의 유명 인사도 있다. 이러한 유모 생활의 불가피성은 두 가지가 있다. 한 가지는 우선 산모의 식생활이 빈약하여 산모와 출생아의 영양 보충이며,

둘째는 이 후의의 대가로 식생활 유지를 위한 양식을 공급받아 가계 유지에 도움을 받는 참상의 현황이었다.

수업료 체납과 개인 수업 지도

이와 같은 참혹한 생활이 날이 갈수록 심화되고 있었다. 필자가 3학년으로 기억된다. 그때의 월학급 수업비가 2원인데 한 달, 두 달 체납되었을 때까지는 담임 선생님으로부터 수업료의 독촉이 있었다. 또 한 달치를 납부하지 못해 3개월분이 체납된 후 어느 날 등교를 하였다. 선생님으로부터 월 수업료 체납 학생에 대한 점검이 시작되었다. 선생님은 우리 학급의 체납자 명단을 점검한 후 "이형동." 하고 호명을 하며, 앞으로 나올 것을 명령하였다.

　나는 선생님의 탁자 앞으로 다가섰다. 선생님께서는 "다른 학생은 다들 수업료를 납부하였는데 너만은 유독 3개월분이나 체납을 하느냐!"라고 호통을 치시며, 나무 훈도장(막대)로 나의 머리를 탁 하고 치는 것이었다. 그 순간 나는 하늘이 획 돌며 땅바닥이 천정으로 확 솟구치며 바닥에 쓰러졌다. 잠시 후 정신을 가다듬고 일어서니 선생님께서 "빨리 집으로 돌아가서 부모님한테 월사금을 타서 가지고 오너라." 하고 재차 말씀을 하시기에 무거운 발걸음으로 돌아서서 집을 향해 걸어갔다.

집으로 돌아오는 발걸음의 무게는 천근만근의 무거움을 이겨 내기가 참으로 고통스러웠다. 집으로 돌아가 봐도 아침에 없던 월사금이 있을 리 없는 사정을 본인이 누구보다 잘 알고 있기에 더욱 발걸음을 재촉할 수가 없었다. 안갈 수도 없는 침울한 마음을 정리도 할 겸, 중간 길에 산을 두 개나 넘어 허기도 채울 겸 산에서 덜 익은 밤과 고염 등 몇 가지의 열매를 따먹고 나니, 점심은 안 먹어도 될 정도로 허기는 해결되었다.

돌아오고 싶지 않은 귀가 길, 산 넘고 산 넘어 우리 마을 입구에 이르니 발걸음은 더욱 무거워졌다. 집을 향해 걷는지 서 있는지조차 모르는 사이에 우리 집 입구 마당에 이르렀다. 때마침 어머니께서 집에 계셔서 앞밭의 채소를 가꾸고 계시다가 내가 오는 것을 보시고 깜짝 놀라시며 "네가 어쩐 일이냐?" 하시는 순간, 나 자신이 더 놀랐다. 나는 아무 말도 못하고 그 자리에 주저앉아 엉엉 울어 버렸다.

그 광경을 본 어머니는 벌써 짐작이 가는 듯 나를 껴안고 눈시울을 붉히셨다. 아버지는 아침 일찍부터 농번기의 일터로 나가시고 안 계시니 상의할 대상도 없으므로 별 대안이 없었다. 월사금을 못 구했으니 학교에 갈 수도 없어 그날은 집에서 대기하고 학교에 다시 등교를 하지 못했다. 어머님과 필자는 터지는 심장을 억누르며 아버님의 귀가를 학수고대하였다.

드디어 일손을 마치고 돌아오신 부친께 수업료의 체납 사연을 말씀드렸다. 어디 가서 상의할 상대도 없고, 시간도 촉박하여 아버지는 부득이 김 부자 집에 가서 사정하는 도리밖에 없어서 그 영감을 방문하여 자식에 대한 수업료 체납 내용을 설명하고 차용하여 줄 것을 간청하였더니 그 영감께서 쾌히 승낙하였다. 그리고 조건을 붙여 말하기를 "형동이 그놈이 공부를 잘 한다며? 우리 세○ 놈이 공부가 시원치 않으니 그놈하고 같이 공부를 시켰으면 하는데 자네가 형동이 하고 상의하여 성사시켜 주면 그놈의 학비는 내가 부담하겠네."라고 조건을 붙여 승낙하였다.

합의 조건으로 다음 날 필자는 꿈에도 생각지 못한 행운으로 수업료 3개월분 6원을 납부하게 되었다. 그날부터 나는 세○(필자와 동기 동창임)와 그 집에서 제공한 4인용 평상을 우리 집 사랑방에 비치해 놓고 공부를 시작하였다. 김 부자 집의 손자인 세○는 나와 같은 반의 친구였으나, 그 친구는 학업 성적이 우리반 학생 총 80명 중 60~70등 정도로 하위권이었으며, 필자는 항상 1등 아니면 2등을 다투는 우등급 수준이었다. 따라서 복습을 시키는 과정은 별문제 될 것이 없었다. 약 5~6개월간 필자와 공동 학습을 하니 학기말 성적이 하위권에서 중위권으로 급속히 상승함을 느끼게 되었다.

친구의 집에서는 그 후 큰 경사가 났다고 대환영이었다. 성적 상승으로 필자에 대한 대우도 일시에 부상됨을 느끼게 되었다. 그 후로부터 나의 월 수업료도 그의 집에서 보조해 주었다. 그뿐만 아니라 매일 야간 수업 시에는 나로서는 구경도 못한 진기한 간식도 제공받게 되었다. 나는 출생 후 이러한 환대를 받고 나니 당황하지 않을 수가 없었다. 나에 대한 이러한 후대는 나 자신이 열심히 공부시킨 대가라고 생각하니 흐뭇하기도 하고 책임감이 느껴지는 것이었다.

그러나 나의 그 참혹하였던 처지도 되새겨 보았다. 나의 이 행운의 시기는 우리 자식들을 키워 주신 부모님의 지극한 정성의 대가라고 판단하고, 이 기회를 나에 대한 일생의 시험대로 간직하고 '나는 지금부터 부모님이 겪고 있는 혹독한 생활을 다소라도 덜어 드릴 수 있는 방법이 없을까?' 세심하게 생각해 보았다.

나는 이 친구와 같이 열심히 공부를 하여 친우의 성적이 상향되면 나의 월 수업료도 자동적으로 해결되어 부모님의 가계에도 보탬이 되고, '그 학우가 상급 학교에 진학을 할 수 있는 실력을 쌓아 주면 나에게도 진학할 수 있는 기회가 생기지 않을까?' 하는 꿈도 꾸어 보았다. 그러한 꿈속에서 나는 그 친구의 성적 향상에도 정성을 다하였다.

개인 수업 지도 청탁

그다음 해 4학년 신학기가 시작되는 봄이었다. 우리집 주변에서 필자가 지도한 학우의 성적이 상당히 향상되었다는 소문이 온 동리에 퍼지게 되어, 같은 마을에서도 나와 같이 등교하는 것을 부럽게 생각할 정도로 나의 인기는 대단하였다. 우리 집 바로 뒤에 사는 석○의 어머니께서 '우리 어머님께 간곡히 청탁

할 일이 있어 찾아왔느라'는 사연이었다. 그 어머니는 김 부자 집 딸로서(세○와 석○이는 고종 4촌간) 우리 집과는 상대도 되지 않는 거부의 딸이었다.

내용인즉, "귀댁의 형동이가 세○를 데리고 공부를 잘 가르쳐서 학업 성적이 상당히 향상되었다는 말을 세○를 통해 들었습니다. 우리 석○이도 몇 년 후면 상급 학교의 진학 시험을 치러야 할 터인데 지금과 같은 성적으로는 도저히 진학이 힘든 하위권 성적이니, 댁의 형동이와 같이 공부시켰으면 하는데 허락하여 주시면 그 은혜는 꼭 보답하겠습니다."라는 내용의 청탁이었다.

어머님은 그분의 말이 끝나는 순간, 가슴속에서 쿵쾅쿵쾅하고 방망이질을 하고 있어 무슨 말로 응답을 하여야 할지 당황하지 않을 수 없었다. 그것도 그럴 것이 그 댁에서 밥 구걸을 비롯하여 부식, 돈 빌려 쓰기, 헌 옷 얻어 입기 등 여러 면에서 우리 가정에 대하여 많은 수혜를 준 귀인이고, 그 가정과 우리 가정의 대비는 귀족 사회의 양반과 하인 같은 처지였다.

그러한 귀부인으로부터 꿈에도 생각하지 못한 간청을 받고 나니, 어머니의 심정은 이루 헤아릴 수 없는 기쁨이었다. 이 세상에 태어나서부터 상대하는 모든 사람들에게 부탁하고 사정하고 구걸해서라도, 위로는 시부모님과 시동생을 비롯하여 굶주림에 허덕이는 어린 자식들의 연명을 위해서는 어떠한 고통이나 수모를 당하더라도 이를 감내하였다. 오로지 가족들의 생계 유지란 한 가지 목적을 위하여 자신이 희생을 당하는 것은 당연한 책임과 의무를 수행하는 계기와도 같은 생활상이었다.

　이 같은 혹독한 생활 속에서도 이러한 영광을 맞이하게 되니 기쁨을 감추지 못하고 눈시울이 뜨거워짐을 느끼게 되었다. 잠시 숨을 돌리고 마음의 안정을 찾은 후, "예. 우리가 귀댁으로부터 무한한 신세를 지고 있는데 무슨 말씀이십니까? 우리 형동이가 공부를 잘 한다니 다행스러운 일입니다. 그 애한테 말하여 석○이도 세○와 같이 열심히 공부하여 성적이 좋아졌으면 더 이상의 영광은 없겠습니다."라고 성심성의를 다하여 대답하였다. 이로써 양 모친들은 자식들의 미래에 대한 교육의 서막을 펼쳤다. 귀부인께서 필자의 어머님을 향하여 "어머니께서는 자식들이 공부를 잘 하여 참으로 기쁘겠어요. 그러면 잘 부탁합니다. 그 신세는 꼭 보답하겠습니다." 어머님께서는 마음으로부터 흡족함을 느끼며 헤어졌다.

　석○이에 대한 또 한 가지 사연은 그 아이는 친자식은 아니지만 우리 어머님의 모유로 키운 유모와 유자 관계였다. 참으로 기이한 인연의 깊은 사연은 일정하의 유년기로부터 8·15 해방과 6·25 참변으로 인한 남북의 이산가족으로 연결된다.

일생일대의 전환 기회 도래

기이한 인연으로 세○와 석○도 동참하여 길이 야간 학습에 동참하게 되었다. 원래 세○가 사촌 형이며, 석○는 세○와 필자의 2년 후배였으므로 별 무리 없이 동화가 잘 되었다. 이로써 필자는 일생일대의 전환의 기회가 도래하였음을 실감하게 되었다. 지금까지 힘들었던 월 수업료는 학우 두 가정에서 납부하게 됨으로써 필자의 수업료 문제는 해결이 되었으므로 얼마간의 위안은 되었다. 나는 이번 기회에 나의 학업도 열심히 하여 우리 학급에서 최고의 우등생이 될 것과, 동참 학우들에게 열성을 다하여 최대한으로 성적을 향상시켜주는 것이 내가 부모님과 학우들과 그들의 부모님에게도 보답하는 도리라고 생각하였다.

우선, 필자는 동급 학우들을 위하여 학업 자세나 규율도 상당히 엄격하게 실천하였다. 나는 부모님으로부터 일본인의 명장급 대목장의 엄한 교육 방법을 전해 들은 기회가 있어서 그와 같은 방법이 좋을 것이라고 판단하였다. 그 방법은 상당히 가혹할 정도로 엄하였다. 어느 겨울에 동급 학우 세 명이 학습하는 도중에 석○가 조는 것을 목격하여, 졸지 말고 정신을 차려서 열심히 공부를 하라고 두 차례나 경고를 하였는데도 또다시 꾸벅꾸벅 졸고 있었다. 나는 바깥뜰에 찬 냉수를 한 대야 떠 놓아 두었다가 공부를 부실하게 하면 그 냉수로 세면을 시켜서 간접적인 체벌을 가하였다. 그때 온도는 영하 18~20도의 매서운 혹한기였다.

이러한 방법으로 학업을 감독하니, 1년 후 두 학우의 성적은 종전에 비하면 놀랄 정도로 비약하였다. 양가의 부모님들께서는 성적이 하위권이던 아이들이 날이 갈수록 상승하고 있으니, 나이 어린 학생이 자기 동급 친우들을 지도하는 능력에 감탄하

지 않을 수 없었다. 더욱이 엄동에 냉수로 세면을 시켜가면서
교도하는 방법을 택하는 것을 알게 된 부모들께서는 참으로 기
발한 지도 방법이라고 칭찬이 자자하였다.

상급 학교 진학을 위한 노력

이러한 방법으로 필자와 세○는 6학년의 졸업반이 되었고, 석
○는 4학년이 되어 각자 상급 학교나 또는 회사 진출을 준비하
여야 할 시기가 도래하였다. 그들은 재력이 풍부하고 가문도 상
류층이므로 당당히 상급 학교의 진학은 기정사실일 것이다. 그
러나, 필자로서는 상급 학교의 진학이란 가정 형편상 도저히 꿈
에도 그려 보기조차 힘들 처지였다. 학업 성적은 전6학년에 일
이 등을 다투는 우등생이었다. 필자가 고민 끝에 생각한 것은,
우리 가정에서는 재력도 배경도 없으니 필자 나름대로 독자적
으로 개척해 나갈 수 있는 미래 지향적인 목표를 성실하게 수행
하여, 선대와 같은 불행의 소굴로부터 탈주함으로써 우리 후손
들에게 영원한 생활 기반을 형성할 것을 굳게 다짐하였다.

　세월은 흘러 장형은 부모님의 각고의 은덕으로 6년의 피나는
학업을 마치고 졸업을 하게 되었다. 졸업은 하였으나 그 시기는
직장은 구할 수도 없고 장손인 관계로 부모의 가업을 계승하는

것이 정도이므로 그 빈곤한 빚더미의 가정을 인수하게 되었다. 인수 내용이래야 빈곤이 몰고 온 누적된 채무와 양친 부모님과 우리 형제 7남매와 미혼인 막내 삼촌도 그중 일원이었다. 가족 수가 총 열 명의 대가족이었다. 그중 삼촌은 가정 형편이 곤란하여 3학년에서 중퇴하였고, 장손으로서 인수한 유산 중 제일 먼저 시급한 문제는 대식구의 생계유지이며, 둘째는 동생의 상급 중학교의 진학이었다.

그 시기가 일정의 태평양전쟁[14]의 종말기로 군수물자로 고공품(가마니, 새끼)이 군량미 수송 및 전선 방공호 구축에 필수품으로 지정되어 비상 군수물품으로서 일선의 전시 수급에 긴급하게 생산을 독려 중이었다. 따라서 우리 가정에서는 대가족을 활용하여 가마니와 새끼를 제조하여 공판장에 판매한 대금으로 시급한 생활비에 보충하기도 하고, 일부는 동생인 필자의 학비에도 보충하였다.

장형은 그것으로 만족할 수가 없었다. 동생은 원래 학업 성적이 탁월하여 졸업 후 농촌에서 농사를 시키기에는 너무나 아까운 존재였으므로, 상급 학교에 기필코 진학시킬 것을 부모님과 필자 앞에서 굳게 약속하였다. 필자 역시 상급 학교에 진학한다는 꿈을 포기하지 않고 열심히 자신의 공부도 하고, 동급학생들

---

14) 태평양전쟁太平洋戰爭, Pacific War: 일본 제국과 미국·영국·네덜란드·소련·중화민국 등의 연합국과의 사이에 발생한 전쟁이다. 일본 정부는 1941년 도조 내각이 중일전쟁을 포함하여 대동아전쟁이라고 각의 결정했다. 패전후, 1945년 12월 15일 연합군 최고사령부 GHQ에 의해 전시 용어로 사용이 금지되었으며, 태평양 전쟁으로 단어가 바뀌어 사용되었다. (출처: 위키백과사전)

에 대하여도 학업 성적이 상향되도록 최선의 노력을 경주하여 상당한 수준까지 상승시켰다.

검도 시합

필자가 5학년 때도 학비 조달이 곤란한 경우에는 형님의 노력으로 학업은 유지하게 되었다. 필자가 6학년에 진학하고 2학기 초 어느 날, 동교의 다카하시高橋 선생께서 담임 선생님과 동석하여 교무실로 나와 같은 반 학우 송규종 반장을 호출하는 것이었다. 다카하시 선생은 체육 담당 선생으로 당시 검도 유단자였다.

호출 사연인즉, 내년 2월경에 군수 주최 연백군 학생 검도 대회를 개최하는데, 전교생 중 형동이와 규종이 두 명이 우리 학교 대표 선수로 선발되었으니 출전 대비를 위한 훈련을 시행한다는 것이다. 다음 월요일부터 방과 후 계속 실습 훈련에 임하도록 철저한 대비를 하라는 취지였다. 이러한 실적이 나에게 별 도움이 되지 않으나 부잣집의 자녀와 이러한 시합에 출전하게 되면 큰 영광이 되는 기회이며, 상급 학교 진학에도 크게 도움이 되는 것이었다.

그 후 우리 지명 선수들은 약 6개월간의 훈련 생활에 돌입하였다. 그 당시의 훈련 생활이란 참으로 혹독하였다. 시기적으로도 태평양전쟁 발발 초기인 1941년이었으므로 왜정은 전의

의 열풍으로 전시체제하에 돌입한 비상 시기였다. 선수 훈련에
돌입한 우리 선수 두 명 중 한 명은 과거 구한말 면장의 손자였
으므로 가정생활에 고통을 받는 처지는 아니었다. 그러나 필자
는 점심 도시락을 가지고 등교할 수 없는 형편이어서 같은 짝꿍
이 가지고 온 도시락을 나누어 먹는 신세였다. 점심은 못 먹어
도 매일 계속되는 검도 훈련은 하루도 빠질 수 없이 강행하였
다. 특히 전시체제로서 훈련 장소는 증축된 교사인데, 건물만
건립하고 유리창도 없는 공간에서 영하 20~25도의 한파에도
훈련은 강행되었다.

드디어 5, 6개월의 강훈 끝에 군내 수십 학교에서 선수들이
출전해 군 소재지인 연안보통학교에서 대회가 개최되었다. 우
리 선수들도 토너멘트에 의하여 예선과 본선을 거쳐 준결승전
에서도 필자는 승리하여 최후의 결승전에 진출하게 되었다. 나
는 이 최종 결승전에 출전하기 앞서 상대방 선수가 누구인지 알
고 나서는 흥분하지 않을 수 없었다. 결승 상대가 일본인에다
특히 연안역장인 사까이堺의 장남인 것을 알게 되니 더욱 놀랐
다. 나에게 학교에서 '훈련을 지도하여 준 선생님도 일본인이
었는데, 결승에서 대전하는 학생도 일본 학생이므로 완벽한 승
부가 아니면 왜인들의 합의 판정으로는 승산이 없다' 고 결론을
내리고 비장한 각오로 출전할 것을 결심하였다.

드디어 결전의 순간이 왔다. 결전의 첫 번째 종이 울렸다. 도
장에 운집한 관중은 일본인이 대부분이고 여타의 한국인은 학

계의 주요 간부급 인사였다. 나는 다카하시 선생으로부터 착실하게 훈련된 검술로 상대의 도오(허리치기)를 치기 위한 전략으로 맨(앞면 머리)을 치는 척하며 두 팔을 치켜들어 돌진하는 행동을 취하였다. 상대편에서는 맨을 맞을까 겁을 내어 두 팔을 치켜들며 방어 자세를 취할 때, 그 찰나를 이용해 순발력 있게 도오(허리치기)를 적중시켰다. 심판께서 도오 성공이라고 판정하여 1차는 승리하였다.

본 시합은 결승이므로 3판 2승제로 판결한다. 제2차전이 시작되었다. 나는 완벽한 수비자세로 방어하고 있는데 상대가 고되(소매치기)를 시도하였다. 별로 적중되기에는 미흡한 공격이었다. 그러나 심판은 고되 성공이라고 판결하였다. 승부는 1 대 1 동률로 최후의 한판 승부로 우승자가 판결나게 되었다. 이 결승전에서 내가 패하면 나 자신의 수치보다 우리 민족의 자존심이 걸려 있는 최후의 일전이라고 결심하고 상대가 나보다 신장이 약 10센티미터 정도 작은 것을 염두에 두고 대전에 임하였다.

드디어 제3회전 결전의 종이 울렸다. 나는 상대가 돌진할 것에 대한 맞공격 자세를 취하고 기다리고 있는데, 나의 예상대로 사까이가 전에 사용했던 고되를 치려고 돌진하였다. 나는 그 동작을 기다리고 있었으므로 그 찬스를 놓칠세라 나도 상대의 목줄을 향해 목이 뚫릴 정도의 위력 있는 전진 자세로 "얏!" 소리를 치며 목줄을 찔렀다. 그 순간, 상대방은 뒤로 발랑 동그라졌다. 심판이 큰 소리로 *쓰끼 아리*(목찌르기 성공) 하며 승리 판정을 내렸다.

나는 정신이 멍하여 얼떨떨하였다. 마침 뒤에 서 계시던 다카하시 선생님은 나의 어깨를 쳐 주시며 "잘 싸웠다. 네가 승리했다. 이겼어!" 나에게 "장하다."라고 칭찬하여 주셨다. 장내의 관중은 나에게 찬양의 박수를 보내 주었다.

그동안 나는 가정이나 학교에서는 고개도 쳐들지 못하고 생활했는데, 이러한 열광적인 환영을 받고 나니 꽉 메었던 가슴이 확 뚫리는 감정을 느끼게 되었다. 특히나 왜놈의 학생을 최후 결전에서 물리치고 우승을 하니 그 통쾌함이란 이루 헤아릴 수가 없을 정도였다. 최후 성적 발표가 있은 후, 시상식을 끝내고 훈련 교사 다까하시 선생님과 본교로 귀교하였다.

교무실로 입실하니 교장 선생님과 담임 다나까田中德芳 선생님과 여러 선생님으로부터 수많은 칭찬을 받았다. 나는 3년 전에 월 수업료도 못 내고 여러 학생들 앞에서 수모를 당한 그 순간의 감루도 일시에 사라지는 기분이었다. 그 순간 나의 머리에 떠오르는 것은 내가 지금의 이 영광을 얻게 된 원인은, 어려운 환경 속에서도 후퇴하지 않고 최후의 일각까지 초지일관 분투한 결과라고 결론을 내리고, 앞으로도 더욱 분발하여 이 사회에서 숭앙받은 인물이 되어 우리의 참혹한 가정과 부모의 공로에 만분의 일이라도 보답할 것을 깊이 다짐하였다.

제5장

숙명적인 진학의
악몽과
사회의 첫발

숙명적인 진학의 악몽

장형의 졸업 후 우리 가족의 생활상은 완전한 자급에는 불충분하였으나, 막내 삼촌도 학교를 중퇴한 후 농사 및 부업에도 동참하여 노동력이 증가되므로 전과 같은 참혹한 상황에서 가계도 약간 향상됨을 체감하게 되었다. 그러나, 장형과 양친께서는 제일 첫 과제가 필자의 중학교 진학 문제였다. 가족회의 결과 형동이는 학업 성적이 우수하여 재능이 아까워서 이대로 농업에 방치할 수는 없으니 우리 가족 전원이 합심하여 노력하면 상급 학교에 진학시키는 것은 별문제가 없을 것이라고 결의하고 기필코 성사시킬 것을 다짐했다.

이와 같이 결의를 한 후, 진학 시기를 점검하여 보았다. 불과 8, 9개월의 여유가 있을 뿐 시기적으로도 촉박하여 가족이나 필자도 역시 초비상사태로 돌입하였다. 그러나 필자의 구상은 좀 다른 방향으로 추진되고 있었다. 필자와 군 대항전 검도 대회에 출전하여 우승한 두 선수의 담임인 다나까田中 선생은 고향이 일본 큐슈九州 미야자키현 출신으로 담임 선생님의 형님께서 큐슈에서 큰 농장을 경영하고 있는 사업가라는 사실을 알게 되었다.

우리 학급의 우등생 5인의 학업 성적은 모두 우수하였으나, 상급 학교로 진학할 수 있는 가계 능력을 보유하고 있는 학생은 급장인 송규종 한 명뿐, 기타 네 명은 모두 진학을 할 수 없는 빈곤한 가정 출신이었다. 그 후 급장을 포함한 우등생 다섯 명 전원이 합의하에 익년 3월 졸업 후 담임 선생님의 고향인 큐슈의 농장에 취업을 하고, 일정 기간이 경과되면 고학을 시켜 주는 조건으로 담임 선생에게 간곡히 부탁하여, 다나카 선생께서 큐슈의 농장주와 협의 끝에 쌍방의 합의가 성립되었다. 이 합의가 이루어진 시기는 1941년 5월경이었다.

본 합의가 이뤄진 후 5인의 학우들은 담임 선생님의 제자 사랑에 대한 배려에 깊이 감탄하였다. 우리 학우들은 불우하였던 과거의 생활상을 거울삼아 앞으로는 그와 같은 불행한 사례가 재발되지 않도록 비장한 각오로 미래의 희망에 부풀어 있었다. 필자도 담임 선생님과의 취업 및 도일 유학에 대한 조건에 상당히 고무된 심정이었다. 우리의 가정환경을 고려해 보아도 상급 학교의 진학이란 도저히 이룰 수 없는 허망일 뿐, 가능성이란 전무한 처지이므로 일본의 조건부 유학이란 천운이 내려 준 행운이라고 기쁨을 금할 수가 없었다. 그러나, 한편으로는 이 꿈이 잘 성숙하여 결실의 열매가 맺힐 그 시기를 두 손 모아 학수고대하며, 나 자신 최선의 정성을 다 바쳐 양친 부모님의 후의에 보답하며 다가올 대망의 앞날을 엄숙히 기대하고 있었다.

그 후, 우리 유학 희망생 다섯 명은 담임 선생님으로부터 수시로 일본 큐슈의 현지 농장주로부터의 중간 추진 및 진행 과정을 점검한 결과, 선생님은 "큐슈 당국과의 사전 협의도 이미 완료된 상태라는 통보를 받았다."라고 말씀하셨다. 상당히 만족스런 통보를 접하고 하루 속히 졸업하여 취업하면 그 농장 발전에도 크게 기여가 될 것이라고 확신하게 되었다.

나는 목표 달성을 위한 계획을 다양하게 수립하였다. 제1차 추진 목표는 부모님과 장형이 권장하시는 '자력에 의한 진학'이었다. 그러나, 필자로서는 제2차 계획이 성사될 경우를 예상하여 보았다. 진학에 소요되는 학비의 조달 문제를 추정하여 보았다. 참으로 암담한 심정을 금할 수가 없었다. 본인의 복안은 차라리 1안보다는 제2안이 성사되었으면 하는 것이 소망이었다. 필자는 선친께서 그토록 열망하셨던 취학이기에 제1안이든 2안이든 궁극적인 목표를 달성하는 것이 자식된 도리이며 부모님에게 보답하는 길이었다.

부모님과 장형은 이 혹독한 가난을 극복하는 길은 오로지 육체적인 감내에 의하는 방법뿐임을 확인하고 극빈 농가의 자산인 노동력을 최대한으로 활용하여 난제를 해결하는 방향으로 목표를 정했다. 전가족이 일심동체가 되어 우선적으로 식생활 문제 해결에 전념하고, 필자의 진학 문제도 동시에 추진하고 있었다. '인간의 욕망이란 예측이 불가능할수록 미래의 욕구는 더욱 강렬해지는 매력이 존재한다'고 인정하고 싶다.

필자도 숙명적으로 고대하였던 일본 큐슈 지방의 유학 추진은 담임 선생 다나까田中德芳의 적극적인 노력으로 다음해 3월의 졸업과 동시에 출국할 수 있도록 모든 수속절차를 완비하고 최후의 여권만 발급되면 즉시 출발할 수 있게 완벽한 준비가 되어 있었다.

그러나 의외의 중대한 세계대전이 발발한 것이다. 때마침 왜정은 1941년 12월 8일 진주만 기습과 동시에 태평양전쟁을 선포하였다. 모든 여건은 일파만파로 전환되어 버렸다. 우리 유학 희망 학우 다섯 명은 일시에 희망이 좌절되고 말았다. 전시 전에는 간단한 수속만으로 일본인이 보증을 하면 일본의 여행이나 취업 등을 자유롭게 추진할 수 있었으나, 1941년 전쟁선포 후에는 조선인의 일본 출입 금지령이 발포됨으로 우리 학우들을 비롯하여 필자의 운명도 일시에 도태되어 버렸다. 이로써 본인이 고대하였던 고학의 2차 계획은 산산조각 나고 나의 일차적인 운명도 순간적으로 변하기 시작하였다. 필자자신은 제1차 계획의 성사보다는 2차 계획의 성립을 묵시 중에 기대하고 있었으나 인류 역사상 최대의 전쟁기를 맞이하게 되니 미천한 인간으로서는 전도가 막막할 뿐이었다. 본인으로서는 다음 기회를 선택하여야 할 운명에 처하게 되었다.

일차적인 계획의 실패로 제2의 운명에 직면하게 되었다. 부모님과 장형의 숙원인 상급 학교의 진학을 위한 시험 자원서 접수가 시작되었다. 본인으로서는 가정 형편 등 여러 사정을 감안하여 진학을 포기할까 생각도 하였으나 가족 여러 어른들의 강요에 의하여 시험 신청 수속을 하게 되었다. 같은 마을 동급 학우들 약 7, 8명도 동시 취학의 수속을 하게 되었다. 그들은 필자를 제외하고 모두가 부잣집 자손들이었다. 나는 부모님의 권장에 따라 제반 수속 서류를 나 자신이 직접 구비하여 제출하여야 할 처지였다.

우리 가정 형편으로는 누구도 유학에 필요한 관련 서류를 수속할 시간적인 여유도 없고, 이 서류의 수속 절차도 아는 분이 한 분도 안 계셨다. 부득이 본인이 같은 동급 지원 학생들의 제출 서류 목록을 탐지하여 나 자신이 직접 구비하여, 담당 선생님에게 제출하는 방법을 택하게 되었다. 모든 수속 서류는 담임 선생님의 지도에 따라 작성하여 제출하였다. 그런데 '최후로 한 가지 서류가 미비되었다.'라고 학교로부터 통고를 받았다. 의문이 들어 동참 학생으로부터 미비 서류를 확인하였던 바, 세○ 자신도 "그 서류가 누락되었다." 하며 "내일 나하고 같이 면사무소에 가서 발급 요청을 하면 즉석에서 발급해 준대."라고 알려주기에 나도 다음 날 동행할 것을 부탁하였다.

무전無錢이 가져온 잊지 못할 추억과 아빠 찬스

학우와의 약속에 따라 다음 날 면사무소를 방문하였다. 미비된 재산증명서의 발급에 따른 신청서를 구하기 위하여 면사무소의 소사를 방문하여 상급 학교 진학에 필요한 구비 서류 중 '재산 증명서'의 발급을 요청하였다. 그는 아버지의 주소와 성명을 기록하라는 것이었다. 나는 희색이 만면하여 이것만 기록하면 지금 구비 서류가 완비되어 나도 상급 학교 진학에 문제가 없다는 생각으로 기쁨을 감출 수가 없었다.

주소: 봉북면 광동리 5동 196번지
호주 성명: 이해학

나는 재산증명서 발급 신청서에 직접 위와 같은 주소와 성명으로 재산증명서의 발급 신청서를 제출하였다. 필자와 동행한 같은 학급의 다섯 명도 역시 동일한 증명서의 발급 신청서를 나와 동시에 제출하였으나, 타 학우들은 전원 재산증명서를 교부받고 필자가 제출한 증명서를 교부받으면 일행 여섯 명이 다 같이 서류를 학교에 일괄 제출하고자 면사무소에 기다리고 있었다.

필자의 서류 발급이 지연되어 친구들이 대기하고 있는 것이 미안하여 면소사에게 나의 증명서도 빨리 교부하여 줄 것을 독촉하였다. 그가 재산등록대장의 열람을 마치고 내 앞으로 가까이 다가오는 순간부터 얼굴에 화가 심하게 난 표정을 지으며 "야, 이놈아. 네놈의 집엔 재산이라고는 송곳으로 찍을 것이 하나도 없는 놈이 사람만 시달리게 하니 빨리 가거라, 이놈아!"

나는 그 말을 듣는 순간, 친구들의 얼굴부터 살피지 않을 수 없었다. 당장에 쓰러질 것 같은 수모로 처참한 굴욕감과 분노는 머릿속을 예리한 쇠꼬챙이로 후벼 대는 듯한 분통을 참을 수가 없었다. 나는 그 순간 '인간 사회에서 돈의 가치가 이렇게도 귀중하고 위력이 있는 것이고, 사람의 인격을 이렇게 심하게 손상시키는 것'임을 뼈저리게 통감하였다.

그와 동시에 '나도 빨리 성장하고 출세하여 이 뼈저린 분통을 치유할 수 있는 기회를 찾아서, 이와 같은 쓰라린 과거 속에서 생존해 오신 부모님을 그 소굴에서 하루 속히 구출하여야겠다'는 결심을 하였다. 나는 분원을 이기지 못하여 그놈의 면 소사를 당장에 죽이고 싶은 심정이 솟구쳤으나, 이 참상을 전화위복의 계기로 활용할 수 있는 기회라고 굳게 다짐하였다.

나의 이러한 처지를 목격하고 있던 학우들은 그 참상을 비웃듯이 근처에 위치한 학교로 모두 귀교하여 재산증명서를 제출하였다. 사실상 필자는 재산증명서라는 것이 상급 학교의 진학에 필요한 일종의 구비 서류 중의 한 가지 서류인 줄로 착각을 하였으며, 재산증명서가 진학에 필수 조건이 되는 것은 상상도 하지 못하였다. 재산증명서를 첨부시키는 그 시대 악정이 문제였다.

그것 역시 문제였으나 그보다도 더욱 심각한 것은 그 재산증명서의 효용 가치는 더 이상의 문제가 내포되어 있었다. 드디어, 진학 시험이 실시되었다. 우리 학급에서 필자와 우등생 다섯 명과 우리 마을 부잣집 자식들 10여 명이 동시에 연백군립 농업학교에 응시하여 시험을 치렀다.

며칠 후 동교의 신입생 합격자 발표가 있었다. 합격자 명단에는 우리 동급에서 최하위권이었던 부잣집 자손들은 전원 합격자 명단에 발표되었으나, 우리 학급의 우등생은 단 한 명도 합격자 명단에 없었다. 필자가 학습 지도를 하였던 세○도 합격의 영광을 차지하게 되어 나에게 그 부모들로부터 칭찬이 대단하였다. 이것이 바로 재산증명서의 위력임을 실감하게 되었다. 그 순간의 고통과 좌절감은 헤아릴 수 없는 분노였다!

'나라는 존재는 무엇인가?' 나는 또다시 마음을 가다듬어 보았다. 나는 인간이 생존하는 유일한 목적은 뼈가 부서지도록 일을 열심히 하여 자기 가족들을 배 굶기지 않고 생계를 유지하는 것이 전부인 것으로 인식하고 살아왔었다. 그러나 이번에 체험한 진학 문제를 통하여 '계급사회의 발전된 생활 양상'을 터득하게 되었다. 인간은 배부르게 먹고 사는 것이 만사가 아니다. 인간은 부자가 되어야 하는 것이고, 인간은 힘도 막강하여야 한다는 것도 새롭게 배웠다. 나는 그 체험으로 비로소 새로운 처세술에 눈이 떠졌다. 이 세상에서 생존하는 만물이 생존경쟁에서 살아남기 위해서는 부단한 투쟁에서 이기는 자만이 생존할 수 있다는 진리를 깨달았다. 나도 앞으로 비장한 각오로 생존경쟁에서 낙오하지 않는 인간으로 탈바꿈하여야 함을 깊이 명심하게 되었다.

태평양전쟁 발발

왜정의 포악은 기미년의 만행 후 시일이 경과할수록 심화되어 수단과 방법을 다 동원하여 침략과 수탈을 자행하였다. 대동아공영이라는 명분을 내세우며 제2차 세계대전을 유발시키고 인류사에 야망을 드러내었다. 태평양전쟁의 발발 후, 우리 가정은 부친께서 기미년 3·1 운동 대열의 일원이며 북간도의 망명 생활에 동참한 연유로 왜경의 감시는 날로 심하여 왜경의 순시와 사찰은 심각한 상황에까지 이르렀다.[15]

특히나 필자가 유년 시절부터 보통학교 재학 시에도 수시로 감시 순찰하여 가택수색 하는 장면이 목격된 적도 허다하였다. 심지어 연례행사로 청결 검사란 명목으로 가가호호별로 으슥한 곳은 더 열심히 탐색하기에 필자가 어린 시절의 심정으로도 무엇 때문에 그다지도 감시를 하는지 이상하게 느낀 바도 있었다. 그러나 선친께서는 그와 같은 사실을 발설한 적이 전연 없었다.

구한말의 독립투사들의 의지가 그다지도 철저하였음을 실감할 수 있었다. 부모님과 장형께서는 어떠한 고통을 감내하여서라도 형동이의 비범한 재능이 아까워 기필코 상급 학교에 진학시켜 농촌의 진흙탕에서 벗어나 미래의 희망이 보이는 광활한

---

15) 조선주차헌병대는 한성과 부산 사이의 군사용 전신선 보호 명목으로 헌병주둔 시작(1896년), 1903년 '조선주차헌병대'로 개칭. 권한이 확대되어 군령으로 의병 토벌, 항일 인사 체포, 일본관민과 친일파의 보호, 군사경찰 사무, 사회단체 단속 등 보통경찰 활동과 고등경찰 활동 수행.

천지에서 마음껏 개성을 발휘하여 더 이상 우리와 같은 농촌에서 노예와 착취생활의 굴레에서 벗어나 좀 더 인간답고 우리 가문의 선도적 역할을 감당할 수 있는 훌륭한 인물이 되기를 갈망하였다.

가문의 초석 축조를 위한 비장한 결의

필자는 불우한 환경 속에서 성장하였으므로 유년기부터 생활 환경은 이루 헤아릴 수 없는 처참한 생활상으로 다져졌었다. 전술한 바와 같이 식생활이란 구시대판 노예 생활과 구걸로서 근근 호구지책을 유지할 수밖에 없는 참으로 그 형상은 필설로 다 표현이 곤란할 정도였다. 식생활뿐만 아니라 육체적 및 정신적인 고통도 극심하였다.

우리 형제는 6, 7세 때부터 1만여 평의 소작농 노동력의 보충을 위하여 새벽 5, 6시부터 일반 농민들과 함께 활동하는 것은 일상적인 생활상이었다. 그렇게 1만여 평의 소작 대농자였으나 가을 추수기에 수확 결산을 보면, 전년도부터 고리채에 의한 양식비의 채무액은 추수된 양곡으로 상환되므로 누적된 고리채를 청산하고 나면 전가족의 1년분 합계 양곡의 과반량은 지주의 치부에 수용되는 것이 정상적인 생활 상태였다. 그렇다고 이 굴욕적인 생활에서 벗어나는 방법은 상상조차 할 수가 없었다. 이와 같은 생활은 조상 대대로 형성된 빈농가의 전형적인 고정 생활 방식이므로 이 생활에 예속된 구성원들은 이 생활이 정당한 것인가, 부당한 것인가를 판별할 수 있는 사회적인 조직이 허용되지 않았다. 필자도 이 소굴 속에서 15년간의 세월을 지내면서 생활에 적응해 가고 있었다.

필자는 뼈를 깎는 6년의 학교생활을 끝으로 내가 갈 길을 선택하지 않으면 안 될 긴박한 처지에 이르렀음을 깨달았다. 내가 지향하였던 제1, 제2의 목표는 수포로 돌아가고 더 이상 부모님과 가족들이나 같은 마을 사람들에게 폐를 끼치거나 신세를 지는 것도 나로서는 도저히 감내할 수 없는 치욕임을 판단하게 되었다. 특히 모친께서는 우리 가문에 13세의 소녀 시에 입적하시어 위로는 시부모의 괴팍한 성격과 불안정한 직업(목공)으로 인한 불규칙한 생활의 조정, 많은 형제와 자녀들 양육 및 생계유지를 위한 피눈물과 땀의 보은은 그 무엇보다도 고귀하고도 숭고한 가훈으로 영원히 보존되어야 할 것이다.

모진 세파 속에 일생의 시금석은 확립되려나?

필자는 그 시기적인 여건이나 가정 형편으로 판단할 때 더 이상 유예나 주저할 수 있는 시간적인 여유도 없었다. 그 당시의 연령이나 학식은 물론 지식이나 경력 기타 친인척, 주변 환경 등 모진 세파 속에서 튕겨져 나온 가냘픈 새순의 잡초에 비할 수 있는 순박한 존재였다. 필자는 보통학교의 졸업식을 마치고 촌각을 지체할 시간적 여유도 허용되지 않았다. 졸업과 동시에 부모님과 장형의 노고에 조금이라도 보은하고자 졸업 다음 날부터 그 지긋지긋한 소작농에 투신하였다.

나는 의도했던 계획이 실패한 후 아버님과 은밀히 약속한 사실이 있었다. 그 내용은 우리 가족이나 친인척 중에는 공직이나 사기업에 종사하여 취업하는 직장인이라고는 단 한 명도 없었다. 아무리 재간이 좋고 능력이 있어도 주위에서 지원이 없으면 성장이 어려운 것이지만, 단독으로는 입신이 곤란함을 자각하고 부친에게 본인의 모교 선배인 김은태라는 같은 동리의 학형에게 본인이 학교를 졸업하면 연안 읍내의 기업체나 개인상점의 회사원이나 점원의 입사 시험에 응시할 수 있도록 선처를 부탁하였다.

졸업 후, 약 2개월간 농촌의 일손을 도우며 통보의 그날만 학수고대하고 있었다. 마침내 고대하였던 김 선배로부터 중소기업체의 사장이 필자를 면접하고자 하니 빠른 시일 내에 적응면접시험을 보러 오라는 연락이 왔다. 나로서는 그다지도 갈망하였던 기회가 아닐 수 없었다. 필자로서는 고사상태의 절망에서 새 출발을 할 수 있는 우리 가문의 기초 정지의 첫 시추 작업에 착수한 운명과도 같은 처지였다. 그 순간 내 가족과 나 자신의 운명은 지금부터 새 출발의 이정표를 향하여 한 발자국 다가서고 있는 나의 처지를 되돌아보았다.

인생의 첫 출발에서 평생의 초석을 구축하라

필자는 왜정의 억압의 굴레 속에서 영광의 빛을 고대하며 생지옥과 같은 하루하루를 극복하여 온 선조들의 생활상을 주시하며 진실되고 성실하게 도약할 수 있는 기회가 왔음을 직감하였다. 그러한 생각을 하고 보니 온몸에 소름이 끼치는 것을 느끼게 되었다. 이 순간은 내 평생에 다시 올 수 없는 절호의 기회였다. 그러나 연소한 필자로서는 15년간의 정든 고향과 그리운 혈육의 품 안에서 벗어나서 타지로 이주하여 낯선 지역에서 생면부지의 상인들에게 고용된 점원의 자격으로 머슴살이의 신세를 면키 어려운 처지로 변하는 것이었다. 고향에서의 혹독한 처지를 감내하고 극복하였으므로 어떠한 난관에 봉착하여도 성실한 책임수행에 만전을 다할 것을 굳게 다짐하면서 새 출발의 대비를 서두르게 되었다.

김 선배는 읍내에서 일류급의 포목상을 경영하는 점포에서 수석점원의 자격을 확보한 일류 점원으로 선발되어 10년간의 경력이었다. 점포주로부터 상당한 신망도 받고 보수도 상당하여 빈곤하였던 그 가정은 재산도 상당히 축적되어 우리 부락에서는 존경받는 재산가의 가정으로 성장한 선례의 선배다.

원래 그 가정도 우리 가정의 형편과 대등한 처지였다. 그 가정의 장남과 차남(김은태)은 필자의 모교 선배로서 두 선배 모두 학업 성적이 탁월하여 우등생으로 모교를 졸업하였다. 형은 왜정 시 공장에서 유능하고 신용 있는 명확한 회계 처리로 성공하여, 그의 동생도 형의 추천에 의하여 포목상에 입사하였으며, 타지에서 직장을 구하여 성공한 우리 마을의 첫 번째 사례였다. 필자도 비상한 각오로 선배의 모범된 선행을 교훈 삼아 그 후계자로 등장할 결의로 출발코자 이사 준비에 착수하였다. 그리고 제일 먼저 부모 형제 앞에서 성공하지 못하면 타지에서 죽는 한이 있어도 고향 땅을 다시 밟지 않겠다는 비장한 맹서를 하였다.

떠날 준비

필자의 15년의 짧은 생애가 얼마나 사무쳤으면 이와 같이 단호한 결의를 하였을까? 그 시기의 생활상이 추정될 것이다. 새 출발을 2, 3일을 앞두고 장도의 여장을 구비하기 시작하였다. 제일 첫째 소장품 중의 일 순위가 필자의 보통학교 1학년부터 6학년까지의 통신부 여섯 장과 우등상장 여섯 장, 모두 열두 장이었다. 왜 군이 최말단 보통학교의 통신부나 자질구레한 상장 나부랭이나 챙기는지 의문시될 것이다.

현대사회에서는 권력층의 배경이나 학맥 계통 등에 의존하여 출세가 보장 및 유지되고 있다. 그러나 필자가 소년기에 사회 출발의 첫발을 내디딘 환경은 산지사방을 살펴보아도 눈짓이나 손짓해 주거나 일언반구의 조언도 해 줄 동정인은 어떤 곳에도 없었다. 필자가 내놓을 수 있는 비장의 무기는 이 열두 장의 우등상장과 통신부가 전부였다. 우등상장은 1학년부터 6학년까지의 매 학년마다 수업 성적이 1, 2등의 석차를 차지한 상장이며, 통신부는 6년간의 수업 성적의 채점표다. 매 학년당 3학기로, 매 학년 매 학기 과목 성적별로 갑(수)의 표시가 6년간의 통신부를 장식하였으며, 을(우)이라는 성적 표시는 6년간 단 한 과목도 없는 학업 성적표. 나로서는 혹독한 이 사회를 헤쳐 나가는 제1차적인 효시도 될 것임을 자인하고, 이 두 가지 통신부(성적표)와 우등상장을 귀중하게 보존하여 타인의 대학 또는 석사, 박사 학위증보다 그 이상의 효력을 발효시켜, 최대의 보호막으로 활용할 것을 확신하고 영구보존하고자 한 것이다. 최후의 학적 증명서를 보관함으로써 모든 서류상의 증표는 완비되었다.

마지막으로 타지의 신입 점원 입사 시험 면접을 위해 의복을 점검한 결과, 누더기로 기워 입고 취학하던 보기에도 흉하고 누추한 한복 바지, 저고리뿐이어서 부모님께서는 도저히 그 옷을 입혀서 점원 면접을 시킬 수가 없었다. 그때 어머님의 생각은 당신이 보육하는 유아 석○이가 등교할 때 착용하고 폐품이 되어 보관 중이던 하복을 구해 오셔서 긴박하였던 피복 문제는 해결되었다. 이로써 필자의 응시준비는 완전히 마무리되었다.

남은 과제는 정든 부모님의 품 안에서 벗어나 남아로서 모진 세파를 헤치고 사회의 일원으로 홀로서서 피나는 투쟁으로 여망의 기로를 향하여 노력으로 관철하는 방법 외에 다른 길은 없었다. 필자가 이 제목을 기술하는 순간 나 자신도 모르는 사이에 그 소년기의 처참하고 암울하였던 옛 추억이 주마등과도 같이 떠올라 숙연하여짐을 새삼 느끼게 되고, 이것이 우리 민족과 국운인가 생각하니 한탄스럽기만 함을 통감하게 되었다.

준비를 끝내고 부모님과 친척 어른들에게 정중하게 작별 인사를 드리고 형제자매들과도 고별인사를 하였다. 작별 인사를 하고 나니 앞날의 나의 운명이 두렵고 공포에 떨리는 감정을 가늠할 수가 없었다. 특히 내 자신의 고생은 생명이 있는 한 극복하겠으나, 어머니의 뼈를 깎는 노고의 보답으로 이 집 저 집 다니며 구걸 없이 삼시 세끼를 거르지 않고 배부른 생활을 유지하실 수 있는 생활 기반만 확립되면 나 자신이 효도를 이행한 것이라고 생각하고, 이 목표를 위해 이 몸을 희생해서라도 기필코 성사시켜야 한다. 만약, 이와 같은 목표를 달성하지 못할 경우, 나는 타향에서 죽는 한이 있어도 고향 땅에 돌아오지 않을 것을 굳게 다짐하였다.

드디어 부모님 품을 떠날 작별의 그날이 다가왔다. 떠나는 그날 있는 반찬을 최대한 장만하신 어머님께서는 아침 식사를 끝내고 앞으로 다시 상봉할 수 있는 행운의 그날을 기원하며 눈물로써 작별을 고하였다. 필자는 정든 고향집을 보고 또 보고 마음속에 흐르는 피눈물을 감추고 한 발자국 두 발자국 힘 없이 새 출발의 자리를 향해 무거운 발걸음을 옮겼다.

집 앞의 배다리를 건너는 순간 눈시울이 확 뜨거워지는 것을 느낄 수 있었다. 부모님의 이 교지가 나의 뇌리 속을 울리니 몸도 정신도 긴장되고 영혼이 제자리로 돌아옴을 느끼게 되었다.

진인사, 대천명. 정신을 가다듬고 새 보금자리를 향해 발걸음을 재촉하였다.

입사면접시험

드디어 선배의 직장인 '임택호포목상'에 도래하였다. 아버님의 안내로 필자는 잠시 선배와 대화를 나누었다. 선배께서 "그렇지 않아도 점포주께서 속히 면접을 하자고 독촉이 왔다."라는 소식을 전해 주었다. 그 말을 듣고 나니 일면 기쁘기도 하고 겁도 나고 긴장됨을 감출 수가 없었다. 선배는 답변 요령을 자상하게 주지시켜 주었다.

　나는 긴장된 마음을 진정시키고 면접 전에 비상용으로 지참하고 간 우등상 여섯 장과 통신부 여섯 장을 몸에 지니고 면접시험에 임하였다. 점포주께서 가정환경, 성장 관계 및 앞으로의 각오 등을 확인한 후, 학교 성적을 질문하기에 '이 기회다.'라고 판단하여 즉시 소지하고 있던 우등상장과 통신부 열두 장을 주인에게 제시하였다. 주인은 그 상장 및 통신부를 전부 점검한 후, 나의 얼굴을 다시 한번 살펴보며 "너 참 공부 잘 했구나." 하며 칭찬을 하고 나서 "그만하면 채용할 수 있다. 단, 조건이 있다. 이 상회에 입사하면 타직장으로 전직을 못 하고 이 점원으로 10년 이상 근속할 수 있겠느냐? 그 질문만 약속하면 채용하겠다."라고 다짐하여, 나는 내심으로 '참 다행이다.'라고 생각하여 절대 이직하지 않는다는 조건으로 합격이 되었다.

고향 집에 가서 이 기쁨을 전하고 내일쯤 출근할까 생각하고, "언제부터 근무하면 됩니까?"라고 문의하였더니 "시일을 별도로 정할 필요 없이, 오늘부터 즉시 근무해라." 하고 명령을 내렸다. "네가 자고 먹고 하는 문제는 이미 근무하고 있는 선배 형과 상의하여 선임사원의 지시에 따라 행동하고, 개인의 자유행동은 지금 이 순간부터 일절 허용하지 않는다."라고 엄히 지시하여 즉석에서 점원의 일원이 되었다.

선임의 충고

나는 그 시간 이후부터 엄격히 통제된 사회의 일원으로서 규제 속에서 벗어난 자유란 한시도 용납되지 않았다. 선임사원의 엄한 일거수일투족의 시범 행위에 감탄하였다. 사장께서 외출하시면 즉시 선임사원은 신입사원인 필자를 불러 놓고 엄하고 침착하면서도 다정한 어조로 그 점포의 점주와 그 주변의, 현대로 말하면 계열 그룹의 구성 및 배후의 인적 상황 외 경영, 취급 품목, 경영상 유의해야 할 요건 등 세부 운영지침도 상세하게 지시하여 주었다.

그러면서 선임자로서 "네게 닥칠 장차의 생활에 몇 가지 조언을 할 것이 있다."라고 전제한 뒤 "너는 지금 이 시각까지 부모

슬하에서 가계생활상의 고통은 체험하였다고 생각할 것이다. 그러나 부모 형제가 동거하면서 일개 가정 내에서의 고생은 온실 속에서 겪는 따뜻하고 온화한 추억거리로 간직하게 될 것이다. 지금부터 체험할 세파는 기상천외한 풍랑으로 네가 부모님과 같이 타고 겪었던 통속으로는 판단할 수 없는 혹독하고 모진 고난에 부닥칠 것이니, 지금부터 미리미리 앞날에 불어닥칠 세파에 비상한 각오로 대처하지 못하면, 이 사회의 생존경쟁에서 낙오되고 말 것이다. 비장한 각오로 대비하여라"라고 충고하였다. 나는 선배의 충언에 "명심하겠습니다."라고 답하였다.

필자는 그 후 상품의 진열 방법, 종류, 품목 등의 점검 및 가격 외우기, 기타 손님 접대에 따른 친절한 인사 예절 등 새로운 환경에 도취되어 시간 가는 줄도 모르고 열심히 점포의 청소와 진열 작업을 하고 있는데, 선임사원께서 "점심 식사를 하러 가자."라고 하여 뒤따라 나섰다.

식사를 하러 가는 집은 식당이 별도로 설치된 장소가 아니고 사장의 자택에서 사장 부인과 여종업원이 직접 조리하여 직원들의 식사를 제공하는 것이었다. 선임사원의 안내로 사장사모님에게 신입사원의 초면 인사를 공손히 하였다. 식당방으로 이동하여 선임사원과 대좌하여 식탁위에 올려온 식단을 보는 순간 눈이 부서서 눈을 부비고 다시 살폈다.

나는 놀라워서 식탁에 손도 대지도 못하고 주춤거리고 있는데 선임사원께서 "야, 형동아 뭐하고 있니? 빨리 먹고 점포로 나가야지." 하는 소리에 나는 정신없이 수저를 들고 내 좌석 앞에

놓인 김치찌개를 한 수저 떠서 맛을 보았다. 그 순간 나는 기절할 뻔하였다. 그 수저에 담겨진 찌개 속에서 돼지고기 덩어리가 입으로 들어가는 것을 느끼게 되었다. 또 밥상 위에 진열된 반찬의 가짓수를 조용히 세어 보았더니 열두 가지였다. 그 찬의 종류와 질에서 쇠고기 조림, 생선찌개 기타 모든 음식을 하나씩 조심스레 먹게 되니, 빈곤에서 시달리던 우리 가정에서는 양대 명절에도 그러한 성찬은 구경조차 할 수 없는 정도였다. 순간적으로 두 가지 생각이 스쳐 지나갔다.

첫째는 내가 빈농의 자식으로 태어나 15년간 온갖 수모와 고통을 감내해 가면서 이곳까지 오게 된 것에 대하여 우선 감사하게 생각하고, 나도 이러한 환경 속에서 성장하고 생활할 수 있도록 뼈가 부서지는 한이 있어도 최후의 목표가 달성될 때까지 노력할 것을 다짐하였다.

또 한 가지는 내 자신은 비록 일개 점원의 처지이지만, 당장 식탁에 입쌀 팥밥에다 먹고 싶은 것을 양껏 먹을 수 있고 찬도 농촌의 잔칫집의 귀한 손님을 접대하는 큰 상과 같은 만찬상에서 매일 세 끼니를 먹게 되니, 그다지도 고생하시고 밥 한 끼도 제대로 못 드시고 자식들을 위하여 노력하시는 양친 부모님의 모습이 떠올라 밥 수저가 제대로 올라가지 않았다.

우리 사회의 모든 사람에게 조물주께서는 모든 만물에게 균등하게 골고루 복과 화를 안배하여 범세로 창출시켰을 것이다. 그러나 출생 당시의 조건이 선대나 선배들께서 얼마나 성실하게 이 민족이 후세들을 위하여 진정한 선행을 효과적으로 베풀어 시행하였느냐에 따라, 그 시대에 탄생하는 새 생명의 운명의 잣대가 가눠질 것이다. 우리는 선대와 후대의 기로에서 어떠한 방향과 목표를 정확하게 판단하여 어느 강도로 조화롭게 추진하는가에 따라 분기점의 역할인 미수와 걸작이 결정되고 위대하고 숭고한 선조나 선구자가 되는 것이 아닐까 생각된다.

그 후로부터 필자는 신입사원의 자격으로 충실하게 근무하여, 고향에서 고생하시는 부모님과 추천하여 준 고향선배에게 보답하는 길은 '사장으로부터 신입사원이 성실하게 근무하여 점포에 크게 기여가 된다고 인정을 받는 것이다.'라는 각오로 열심히 근무하였다.

나는 전술한 바와 같은 불우한 과거를 거울삼아 선임사원의 지시나 교훈에 따라 성심성의껏 최대한의 노력을 다하여 2개월이 무난히 경과하였다. 그러던 어느 오일장 날 저녁 식사가 끝나고 분주하였던 장날 손님들의 상거래를 마감한 후, 선임사원은 장부의 기장을 완료하고 사장에게 일일회계보고 준비를 하며 평상일과 같이 업무 보고를 할 순간 중대 사건이 발생하였다.

그 내용인즉, 평일과는 달리 장날에는 평소에 지방에서 소매를 하는 단골 도매상인을 비롯하여 소매상 및 당일과 장날의 손님 등 다양한 손님으로 하루 종일 눈코 뜰 새 없이 거래손님으로 붐비는 것이 매 장날의 사정이다. 본 점포는 읍내에서 몇 째 안 가는 도산매 상점으로 취급하는 품종도 다양하여, 고무신 외

신발류를 비롯하여 각종 잡화에다 화장품류 및 위생용 치약, 칫솔, 부품 등 취급 상품이 수십 종류에 달하며, 판매 가격도 일전서부터 5전, 10전, 15전, 1원, 수백 원대로 상당히 번잡하고 활발한 거래로 읍내에서도 일류에 속하는 점포였다.

그 복잡하고 번잡한 장날 일일 마감 보고가 시작과 동시에 업무 보고를 하고 있던 선임점원이 사장 앞에 조아리고 앉아서 고개도 못 들고, 사장으로부터 혹독한 기압과 함께 눈물을 줄줄 흘리며 절대로 제가 잘못하였으니 한번 용서하여 줄 것을 간곡히 애원하고 있는 것이었다. 필자로서는 어떠한 사연인가 궁금하여 귀를 기울인즉, 진열장 위에 손님 중의 한 사람이 놓고 간, 단 1전짜리 한 품목 때문에 그 대소동이 발생한 것이었다. 그 사실을 알고 나니 필자도 기절할 정도였다. 그 책임의 소재를 따지기에 앞서 사장으로부터 질책의 대상가치와 책임한계는 무시하고 무조건적인 책임 추궁의 도가 너무나 가혹하였다. 아무리 점주라 하여도 그 선임점원은 입사한 지 10년 경력의 시골에서 농사를 지으며 남편의 출세만 학수고대하는 애처와 부모 형제가 있는 미래의 개척을 꿈꾸는 용감한 사원이었다.

필자 나 자신도 그 책임이 있는 것은 명백한 사실임을 느끼고 나니 그 죄책감을 면할 수 없음을 자각하게 되었다. 그 질책은 선임사원보다는 신입 점원 필자를 경각시키는 것이라고 자각하게 되었다. 나는 사회생활의 초보에서 단 1전의 처리 책임이 이렇게도 막중한 것이구나 하는 것을 뼈에 사무치도록 머릿속 깊숙이 간직하게 되었다.

그날 고문과 같은 질책을 끝내고 야식 후, 밤 12시가 임박하여 선임사원과 나는 숙직실에서 취침 전에 둘만의 대화가 이루어졌다. 선임사원께서 나에게 다정한 말로 "네가 이 점포에서 점원으로 취업한 지 불과 2개월이 경과된 시점에 이러한 대소란이 야기되어서 참으로 미안하다. 우리는 점원의 입장이고 점포주의 위치에서 관찰할 때는 호통을 쳐서 가혹하게 훈련시켜서 앞으로는 철저히 처신할 것을 다짐시키는 것일 것이다. 또 지금 현재 대부분의 경영주들도 우리와 같은 체험 속에 성장하고 발전된 선배자인 것이다. 이러한 시련을 경험하고 극복하여야만 앞으로의 이 사회에서 견지할 수 있는 인재로 양성될 것이니 깊이 명심하여야 한다."라고 나에게 충고하였다. 나는 그 충고에 '선배는 참으로 훌륭한 인재로구나.' 하고 감탄하며 존경심이 들었다. 나는 그 후로 더욱 열심히 노력하여 빠른 속도로 성장하여 사회의 일원으로 발전하여야겠다는 신념으로 성실하게 근무하여 3개월이 경과하였다.

제3의 도약

그 상회에 모든 노력을 경주하여 열심히 근무하고 있었다. 약 3개월이 경과한 어느 날 점포의 거래 손님도 끊기고 한산한 날이었다. 선임점원께서 잠시 외출 중이었다. 한가한 시간에 외롭기도 하고, 고향의 이모저모가 주마등과 같이 떠올라 잠시 바깥 거리를 살피고 있었는데, 눈앞에 이상하게도 안면이 익은 고향 친구이며 보통학교 시절의 동기 동창인 차병철이라는 소꿉친구가 눈에 띄었다. 타향에서 색다른 점원 생활의 고독 속에서 소꿉친구를 상면하게 되니 참으로 그 반가움은 헤아릴 수 없었다.

때마침 점포주도 선임점원도 외출 중이어서, 둘만의 오붓한 면담이 오갔다. 이 친구는 원래 고향친구로서 성격이 활달하고 활동적인 면이 있어 본교 졸업 후 읍내에 있는 황해일보사 연안지국과 황해흥업(㈜)에 입사하여 급사로 근무하고 있었다. 두 회사의 직원도 약 20~30명이나 되어 매우 근무하기도 좋고 장래의 희망도 양호하여 미래의 전망과 발전성이 있는 기업체라고 나에게 소개하였다. 그리고 단둘이서 속을 털어놓고, 앞으로 그 회사에서 신입사원을 채용하게 되면 나도 응시하라고 은밀하게 연락해 줄 것을 약속하고 일단 헤어졌다.

그 후 약 일주일 정도가 경과한 어느 날 친구로부터 신입사원 급사를 모집한다는 연락을 받게 되었다. 필자는 그 시각부터 숨이 막힐 정도로 처신이 시급하여졌다. 그 회사의 입사 시험일자는 불과 2, 3일의 여유밖에 없었다. 나는 조급하게 판단하여 결정을 내릴 수밖에 없었다. 처신이 곤란한 것 중에서 부모님의 동의를 구하고 행동하는 것이 합리적인 도리이나 부모님의 승낙을 받는 것이 불가능할 것은 기정사실이고, 만약 불합격이 되면 현 직장에서도 퇴출되는 것은 명확한 사실일 것이다. 나로서는 최후의 비상 방법으로 시험 시간을 정확하게 판단하여 선임사원에게만 요해를 구하고 고향에서 온 친구를 잠시 면담한다고 하여 외출하여 응시하였다.

새 회사 취업

이번 신입사원 응시에도 14 대 1의 경쟁에서 상장과 성적표를 제출하여 또다시 합격의 영예를 안게 되었다. 합격의 기쁨도 잠시, 당장 현직 점포주와의 작별 및 추천하여 준 선배에게는 어떻게 설득하여 사직할 것인가에 대한 고민 때문이었다.

신입 회사 사장에게는 3일 내에 입사할 것을 허락 받았다. 불시에 전직의 영광을 차지하였으나, 사후의 대책이 마련되지 않아 고민 끝에 어짜피 회사의 규모나 인원수 및 미래의 전도를 고려하여서도 전직할 것을 결심하였다. 명분을 찾기에 고심한 끝에, 현직 점포주에게는 고향의 부친께서 불시에 중환으로 병석에 계시고 형도 연소하여, 본인이 부득이 고향으로 귀향하여 농업에 종사하여야 가계가 유지되겠기에 퇴직하여 부모를 도와 생계를 유지하겠다는 취지로 설득하여 사직 승낙을 받게 되었다.

그다음 날 신규 채용 회사로 입사 신고를 하게 되었다. 신입 회사는 신문사와 고공품 회사 대행점으로 구분된 2개 업체로서, 고공품 회사는 당시 전시체제로 전환하면 도정搗精업의 포장용 가마니와 군수품에 전시 대비용으로 활용되어 상당히 성업 상태였으며 신문사 역시 상당히 번성하였다.

두 회사의 사장과 경리 상무를 비롯하여 신문사의 특파 기자 및 회사의 직원 등 당시 약 20명 정도와 개별적으로 인사를 마치고 내부의 사장 부인과 기타 가족들과의 인사를 끝내고, 같은 또래의 급사급과 신문 배달원, 운전기사 등과 우호적인 초면 인사가 끝났다. 일단 전 직원과의 인사가 끝나고 나니 종전에 적막하고 침체된 상태로부터 활기에 찬 분위기로 전환되며 생동감이 넘치는 감동을 느끼게 되었다. 마침 고향 친구의 소개로 신문의 띠지(신문 구독인 주소와 성명의 기록)의 기록 발송원과 신문 집배원들과의 초면 인사와 합숙실도 안내를 받고, 오늘부터는 필자도 이 합숙소에서 7, 8명과 공동합숙 생활에 들어가게 되었다.

경리 상무의 지시에 따라 친구인 차병철과 동일 업무를 합동으로 수행하라는 지시를 받고 같은 운명에 처하게 되었다. 원래 당시의 급사란 소사이며 사무소에서 청소와 사내에서 전화 수신 및 사무에 필요한 연결 및 심부름 등이 주요 업무였다. 입사에 성공한 후, 필자로서는 더 이상의 기회는 절대 없다고 판단하여 이 회사에서 최후 승부를 목표로 일로매진하여, 나의 일생을 다 바쳐서 기필코 성공하여 고생하신 부모님의 은혜에 보답할 것을 다시 한번 굳게 다짐하였다.

첫날의 근무는 상당히 화기애애한 분위 속에서 하루를 마감하였다. 필자에게는 모든 것이 새롭기만 하여 무엇이든 보고 듣고 배우고 싶었다. 하루가 지나자 친숙해진 동료들과의 직장생활에 상당한 호기심을 갖게 되었고, 직장에 대한 애착과 열의도 동시에 생겨났다. 하루의 신입사원 생활을 체험하고 보니 지난 상점에서 초조하고 불안하여 바늘방석 위에서 집무하던 환경과 대비할 때, 현재의 회사에서는 인원도 20여 명의 다수에다가 근무하는 분위기 자체가 180도 전환된 기분으로 근무할 수 있는 환경이 조성되어 있었다.

신입사원의 당일 과업이 끝나고 간 곳은 합숙소인데 공동생활의 첫 번째 합숙 생활이었다. 합숙소 내의 최고령자는 운전기사 두 명과 신문 집배원 세 명과 우리 급사 두 명 외 총각사원도 합숙하며, 1일 합숙 인원은 항상 열 명 내외가 동숙하고 있었다. 근무를 끝내고 분야별 각 직종이 합숙소로 집결되니 자기 직무에 따른 다양한 화젯거리가 터져 나왔다. 오토바이의 쾌속 질주 이야기, 신문 집배원이 가택 출입 시 개에게 물릴 뻔한 이야기와 극장의 무료 관람 이야기, 급사들의 근무 후 불고기 회식 담 등 허다한 잡담의 연속이었다.

필자는 다음 날 출근 시간부터 유휴 시간을 절약하여 내 나름의 공부가 하고 싶었다. 정상적인 출근 시간은 오전 9시이나 필자는 합숙 직원들의 취침 시간인 새벽 4시에 기상하여 사장 댁 식구들과 합숙소 직원들, 아침식사 준비를 하는 오십 세 된 식모 할머니의 주방 일을 약 30분 정도 도와주고, 그 후 사무실 청소를 마치면 새벽 6시경이 된다. 그 시간을 이용하여 주산 공부를 시작하였다. 타직원이나 말단직원들까지도 휴일만 되면 휴식을 즐겼다. 그러나 나는 고향에서 부모 형제와 작별할 때의 굳은 결의를 환기하며, 새롭게 의지를 다져가며 신규 입사 후

휴일 없는 연중무휴 근무와 그 투지를 실천하였다.

　그러한 굳은 의지에도 상당한 시련에 부딪히게 되었다. 입사 후 2개월 정도 경과한 어느 날, 신문 집배원 한 명의 돌연한 퇴직으로 매일 배달해야 할 신문이 불시에 송달되지 못하여 회사로 독촉이 극심하였다. 신문사의 신문이 배달되지 않으면, 신문사는 폐점과 같은 극형의 처벌이므로 촌각의 여유도 없었다. 필자는 사장에게 자청하여 나 자신이 그 대역으로 신문 배달을 요청하였다. 사장께서 쾌히 승낙하여 나의 고향친구와 둘이서 그 위기를 극복하고 신문 배달을 시작하였다.

　그 후 우리 두 친구는 약 6개월 동안 신문 배달을 지속하였다. 약 반년 정도 신문 배달을 지속하고 있는데 하루는 사장께서 우리 두 명을 사장실로 호출하였다. 사장께서는 "너희 두 명이 신문 배달을 잘 하여 신문 보급이 타 신문에 비해 월등하게 증가하였다. 너희 두 명을 승급하여 내일부터는 황해흥업 주식회사의 견습 사원으로 전보 명령을 내렸으니, 그 직책을 착실하게 수행하면 정규 사원으로 발령할 것이니 열심히 책임을 완수하라"고 말씀하였다.

　나는 '지금이 바로 내가 기대하던 기회가 왔다' 라고 결심하고 견습직원으로 승진 발령을 받은 날부터 더욱 비장한 각오로 근무에 임하였다. 견습 사원으로 승급한 후, 사기가 충천하여 날짜 가는 것도 모르고 열심히 근무하고 있던 중 주변동료들로부터 "너는 고향에 언제 방문할 계획인가?" 하는 소리가 내 귓가를 스치는 것을 느꼈다.

그 순간 나는 당황하지 않을 수가 없었다. 그리운 고향으로 귀향하여 고향의 헤어졌던 옛 친구들과 여러 가지의 마음속에 있는 이야깃거리가 많을 것이다. 그러나 나는 고향을 출발할 때 맹서한 약속의 부담으로 귀향을 직접 결정하지 못하고 주저하지 않을 수 없었다.

회사에서 전 직원에게 2일간의 신년 휴가와 함께 연말 급료와 상여금도 지급되었다. 사장과 상무(형제간)께서는 필자에게 상당히 깊은 관심을 가지고 관찰하여 왔다. 직원들의 연말정산을 끝내고 필자를 사장실로 호출하였다. "사장님, 저를 부르셨습니까?" 하고 문의하자 "그래." 하고 대답하시고 "형동이 너도 시골에 가서 아버지, 어머니께 신년 세배를 드려야 할 것 아닌가? 새해 휴가를 2일간 줄 터이니 즐겁게 보내고 복귀해라." 하시고는 흰 봉투 한 장을 주시며, "네가 신입사원으로 입사 후 타인에게 모범이 되었다. 이 봉투에는 100원이 들어 있다. 그것 외에 별도로 소갈비 한 짝과 술 한 병을 사 줄 터이니 부모님께 약소하나마 잘 대접하여라."라고 말씀하셨다.

나는 그 말을 듣는 순간, 당황하여 정신이 멍해지는 느낌이 들었다. 그 당시의 100원이면 큰 황소 한 마리를 살 수 있는 거금이었다. 나는 그 회사에 입사한 후, 월급이라고는 단 1전도 수령하지 않고 약 9개월간 밥만 먹고, 개인 용돈으로는 목욕비와 이발료 외에 돈의 필요가 없었다. 옷이나 양말 등 기타 의류는 전부 사장 댁에서 버려지는 것을 재활용하여 사용하였다. 이러한 절약으로 용돈이 필요하지 않았다. 이러한 처지가 되고 보니, 나의 귀향 문제도 재검토해야 할 입장이 되었다.

사장께서 주신 봉투를 받고 내 자리로 돌아와서 다시 마음을 가다듬어 보았다. 당장 지금이라도 고향으로 달려가고 싶은 심정이 마음속에서 용솟음치는 것을 억제해 가며 재고하여 보았다. 나는 과연 고향에서 맹서한 그 약속을 지켰는지? 일부나마 이행하여 체면은 유지된 것인지? 일단, 부모님과 형제들의 얼굴이 떠올라 더 이상 참을 수가 없어서 구정 귀향으로 결심하였다.

못다 이룬 금의환향

필자는 정상적인 금의환향은 못되지만 내 나름의 목표에 기초 작업은 착수한 것으로 간주하고, 그립던 고향에서의 부모 형제의 고생하시는 모습을 머릿속으로 그려 보았다. 구정을 하루 앞 둔 구연말에 작업을 마치고 사장께서 주신 금일봉과 소갈비 한 짝과 술 한 병을 자전거에다 싣고 저녁노을이 짙은 움푹움푹 파인 농로를 단숨에 달려가고 싶었다. 고향 땅을 작별할 때, 서약은 제쳐 두고 그동안의 생활상과 오늘과 같은 깊은 사연을 실토하며 잠시라도 우리 가정에 사랑과 화목한 분위기를 전해 줄 수 있을 그 순간을 상상하며 자전거의 페달을 힘껏 늘러 발걸음을 재촉하였다.

드디어 어두침침한 정든 마을의 어귀에 있는 배다리가 눈앞에 들어왔다. 이 배다리는 나의 옛 놀이터이자 휴식터이며 고기 잡이터, 수영장이며 여러모로 활용되던 정든 휴식공간이었다. 배다리를 건너고 불과 100미터 거리를 쳐다보니, 혹시나 연말 이니 필자가 나타나지 않을까 하며 어머님과 손아래 동생들이 "형!" 하며 내게로 달려오고 있었다. 나는 동생들을 얼싸안고 한없이 울었다. 정신을 차리고 보니, 어머님도 우리 형제들의 모습을 바라보시며 어두침침한 그믐 밤하늘만 쳐다보시고 계셨다. 그 순간 어머님의 눈가에 이슬이 맺혀 있는 것을 목격할 수 가 있었다.

굳은 맹서로 고향 땅을 작별한 후 첫 구정의 재회는 탄희의 일순이었다. 보통 6학년을 졸업하고 철부지 소년을 일개 점포 의 머슴으로 내보낸 부모님의 마음속 한구석은, 자나 깨나 비 와 눈이 내려도 가슴속의 한구석은 항상 쓰리고 후벼내는 고통 의 연속일 것이다. 부모로서는 내 자신이 좀더 좋은 환경 속에 서 자식들을 양육시키고 질 좋은 교육을 시켰으면, 우리 자식들 과 같은 신세는 면하였을 것이란 죄책감은 수호신과 같이 따라 다닐 것이 아닌가? 그러나 그 부모들 역시 그들의 생존배경은 불가분의 처지였는지를 숙고하여야 할 것이다. 현대사회에서 의 *하면 된다*는 논리는 현대에만 적용되는 가치인지 재고의 여 지가 있다.

필자는 그날 밤, 조용한 시간을 이용하여 현금 100원을 부모 님 앞에 공손히 내어 놓았다. 그 순간 희비가 엇갈렸다. 나는 부 모님이 과거에 그토록 고통을 당하시면서 자식들을 양육하여 주신 은혜에 만분의 일이라도 보답하려고 하는 보은인 반면, 부모님들께서는 철부지 소년이 타지라고는 모교인 학교의 등교뿐 낯선 타지에 졸업 후, 첫 취업으로 배운 것도 없는 시골 놈이 돈벌이는 고사하고 자신의 입에 풀칠이라도 하였으면 하는 기대였다. 그런데 집을 떠난 지 1년도 안 된 때에 고향집에 돌아온 것도 감지덕지 반갑기 그지없는데, 저 어리고 순진한 아이가 바깥의 그 모진 세파 속에서 뼈를 깎는 고통을 감내해 가며, 머슴 품삯을 100원이라는 큰 돈을 우리 앞에 내놓는 것을 보니 이것이 꿈속에서 헤메고 있는 것인지 생시인지 의심하지 않을 수 없었다. 아버지께서는 고개를 치켜 드시고 천정만 쳐다보시며 말씀도 못하고, 어머님께서는 내손을 꼭 잡으시고 아무 말씀도 못하시며 눈물만 글썽이실 뿐이었다. 그 현장은 참으로 희비가 교차하는 참극의 장으로 변해 버렸다.

그 비극의 현장을 필자는 이해할 수 있었다. 그 당시 100원이란 농부로서는 참으로 거액에 해당한다. 그 시기에는 황소 한 마리에 80원 내지 90원 정도에 거래되었으며 농가에 황소 한 마리면 농가의 귀중한 보물이며, 빈농가에 황소 한 마리를 소유하게 되면 그 집은 불시에 벼락부자가 되었다. 그 근처의 이웃 마을까지 소문이 퍼져 대단한 경사로 치부가 될 것이었다. 필자 본인의 월 급료는 60원이었는데 나의 근무 성적이 우월하여 약 8개월 정도 근무하였는데 사장님의 후의로 연말 상금을 포함하여 100원의 거금이 지급된 것이다. 나는 귀향 후 부모님을 비롯하여 일가친척 심지어는 마을 어른들까지도 칭찬이 자자하게 환대를 받았다.

2일간의 휴가를 마치고 회사에 복귀할 날이 도래하였다. 정든 부모 형제와 작별할 시간이 되어 나는 부모님에게 "금년도 1년간 고생하여 이번 월급액 이상을 가지고 연말에 꼭 몸 건강히 집에 돌아오겠습니다. 그 몸서리나는 사채 빚 좀 갚으시고 온 가족 건강히 지내세요."라고 인사를 하고 정든 집을 떠나 무거운 발걸음의 재촉 속에, 뒷걸음질을 몇 차례나 반복하며 정겨운 초가집을 눈시울로 밀어냈다.

2년 차 근무의 비험과 행운

1년간의 연말 휴가를 마치고 눌어붙는 발자취와 범벅이 된 눈물 속의 허전한 마음은, 몇 년 전 아버님의 매섭던 회초리에 정신을 가다듬고, 발걸음을 재촉하여 불현듯이 직장에 도달하였다. 직장에 출근하여 사장님과 상무님을 비롯한 여러 동료들과 "새해에도 복 많이 받으십시오."라고 평범한 인사를 끝냈다. '모든 동료들은 다 같이 예년같이 금년에도 근무를 하겠지. 그러나 나는 예전과는 다르게 열심히 근무도 하고 최대한 공부도 해야겠다.' 이렇게 결심을 하게 되니 타 동료에게 미안한 감도 느끼게 되었다. 나로서는 이것이 최상의 선택이며, 모든 난관을 극복하여 최대한의 노력을 경주하여 기업주로부터 신뢰를 획득하고, 이 분야에서 당당한 일원으로 등장하여 회사나 나 자신이 상생할 수 있는 일인자가 되는 것이 나의 유일한 소망이었다.

필자는 새해를 맞이하여 더욱 열심히 새벽 4시부터 기상하여, 사무실 청소를 마치고 나면 노식모 합숙 직원들의 취사준비를 도와주고, 일찍부터 주판, 부기, 회계, 처리전표 정리 등 본인이 진학을 못 이룬 한을 노력과 고통으로라도 극복할 것을 결심하였다. 그 외에도 회사의 궂은 일, 편안한 일 구분 않고 성심성의를 다하며, 매일 새벽부터 밤 12시 이전에는 취침하는 일이 없을 정도로 정성을 다하여 근무를 하였다.

사무 견습생으로 승급하였으나 신문 집배원의 돌연한 결근으로 신문 배달이 불가능하면 본인이 직접 신문 배달도 서슴치 않고 실시하였다. 그 당시의 신문 집배란 참으로 눈물겨운 참상이었다. 지금은 신문 집배 활동을 보면 오토바이가 있어 기동적이고 도로망도 편하게 조성되어 있어 상당히 용이한 활동이 가능하지만, 왜정기의 신문 집배 업무는 보급소에서 신문의 면을 접는 것도 일일이 수작업으로 해야 하므로 상당한 시간과 노력이 가해져야 배달된다. 집배 구역도 배달원 2, 3 명이 전 읍내를 관장하여 배달하여야 하므로 담당 구역이 보통 20리 정도인데, 눈이 40, 50센티 이상 쌓인 험로를 심야까지 배포하기란, 참으로 그렇게 힘든 업종에 종사한 경험이 없는 사람은 상상하기가 곤란할 것이다.

지금 그 당시의 추억의 한 장면을 상상해 본다. 깊이 잠이 든 심야에 눈이 30, 40센티 정도 깔린 설상으로 영하 15~20도의 이북의 모진 한파는 집배원의 뺨을 매섭게 치는데, 인적은 한산하여 행인도 없는 눈보라 속에서 '모찌떡' 장사의 "약밥 사아려, 약밥 사요." 하는 그 목소리가 신문 집배원의 가슴을 요란스럽게 두드린다. 설상에 종일 신문 집배로 지칠 대로 지친 심야에 적막을 깨치고 울려퍼지는 약밥 행각의 그 애절하고 짙은 호소의 목소리에, 집배원의 빈 창자는 진동하며 용솟음치는 것을 억제하느라 고통도 심했다. 심야의 집배원과 약밥 행상은 참으로 진심으로 잊혀지지 않는 일막의 비장한 시련의 화음 속에 미래 도약의 밑거름이 되었고, 이행동몽異行同夢의 친밀감을 느끼게 되었었다. 지금도 그 시절을 상상하면 옛 추억이 주마등과 같은 환상으로 떠오른다.

새해의 업무를 시무식과 함께 전년에 비해 더욱 성실하게 일과를 끝내고 평소와 같이 합숙생들과 함께 취침하고 새벽 출근을 하여 청소를 하고 있을 때, 옷 속의 주머니 속에서 10원짜리 지폐 두 장이 손에 잡히는 것을 느꼈다. 나는 순간 깜짝 놀랐다. 그 돈의 출처가 상당히 궁금하였다. 순간 머리에 떠오르는 것이 있었다. 가끔 신문 구독자들이 수금원이 안 오면 집배원에게 구독료를 직접 지불하고, 영수증은 그다음 날 정식으로 수령하는 방법을 택하는 경우도 있었다. 그래서 혹시나 신문 집배원 수금원이 야간에 자기 주머니에 보관한다는 것을 잘못하여 내 주머니에 넣은 것으로 생각되었다. 어떠한 방법으로 납부하여도 금전 취급은 경리책임 상무님에게로 납부되는 것이므로 상무님의 출근과 동시에 "상무님, 어젯밤에 이상한 일이 발생하였어요." 라고 말을 하니 상무님께서 "무슨 일인데?"라고 하셨다. "글쎄 어제 밤중에 내 주머니 속에 10원짜리 지폐 두 장이 들어 있어요." 하며 상무님께 드렸다. "그것 참 이상하구나. 그러면, 내가 보관하고 있을테니 네가 필요할 때 찾아 써라." 하시며 그것으로 이 건은 마무리되었다.

그 후 나는 평소와 다름없이 성실하게 근무를 계속하였다. 지난 일은 완전히 잊어버리고 근무를 마치고 합숙소 생활을 유지하고 있는데, 지난번과 똑같은 일이 재차 발생하였다. 단지 이번에는 그 금액이 50원이었다. 나는 또 한번 놀랐다. 나는 역시 상무님에게 오늘 밤에 전번과 같은 일이 발생하였다고 신고하자, "그 참 이상한 일이 자주 발생하는구나. 내가 또 보관해 둘게 필요할 때 갖다 써라."라고 하시며 그 사건도 끝났다. 나는 그것이 시험대인 것을 모르고 있었는데, 그다음 해의 연말에 가서야 그때 그 사건이 시험 무대였음을 실감하게 되었다.

시험대의 성과

두 차례의 돈을 반환하고 약 일주일 정도 경과한 어느 날 경리 상무께서 나를 조용히 호출하는 것이었다. 호출 사유인즉, 소형 휴대용 금고와 일원 권, 50전 권, 10전짜리 동전을 합산하여 100원을 나에게 주시며 업무 지시를 하셨다. 황해홍업주식회사

내에 5개 지점 중 연안 지점 내의 고공품 작업원이 관련 노무자의 노임 지불을 하는 업무가 있었다. 지점마다 상용노무자가 매일 현장에서 작업하고, 비근무 시간을 이용하여 일당 작업 노임을 수령하려고 본사를 내방하고 있었다. 이때 거액의 수금과 지급은 상무께서 직접 취급하고, 일당 노임 지불 업무는 내가 인수한 금액 중에서 지출하고, 일과 업무의 마감 시간에 상무에게 정산하는 것이 나에게 부과된 업무 분장이었다.

필자는 회계 업무를 부여받은 그날부터, 약 1년간 수행한 신문 집배 업무나 기타 사무실에서의 잡다한 사무는 일절 취급치 못하게 하고 노임 지불 업무만 전담토록 지시를 받았다. 그로부터 2, 3일 후, 나와 친구의 후임자인 급사를 두 명 신규 채용하고 나의 친구는 신문 분야 업무를 전담하게 하고, 나는 고공품 회사의 회계보조원의 역할을 전담하게 되었다. 두 명이 모두 일급 승진하게 된 것이다. 나는 이 시기를 계기로 장래에 대비한 자체 교습방법을 선택하였다. 그 선택 과제는 우선적으로 주산을 빠르게 습득하여 최고의 주산실력을 향상시켜 일인자가 되는 것이 목표이고, 다음 단계는 부기와 회계학을 수련받아 미래 취업의 성과에 기여토록 최대한 활용할 것을 다짐하였다.

그 일환으로 회사의 고공품 공판장에서 5일장마다 고공품 수매에 따른 매입전표의 검산 때, 회사직이 네다섯 명 농회직원이 두세 명씩 평소 일고여덟 명이 마감검산에 동원된다. 본인도 회사의 일원으로 필히 참가하여 기존의 선배들과 주산으로 대결하게 되었다. 처음 합동검산 때는 적중률이 극히 낮아 10분의

1도 되지 않았다.

나는 이 적중률에 굴복하지 않고 열심히 노력하고 있었는데, 경리상무가 휴대하고 있던 주산조건전표를 필자에게 주시면서 "이것으로 계속해서 열심히 자습하면 그 성과가 현저히 나타날 것이니 성심껏 자습하라."라고 하셨다. 상무는 부기학교 출신이어서 자신이 그 실습표로 체험한 경험을 나에게 충고하여 주셨다. 이것은 나에 대한 절대적인 신임과 기회라고 판단하였다.

필자는 그날 이후부터 새벽의 기상 시각을 한 시간 앞당겨 일어나 조기에 사무실 청소를 마치고 상무께서 주신 자습전표를 매일 한 시간씩 반복하여 실시하였다. 그 후로 매일 합동검산에 계속 참석하여 검산을 시행하였다. 그 결과 6개월 후에는 중위권 성적에 도달하였다. 나는 그것으로 만족하지 않고 연습한 지 1년이 경과한 연말이 되었다. 합동검산 1년의 연말을 계기로 연말합동 검산평가대회가 실시되었다.

그 당시에는 그 장소에 고공품 회사사장을 비롯하여 동 자회사의 『황해일보』특파 기자단 및 군회간부 및 거래은행(현 조흥은행전신)의 간부들도 동참 장려하여 대성황리에 대회가 실시되었다. 이 연말검산대회의 참가인원은 20명이며, 참가범위 대상단체는 주류인 고공품 회사원 및 신문사, 연백군농회 실무요원을 포함하여 3개 업체이며, 심사위원장은 당회사 상무이사이며 심사위원은 농회간부 및 거래은행 간부도 위원으로 편성되었다.

행사가 시작되고 근 세 시간의 경기가 끝났다. 드디어 숨죽이고 발표를 기대하고 있는 순간 정적을 깨고 우등상에 "이형동."

하는 사장의 발표 소리가 내 귀를 울렸다. 장내가 숙연해지고 나는 구름을 타고 공중에 떠 있는 것처럼 느껴졌다. 사장께서 나의 등을 두들겨 주었다. 돌연한 상황으로 나는 눈물을 감추지 못하였다. 그 경사는 그날 저녁에 성대한 기념파티로 이어지고 사내는 물론 주변의 관련 각 기관으로부터 칭송이 자자하였다. 나로서는 과거에 급제한 것과도 같은 기분이었다. 그날 나는 흥분된 상태로 밤을 새웠다. 나는 그로써 소년 일급사원으로 승급된 것과 대등한 자격이 된 것이다.

주산 경시가 끝나고 약 일주일이 경과되는 어느 날 아침, 조회를 마치고 각자 담당업무에 착수하고 있을 때 상무께서 나를 호명하였다. 나를 향하여 "너는 나이는 연소하나 책임감이 투철하고 주산 능력도 우수하여 지금까지 부분적인 출납업무만 담당하였으나, 사장님으로부터 신임을 받아 회계 업무의 대부분을 담당하도록 지시가 있었으니 이 시간 이후부터 시행하라."라고 하며 대금고의 열쇠를 필자에게 인계하였다.

이로써 필자는 회사의 전반적인 회계 업무를 관장하고 은행 상대의 수표발행권만은 상무가 책임발행하고, 기타 회계 업무는 본인의 책임소관으로 이양되었다. 이렇게 나는 일약 회계과장의 임무를 수행하게 되었다. 나는 승급이나 직위에 욕심 없이 하급 말단사원과 같이 아침 4시 기상은 물론 하부직 때의 직무도 겸하여 회계 업무도 동시에 성실히 수행하였으므로 사장과 상무께서는 대단한 호평이었다.

본사에 일일보고 및 매수만 하여 종류에 따라 팔절지 크기에

12~13매 정도는 매일 제출하여야 하는 것이 나의 최대 책임이었다. 일일보고가 해주 본사에 제출되어야 전 직원의 봉급도 수령할 수 있는 것이다. 보통 평일, 휴일도 없이 나는 새벽 4시부터 시작하여 밤 12시에 일과가 끝나는 것이 정상 근무였다. 취침 시간은 3~4시간으로 극복하였다. 이러한 근무로 그해의 구연말을 맞이하게 되었다. 구연말을 기하여 신년 새해 명절 겸 특별 휴가도 동시에 주는 것이 상례이며, 그 시기에 연말 근무 성적에 따른 특별상여금도 지급되는 것이다. 나는 그해 연봉으로 일금 300원을 수령하여 1년에 한 번의 휴가로 2일간의 귀향 길에 나섰다.

필자는 휴가보다는 1년에 한 번 받는 연봉에 또다시 놀라지 않을 수 없었고, 고향에서 고생하고 계시는 부모님의 생활에 보탬이 되는 것이 유일한 행복이었다. 왜정의 이차대전 후반기에 월급 25원이면 공무원의 사무관급 월급에 상당한 거액이었다. (그 당시 황우[16] 한 마리에 100~120원 정도였다.) 시골서 황소 3마리에 해당하는 거금으로 부모님께서는 영세 농민으로서 가세에 상당한 보탬이 되었다. 나는 그해 구정 때도 부모님은 물론 고향 어른 및 주변 마을까지 자자하게 소문이 나서 신랑감으로 선망의 대상이 되었다. 고향 어른들의 칭찬과 부모님의 환대 속에

---

16) 황소: 농경사회의 한국인들에게 소는 논과 밭 다음으로 중요한 재산이므로 가족과 같이 소중하게 간주되었고, 소 한 마리가 7~10인의 노동력에 해당하므로 농촌 일손에 중요한 자원이었다. (자료: KBS 22. 1. 31. 특집방송)

구정과 새로운 신년을 맞이하게 되었다. 당시 필자의 나이는 열일곱이었다.

일제 말기의 사회상

태평양전쟁으로 진주만 공격 후, 일본군은 만주를 진격하고 중국의 따롄 및 대륙의 전투가 매우 치열해졌다. 징병제도도 강화되고 전시체제하의 군수물자의 공급 강화로 각종 필수품의 수급 통제 및 긴축정책이 심화되었다. 그 정책의 일환으로 우리 회사에서 취급하는 고공품은 전시의 곡물 수송용 및 일선 방공호의 진지 구축용 가마니가 군수용품으로 지정되어 상당량이 농민의 손에서 공급되었다.

그 후 왜정은 각 군단위로 고공품을 할당제로 하여, 일정량을 생산 공출로 군수물자의 수급을 조정하며 강제로 공급하는 정책을 수행하기에 이르렀다. 그 정책으로 우리 군에도 연간 생산 목표량이 50만 매로 지정되어 그 생산 목표 달성에 소홀히 할 수가 없었다. 전시 비상체제로 인하여 우리 회사의 업무와 필자의 담당 업무량이 대폭 증대하였다. 그로 인하여 군내 오일장(연안읍, 연안온천, 홍현, 백천, 천태 5개시)을 순회하여 매입하면, 31일자만이 휴일로 결장이 될 뿐 연중 연속으로 고공품 판매장에서 물품을 매입하여야 하였다.

매일 새벽 6시 기차로 출시하여 약 20여 명의 직원이 각 시장을 순회하며 소요되는 자금은, 다량 매입시에는 지금의 쌀 60킬로그램 포대에 만재될 만한 양의 현금을 매일 준비하여 지정된 기차표와 함께 지급하였다. 지정된 기차 시간을 엄수 못 하면 수백 명의 제품 판매인들로부터 원성이 대단하여, 절대적으로 시간을 엄수시키는 책임은 나의 업무 수행 능력의 여하에 따라 결정되는 입장에 있었다.

본업무의 매수 현장 출장 준비에서부터 출장원의 현장 복무 보고 심사 및 현금 출납 일일 회계표 점검을 끝내면, 본사의 일일수매현황 보고서 제출, 당일 근무자의 임금지급 및 현장에서의 매입전표의 재검산 등 그날의 업무를 마감하는 시간은 밤 12시 이전에 정리 완료되는 일은 상상할 수 없는 상태였다. 그러나, 필자는 다음 날의 현장출장 준비로 한 시간은 더 근무하여야 했다. 필자는 그 과중한 업무를 일촌의 차질도 없이 완벽하게 수행하였다. 그 업무량으로는 평사원 3~4명의 업무를 수행하는 양과 대등하였었다. 그런 격무에 시달리는 과정 속에서 1년이 경과하여 또다시 열여덟 소년의 한 해가 또 저물어 갔다. 전년과 같이 연말 상여금이 사장으로부터 지급되고 연말 휴가가 성사되었다.

소원성취의 낙루

필자도 역시 연말 상여금 및 특별 휴가 대상의 일원이 될 것이
라는 생각조차 할 여가 시간도 없이, 연말 결산 및 기타 마감작
업에 여념이 없이 업무를 수행하고 있는데 사장으로부터 호출
이 있었다. 나는 연말 업무 지시가 있나 하고 사장실로 들어서
니, 사장께서는 소파에 손을 가리키며 "앉아." 하셨다. 내가 소
파에 앉자 "딴 사원들은 다 고향엘 간다, 안 간다 하며 법석을
떠는데 너는 고향에 갈 생각도 안 하니 어떤 사연이라도 있나?"
하고 물었다. 필자가 즉석에서 "나는 연말 업무가 누적되어 그
업무를 완전히 처리하기 전에는 고향에 갈 수가 없습니다. 업무
가 지연되어 죄송하게 되었습니다."라고 죄책감을 말씀드렸다.

그러자, 사장께서 다시 말을 이었다. "참 네 마음을 나는 잘
이해한다. 미래 업무는 당장 시한부로 금년 말로 결정이 되는
것이 아니다. 미래 업무는 내년 1월 말까지만 처리하면 결산에
는 지장이 없으니 근심하지 않아도 된다. 업무 처리는 추후 처
리토록 하고 너도 시골 부모님들 모시고 고향에 좀 갔다 오너
라."라고 하시며 "너는 나를 위해 참으로 많은 노력을 하였고,
내가 이만큼 성공하게 된 것도 너의 훌륭한 노력의 덕택으로 생
각한다. 그래서 너에게 큰 상을 주고 싶은데 너의 소원이 무엇
이냐?"라고 물었다.

나는 그 순간 몇 가지 생각에 놀라서 당황하지 않을 수가 없
었다. 첫째, 당년 업무를 완전처리 못 하여 휴가를 반납하고라

도 완전히 업무를 처리할 각오를 하고 있는데 휴가를 가라고 하시고 둘째, 전년도에도 과중한 상여금을 수령하여 송구스럽게 생각하고 있는데, 너의 소원을 말하라고 하니 과분한 선처에 놀랐으며 셋째, 나의 소원을 말하라니 소원을 진실로 이행하여 줄 것인가? 의문이며, 진심으로 이행하여 주신다면 나의 소원을 무엇이라고 제언할 것인가?

나는 기가 막혀 말을 못 하고 있는데 사장께서 또다시 소원을 재촉하시면서 "사장 내 자신이 이만큼 소원이 이루어진 것도 네가 회사를 위하여 중요한 역할을 담당한 공로자다. 내가 너의 소원은 꼭 엄수할 것이니 속히 말해 보아라."라고 재삼 촉구하였다. 필자는 심사숙고한 끝에 두 손을 꼭 잡고 머리를 숙여 공손히 말문을 열었다.

"큰형님(사장은 큰형으로 상무는 작은형으로 평소 호칭함)! 우리 부모님들께서 농촌에서 굶주리고 우리 형제들을 키웠으나 지금도 밥 한술을 제대로 못 드시는 신세이니, 우리 부모님의 끼니나 이을 수 있는 농지를 좀 가졌으면 하는 것이 저의 소원입니다."라고 실토하였다.

필자의 사정을 들은 사장께서 "참으로 너의 효심에 감탄하지 않을 수 없구나. 네 사정을 충분히 이해할 수 있다. 그러면 내가 너를 도와서 시골 부모님께서 자작으로 경작할 수 있는 농지를 매입할 수 있도록 자금을 지원하여 줄 테니, 만사를 제치고 내일 구정명절을 기해 시골댁으로 귀성하여 부모님께 신년 인사도 드리고, 농지의 매물과 가격의 총액이 얼마나 되는지를 탐문하여 나에게 알려 주게. 내가 그 대금을 지불해 줄 터이니 고향에 가서 살펴보도록 하여라."라고 하셨다. 나는 내 자신의 귀를 의심도 하여 보았으나 틀림없는 현실이었다. 나는 그날 밤 잠못 이루고 부모님께 효도할 수 있는 기회가 왔다는 기쁨으로 그날 밤을 꼬박 지새웠다. 사장님께서 선물로 소갈비 한 짝과 술 한 병, 상여금조로 100원을 나에게 주시며, 추후에 추가로 지급하겠노라고 말씀하셨다.

다음 날 귀향하는데 폭설이 약 30~40센티미터 정도 쌓인 데다 강한 한파로, 자전거에 실은 갈비는 눈이 푹 쌓인 채 그대로 남아 있었으나 자전거 후면에 붙들어 매었던 소주 한 병은 금이 가고 술은 전부 새서 빈병 꼭지만 매달려 있었다. 지금 회상하여 보아도 참으로 차가운 혹한이었다. 필자가 고향 집에 도착하여 부모님께 인사를 드리고 상여금으로 받은 100원을 부모님 앞에 공손히 내어놓고 갈비를 드렸더니, 어머님께서 눈물을 흘리시며 "너 객지에서 얼마나 고생이 많았냐?" 하시면서 눈가에는 계속 이슬이 맺혀 있었다. 인사를 마치고 나는 사장님의 후의로 농토 매입에 대한 의논을 한 후, 적당한 매물이 있나 살펴보시라고 부탁을 드렸다.

부친께서는 그 말을 들으시고 정신을 잃으신 듯 한참 동안 침묵을 지키고 계시더니 "그 말이 진실이냐?"라고 반문하셨다. 사장님과의 모든 대화 내용을 전부 설명 드렸더니 "그분이 참으로 훌륭한 분이시구나. 그렇다면 우리 집 사랑방에 계신 손님들에게 농지매수의 내용을 설명하고 계약이 있나 수소문하기로 약속하자."

그다음 날 *한터*라는 이웃 마을에 거주하고 있는 토지소유주가 농지를 시급히 정리하고 도시로 이주해야 할 사정이 발생하였다는 것이다. 농지 전체 5,240평을 매도한다는 소식에 절충하여 부분적인 면적만 매도토록 추진하였으나, 일부 매도는 할 수 없다 하여 재타협하였으나 거절당하였다. 부친으로서는 사장께서 필자의 공로 대가로 토지의 매수는 허락하였으나 단일 건으로 5,240평이면 최소한 매수자금이 1만 원 이상 필요하므로 도저히 용기가 나지 않았다. 그러나 매도자는 타 도시로 이사를 하여야 하므로 한 건으로 처리 외에는 매도할 수 없다는 사정이었다.

나는 별 방법이 없으므로 즉시 회사로 복귀하여 체면 불구하고 사장님에게 그러한 사연을 보고하였다. 나로서는 불가능할 것이라고 판단하고 있었다. 그 사정을 경청하고 계시던 사장님께서는 내 말이 끝나자, 즉시 "그러면 전체 금액이 등기 비용을 포함하여 1만 1,000원 정도면 충분하겠구나. 지금 즉시 고향에 가서 계약하고 토지대금의 잔금은 1개월 내에 일시불로 지불하겠다." 다음 날, 총부동산 대금은 평당 200원에 5,240평, 총액 10,480원으로 매입계약서에 따라 1개월에 완불하고 매수자의 명의이전 등기만 남기게 되었다.

소유권자 명의 양보

사장님의 후의로 토지대금이 완불되고 소유권자의 명의가 등 재되어야 하는데, 그 소유주의 명의자가 상호 양보로 결정이 지 연되어 시일이 수일간 지연되었다. 그 사연은 참으로 우리 가문 에 크나 큰 효성의 광채가 빛나는 위대한 경사의 한 장면이며, 향후 후세에 대한 위대한 효시의 등불이었다. 내용인즉, 필자는 본인의 노력에 의하여 토지를 일시에 매입하여 불시에 일약 대 부는 못되어도 불과 2, 3년 사이에 농지 오천여 평을 취득하는 기적을 이루었으며, 시골 농부로서는 상상도 못하는 사정이며, 설사 있다 하여도 몇 대에 걸쳐 치부할 수 있는 지극히 힘든 사 례다.

  이 사례는 불시에 중위권 부자로 격상되었음을 인정받는 위 치를 점유하게 된 것이다. 여하간 명의를 결정함에 있어서 필 자로서는 부모님들의 뼈를 깎는 고통 끝에 구한 땅이니 아버님 의 소유로 함이 당연하다 하여 등기할 것을 요청하였으나 부친 께서 "형동이 네가 객지에서 고생하여 마련한 재산이니까, 너의 명의로 등기를 하여야 한다. 그 이유로 너는 현재 독신의 총각 이지만 앞으로 장가를 가서 가정을 유지하게 되면 재산이 필요 하니 너의 명의로 하여라." 하고 아버님은 거절하셨다. 나의 주 장은 선친들께서 고생고생하시며 자식들을 양육하시고, 노년기 생활이라도 안정되게 생계유지가 되어 여생을 평안하게 지내시 는 것이 자식의 도리이며, 내 자신의 미래설계는 젊은 세대이므로 앞으로도 여유가 있으니 염려 없습니다."라고 강조하였다.

형에게는 다음과 같이 권유하였다. "형, 나는 아직 소년기이고 미래에 고통은 수반되겠으나 나 나름대로의 장래에 대한 계획과 각오가 되어 있어. 나의 전도는 나의 수행능력에 따라 일생이 좌우되겠지만 착오 없이 목표 달성을 위하여 최대한 노력할 것이야. 이번 매입한 농지 5,240평은 아버님 명의로 등기를 하고, 경작은 형이 힘이 들더라도 맡아서 해 줘. 그 고통을 극복하고 부모님들이 우리 자식들을 위하여 어려운 생활로 양육하여 주신 은덕에 보답하는 보은의 길로 생각하고 나의 의사를 받아 주세요."라고 건의하였다.

이 건의를 옆에서 경청하고 계시던 아버님의 말씀은 이견이었다. 부친과 형의 공동 의견은 "너는 지금으로서는 재물에 대한 욕심이 없이 순수한 효심에서 이 큰 자산을 아비 명의로 등기하여, 우리 후손들의 쓰라렸던 굶주린 생활을 종식시키려는 좋은 뜻의 발상이나, 이 사회의 구성 여건은 그렇게 순수한 것만은 아니다. 비록 너의 진심에서 우러난 효성이지만 다수의 식구들의 뼈를 깎는 생활고의 탈피 방법이라는 충정은 이해할 수 있다. 그런 사고가 너의 미숙한 사고였다고 후회할 때가 올 터이니 숙고하여야 한다." 더욱이 "너는 지금 현재 총각의 몸으로 단신이지만 너도 미구에 결혼하여 자식이 출생하여 가계를 유지해야 할 처지가 되면 자산의 소유가치가 인정될 것이니, 향후 대비를 위해서도 너의 명의로 등기하여 소유권을 보존하고 있는 것이 타당할 것으로 생각되니 그렇게 하여라."라고 형과 공동으로 권유하시는 것이었다.

그러나, 필자의 의지는 초지일관 변할 수 없었다. 필자는 제2안으로 아버님 명의로 등기하고 형은 그 토지의 경작을 책임지고 성실히 운영 관리하여 부모님과 후손들의 생계유지의 기반을 견고히 확립하는 것이다. 부모님에게 효도하고 후손들에게는 시범과 귀감이 되도록 최선의 노력을 경주할 것을 맹서하고 5,240평의 토지소유권을 부친(해학)의 명의로 등기를 필하여, 6·25 사변 이전에는 황해도 연백군 봉북면 광동리 196번지(이해학 또는 이학봉) 명의로 등기되었다.

이로써 필자는 제2의 도약의 행보를 시작했다. 그 토지 매입 소식이 이웃 마을로 퍼지자 필자의 인기는 천정부지의 상승세가 유지되었다. 이로써 필자도 역시 부모님 고통의 만분의 일이라도 보은된 것으로 생각하며 기분이 다소나마 위안이 되었다. 그 농지를 매입하고 나서부터 농번기에는 일주일에 한두 차례, 새벽 5시경 기상하여 무려 십리길이나 되는 시골 농가를 자전거로 방문하여 부모님께 문안 겸 수고하는 형의 노고를 위안도 하고 격려도 하였다. 이로써 우리 가계 4대의 평생 숙원사업의 일부분이 성취되었다.

역사적 비운의 시작

이리하여 우리의 가세는 상승일로를 치달았다. 그러나, 운명의 장난은 양손에 방망이를 쥐고 있었다. 끼니도 제대로 끓일 수 없어 구걸의 연속 생활에서 날벼락과도 같이 일시에 농지 5,000~6,000평을 매입할 수 있는 절효의 행운의 방망이를 선사 하나 하였더니, 다른 한 손의 방망이는 우리 가정에 비운의 철 추로 증오와 탄식을 가져다주었다. 이것이 이 사회의 균형유지 의 원칙인가 의문시된다.

비운의 사연은, 그렇게도 가혹한 생활고를 극복하고 숨을 좀 돌릴까 하고 쉬는 사이에 일정의 종말기를 3, 4년 앞두고, 일제 의 침략 행위는 그 속도가 가속화하여 현재까지도 미해결 상태 인 여자 정신대 및 남자는 학도병 및 징병이 강제로 소집되어 징병1기 소집 명령을 장형(정동)이 받게 되었다.[17]

그 명령은 당시의 조선인이면 누구도 면할 방법이 없어 마을 사람들의 울분의 전송 속에 행방조차 모르는 일선의 전쟁터로 수송되었다. 이 전쟁의 강제 징병 및 징용으로 인하여 우리 민 족은 얼마나 막대한 국가적 손실을 입었는가? 아버님의 기미년 독립의거에 이어 두 번째의 분노였다. 고통은 이것으로 끝나는 것이 아니었다. 태평양 남부의 패배로 종말이 가까워지자, 일제 의 만행은 도를 더하여 막내 삼촌도 징용으로 징집되어 일본지

---

[17] ① 1930년대 이후 경제 수탈: 침략 전쟁 확대와 국가총동원법으로 인적 물적 수탈이 확장
됨. 식량은 미곡 공출 및 식량 배급 시행(1944), 전쟁 물자 공출로 농기구, 식기, 종 등 금
속 공출이 이루어짐.
② 전시동원체제 강화: 인력의 강제 동원이 이루어짐. 징용령(1939) 병력동원(지원병제
1938, 학도지원병제 1943, 징병제 1944) 및 여자정신근로령(1944)으로 일본군 위안부로
강제 동원됨.

방의 광산으로 소집되었다. 장형께서는 징병이후 약 2주일 후, 불행 중 다행으로 징병체력검사 불합격으로 고향으로 귀가 조치되어 다시 농사에 종사하게 되었다. 그러나, 일본본토 지역으로 징용된 삼촌께서는 약 2년간의 광산노동을 하고 있었으며, 8·15 해방으로 광복 2개월 후에 귀가하게 되었다.

필자가 회사 근속 2년 차에는 가세나 필자 개인의 평가도 상승하여 회사내에서도 필자가 결근하면 회사 전체 업무가 마비될 정도로 신임을 얻은 상태였다. 그러나, 필자는 일년 중 공휴일도 없이 새벽 5시에 출근하면 점심 식사를 할 여가시간도 없이 근무하고, 밤 12시까지 일상 근무가 끝나면 다행이고, 12시까지 처리가 못되면 밤을 새워서라도 그날의 업무는 당일에 처리 완료하였다.

사장께서는 직원들의 건강 보호와 사기 진작을 위하여 매일 현장에서 복귀하는 회사직원과 관계 공직자들까지 합석하여, 저녁 식사는 반드시 불고기는 마음대로 먹게 하여 영양을 섭취시키고 보건에 항상 유의하여 보살펴 주시므로, 전 직원의 건강이나 사기 진작에 큰 효과를 거두었다. 필자 역시 건강이나 업무 수행 능력은 전 직원 중에 모범이 될 정도로 탁월하게 인정받아 사장으로부터 대호평을 받았다.

사장으로부터 자금 지원을 받아 농지를 매입하여 가을 추수를 마치고 수확량을 계산해 보니, 농지 매수전의 일부 소작농은 징용간 삼촌에게 경작권을 인도하고, 여타 소작농과 매입농지의 총 수확을 결산하였다. 첫해에는 누적되었던 사채를 상환하고 나니, 일년 잔량 중에서 경작된 농작미 중 백미로 다섯 섬을 사장댁에 은곡미恩穀米로 송부하였다. 사장께서는 상당히 기뻐하시며, "그 토지는 자네의 근무에 따른 특별공로금으로 지불한 것인데, 이 무슨 후의냐!"라며 오히려 부친께 감사의 뜻을 표했다.

3년 차의 성숙과 가세 성장

필자는 시일이 경과할수록 회사로부터 신임이 두터워지고 업무 능력 및 대인 관계에서도 성숙해졌다. 본사에 대한 보고서 작성 처리 외 관련 부서의 거래은행, 군농회 및 검사관 등 관계 기관 전반에 걸쳐 성숙된 업무 처리의 성과에 대하여 사장님이나 담당 상무님께서도 전반적인 업무를 필자에게 일임하여 처리하였다. 기타 본사에 대한 섭외 업무 외에는 완전히 필자가 처리할 수 있는 권한을 장악하게 되었다.

우리 고향의 가정 형편도 일시에 5,000여 평의 농지를 매입하게 되니 근처 마을에서 일시에 부자가 된 사정 등의 호감으로 형과 필자가 '좋은 신랑감'의 대상으로 오르기 시작하였다. 그해 가을에 형은 이웃 마을 *시러리*의 심 씨댁 아가씨와 영광스럽게 신혼의 화촉례를 거행하여 우리 가정의 장손으로서 새로운 보금자리를 구축하게 되었다. 신부인 형수께서는 미모에다 신체도 건강한 장손며느리로서의 적격 인물이었다.

그때부터 우리 가정은 지난날의 어두운 궁핍에서 벗어나서 서광이 비치기 시삭하며 활기에 가득 찬 독립된 가정이 새롭게 탄생하였다. 온 가족과 친척사이도 점차적으로 친밀해지고 접촉도 빈번해졌다. 그 후 가세의 상승기류와 함께 그해도 무난히 경과하였다.

4년 차의 성황

필자가 입사 3년 차에 이르자, 사장님과 상무님의 신뢰, 업무 능력의 향상과 일제 최후의 침략전의 종말적인 전투상황이 적극적으로 변하여, 우리 회사에서 취급하는 고공품인 일선 전투용 및 방공호용 가마니는 군수용 지정 품종이 되어 수요 급증에 따른 판매고가 상승하여, 대행수수료의 호황으로 회사의 경영수입이 증가하여 사장은 희색이 만면하게 되었다.

경영의 호조로 회사원에 대한 급료, 후생복지 및 연말 특별상여금도 대폭 증액되었으며, 필자에 대한 대우도 최상급 수준이 되어 수입도 급증하였을 뿐만 아니라, 전년도 급료 및 그 당시의 미수령 급료를 모두 수금하여 토지 1,200평을 필자 자신의 명의로 매입하게 되었다. 전술한 바와 같이, 부모님과 형은 농지 5,000여 평을 부친의 명의로 등기하고 형이 관리하게 되었다. 부모님과 형의 부담을 덜기 위하여 필자는 열심히 절약하고 저축하여 비축된 자금으로 필자 명의로 농지를 매입하게 된 것이다. 4년 차 봄철이므로 그해 농사는 비용은 필자가 부담하고 영농 관리는 형이 책임지고 경작하게 되었다.

필자의 주변 마을에서는 또다시 소문의 돌풍이 불었다. 한 가정에서 불과 몇 년 사이에 농지 5,200평과 1,200여 평 등 6,400여 평 농지 매입은 순수한 농부로서는 상상조차 하기 어려운 성공 사례였으므로 당연한 회자였다. 이와 함께 필자나 우리 가정에서도 다다익선의 경사가 속출하였다. 필자의 성공 사례가 주변 마을로 전파되자, 성장한 숙녀를 양육하고 있는 가정에서는 어느 곳에 좋은 신랑감이 있나 하고 탐색하게 되는 처지인데, 설상가상으로 그 시기에 성장한 여식을 보유하고 있을 경우 일제의 정신대 차출로 미혼 여성이 그 소집대상이 되므로 혼사를 촉진하여 그 소집을 모면하는 사례도 빈번하였다.

왜정의 압박과 첫선

때마침 이웃 마을 「무수리」라는 마을에 성숙한 김○○이라는 숙녀의 가족들이 필자의 성공 사례의 미담을 청취하려 염탐을 하게 되었다. 그 대상 인물로 필자가 물망에 오르게 되었다. 본인은 그 당시 징병 3기인 19세였으며 상대 숙녀는 17세이며, 우리 가정보다는 더 부유한 가정에서 태어나 연안읍에 소재한 연백보통학교 출신이었다. 당시의 중매인인 필자의 숙모님이 그 부락 출신인 관계로 별 이의 없이 남 사돈 당사자 두 분의 회담으로 양가의 합의가 무난히 성립되었다.

필자와는 어떠한 협의도 없었으나 어느 날 부친이 회사를 방문하여, 일차 선을 보라는 것이었다. 그 며칠 후, 일자를 정해 여식 댁을 방문하여 상대 어른들과 인사도 하고 장본인과의 면접도 하라는 취지였다. 드디어 지정일에 약정한 처녀 댁을 방문하였다. 예정된 일시에 지정된 장소의 집을 심방하였던 바, 그 장소에 뜻밖에도 나의 보통학교 동기 동창이며 한 짝꿍이었던 김영윤이와 나의 1년 선배인 김영애도 알게 되었다. 이 여인이 바로 필자의 처형이며 현재까지 이북에서 머물고 있고, 본인의 혈육인 유일하게 생존한 장녀 이○○의 보호양육을 책임지고 있는 은인의 한 분일 것이다.

나는 그 첫 면회 장소에 도착하여 지금도 생생히 기억나는 것은, 백발의 노조모와 김 씨 가족들이 거구였던 것을 인지하게 되었으며, 진수성찬으로 우리 가정에서는 엿볼 수 없는 음식이 다양하게 겸비되어 있는 것으로 보아, 생활수준이 우리 가정보다는 부유함을 느끼게 되었다. 준비된 식사를 마치고 나니, 당해 신부대상 처녀가 수정과를 담은 대접을 신랑감인 나에게 공손히 제공하는 것으로 실제 인물을 감정하라는 취지가 내포된 것으로 감지되었다. 신랑감이나 신부 후보자, 양자는 묵묵부답으로 간접 시인하는 것으로 대치되었다. 왜정의 압박도 긴박하여지는 형편이어서, 결혼식은 그해 추수를 마치고 길일을 택하여 성례되었다. 조급히 혼사를 진행한 것은, 당시 일제는 철저한 식민지 수탈을 위해 무단 정치를 자행하는 과정에 전쟁 국면이 불리하여짐에 따라, 징병이나 정신대 등 전국 침탈이 최종 단계까지 도래되어 예측불허의 긴박한 상태였다. 나의 혼례는 고향 마을에서 부락 주민들의 환대 속에 조촐하고 뜻있는 예식을 끝냈다.

약 1개월 정도 경과하고 나니, 사장님께서는 호의를 베푸시며 당장 주택을 매입하여 입주시키기에는 타직원들의 이목과 여론도 있으니, 임대주택을 선정하여 계약을 체결하면 그 임대에 소요되는 비용은 회사에서 부담할 것이니 임대대상주택을 물색하라는 지지에 따라, 대지가 약 60평 정도에 수목도 잘 갖춰진 주택에서 집의 한 칸을 임대하여 입주하게 되었다.

그 집의 주인은 고향의 이웃에 사시던 부잣집 김 씨의 막내아들이며, 그 댁 남편은 부자 영감의 영향권 내에서 양심적인 선비 생활을 유지하고, 장남은 경성제대에 재학 중이었으며 그의 부인은 참으로 인자하신 현모이셨다. 지금도 그 모친의 인자하신 모습이 떠오른다.

필자는 그 주택에서 약 1년 정도 거주하였다. 혼례 후, 약 1년여 경과하여 고향에서 형은 장손인 영시를 출산하였으며, 필자는 남아를 출산케 되었다. 그러나, 필자의 남아는 생후 1년도 못되어 비명으로 끝맺었다.

결혼 후 넓어진 세상을 보는 눈

필자는 일제 말기에 주변 마을 *수무리*의 김씨 가문의 2녀와 혼사를 치르고, 3일째의 날에 처가댁으로 혼사후의 빙례에 따라 처가댁을 심방하게 되었다. 노조모님과 빙부와 처남과 상견례를 치르고 나니, 처형 김영애는 필자의 학교 1년 선배이므로 지면이 있어 반갑고 친밀한 접촉과 자연스럽게 대화도 가능하였다. 그러나, 그 옆자리에 대좌하고 있는 청년이 있었다. 그 남자는 농촌에서는 볼 수 없는 훤칠하고 멋진 남자가 악수를 청하며 나에게 접근하며 상견인사를 미소로 청하는 것이었다.

그 순간 나는 당황하여 처남의 얼굴만 쳐다보고 있으니, "이 사람은 자네의 처형이며 학교동창인 영애의 남편인 조인성, 자네의 손위 동서이네." 하며 소개하자, 나의 손을 꼭 잡으며, "이 사람이 연안에서 황해홍업에 근무하는 *이형동*이구만. 나는 자네 회사 근처의 남선전기에 근무하는 조인성일세. 잘 사귀어 보세." 하며 인사를 마쳤다.

그 후 나는 생소한 타향에서 친형이나 만난 듯 상당히 반갑게 접대를 받았다. 나는 연안읍 연성리에 신혼 후 단 두 식구의 부부가 새로이 분가된 신혼 생활을 꾸리게 되었다. 낯선 곳이라 고독하기도 하여 이웃 주민들과 인사 교환하는데, 불연 듯 손위 동서의 생각이 나서 탐문하여 보니 우리 집 이웃에 처형 댁이 있었다. 불과 100미터도 되지 않는 근처에 거주하고 있는 사실을 알게 되어 그날 밤 퇴근 후 처형 댁을 방문하게 되었다.

동서 댁을 방문하니 두 부부는 반가이 맞아 주었으며 집안 가족으로는 홀로된 노모와 중년 여인(조○○ 씨)와 어린 외손녀(정○)가 친절히 대해 주었다. 나는 그 장소에서 그 가정은 그 시대에 비하여 우리 사회의 평범한 가정보다 앞서가는 감을 느끼게 되었다.

첫째로, 노모의 호화스럽고 사치스러운 생활습관에 놀라웠으며, 그 댁의 평소 생활 습관이 농촌에서의 생활과는 비교의 대상도 되지 않고 도시생활과 비교하여도 월등히 낭비성이 심한 수준의 생활상임을 확인하게 되었다.

둘째, 나의 동서인 조씨가 그 당시의 건축 기술의 일인자의 자격을 구비한 남선전기 주식회사의 고급 기술자였으며, 그의 용모에 놀라지 않을 수 없을 정도의 미남이었다. 지금으로부터 50여 년 전의 모습으로서도 배우들과 비교하여도 하등의 손색이 없을 정도의 미남이었다. 또 기이한 것은 그 미남과 일급 전기기술자의 수명이 단명하여 30세를 전후해 운명을 달리한 특이한 체질은 참으로 애석한 사연이었다.

셋째, 그 댁의 중년 여인의 인자한 미모와 정신적으로 성숙된 자애심에서 다듬어진 박애의 열의에 감탄하게 되었다.

필자는 그 동서와의 친숙한 교제로 내가 체험한 한계의 연약함을 측정할 수 있었으며, 필자의 시야가 협소하였음을 자각하게 되었다. 그 후로부터 나는 한정된 분야에서의 활동상을 좀 더 광활하고 거시적인 방향으로 변화가 필요하다고 판단하게 되었다. 그 후로 그 가문에 대한 가계나 가정 관습, 생활 환경 및 변화상황 등을 자세히 살펴보게 되었다.

선조께서는 황해도 신천에서 부유한 가정에서 소생하여 시골의 어진 선비로 벼슬아치는 못되었으나, 시골의 생활에도 구애됨이 없이 무난한 생계를 유지하였다. 불도에도 관심이 깊어 불교에 관심을 가지고 처신하였으며, 영세 농민들의 생활에 선도의 귀감으로 마을 사람들로부터 선망의 대상이었으나, 선천적인 질환으로 건강을 감당하기 힘든 체력으로 불귀의 신세가 되었다. 그 고인의 미망인이 바로 이 노모이며, 이 여인은 연약한 젊은 여성으로서의 두 남매의 미래의 가시밭길의 험난한 행보가 막막하여, 한탄의 연속으로 절망의 소용돌이 속에서 허덕이며 헤어날 길을 찾지 못하고 방황 속에서 세 사람의 곤경은 극에 달하였다.

그 절박한 절망 속에 불연 듯이 소녀인 조○○은 일가친척이 지켜보는 가운데 말문을 열었다. "지금 우리의 형편은 누구도 우리 가정을 위해 도움이나 구조의 손길을 줄 사람도 없을 것이고, 구호를 해 준다고 해서 우리 세 식구가 장기간 의탁만 하고 살 수는 없는 일 아닙니까? 그러므로 하루 속히 우리가 독자적으로 생계유지를 해 나갈 수 있는 방법을 찾아 나가야 할 것으로 생각합니다. 하루 속히 그런 일을 빨리 추진해야 하겠습니다. 그 방안으로 내가 활동하면 어머님과 오빠에게 소요되는 생계비와 학자금도 나의 힘이 미치는 한 보장해 나갈 수 있을 것이니 나의 갈 길을 허락하여 주시기 바랍니다. 이것이 제일 빠른 방법이 될 것입니다."라고 말을 마무리하고 그 소녀는 바깥으로 뛰어나갔다. 흐느끼는 소녀의 두 어깨위에서 반사되는 격동으로 그녀의 비통함을 가늠할 수 있었다. 그 후 그녀는 허약한 어머님과 연소한 오빠의 만류를 뿌리치고 일로 지정된 목적지를 향해 출발하였다. 그 방향이나 거처는 가족 아무도 알 수 없었다.

그 후 근 6개월이 경과된 어느 날 모친과 오빠의 거주지로 한 장의 등기 우편물이 송달되었다. 송달된 우편물은 간단한 내용이었다. '나 조○○ 몸 건강히 지내고 있으며, 돈 100원을 송금하오니 어머님과 오빠의 생활에 보태세요.' 단 두 구절로 끝났다. 작별 후 생사조차확인 못해 궁금해 하던 때에 불시의 편지로 모자는 정신을 잃고 있었다. 연약한 소녀의 몸으로 행방불명된 지 불과 6개월 만에 거금을 받고 나니, 그 후의 사정에 무한히도 궁금하여 뜬눈으로 밤을 지새우며 한숨과 눈물로 세월을 보내게 되었다.

그 당사자 소녀는 같은 마을에서 성장한 소녀 친구와 미리 약속된 평양의 방번房番[18])에 입소하여 수련과정의 수업에 종사하고 있는 실정이었다. 방번의 입소 경위는 같은 마을에 살던 소녀의 주선으로 이뤄진 사건인데, 그 친구는 약간 나이가 많은 옛 친구로서 가정의 생활 환경이 빈곤하여 생계유지가 곤란하

---

18) 일정 때 기생들의 통제 속의 모임체

나 직장을 구하기는 하늘의 별따기라고 할 정도로 불가능한 사정이었으므로 불가피 이 길을 택하게 되었다. 2년 전 입소하여 지금은 점차 초년 신인으로 인기의 상승세를 타고 있으나 적절한 기반형성 과정이 미성숙 단계의 기녀로서 수입도 어느 정도 안정되어, 친구의 가정 형편을 고려하여 두 사람만의 밀약으로 그 100원의 송금까지 성사된 것이다.

그 후 조 여인은 모친의 부양은 물론 오빠의 학비까지 감당하여 왜정 시의 관인 전기공업학교까지 여동생인 조 여인의 한 많은 피눈물의 결정으로 이루어졌으며, 그 결실로 남선전기회사(현 한전의 전신)의 공무기술사원의 자격으로 당당히 입사하게 되었다. 그 이면에 숨은 공로자는 역시 조 여인이었다. 그 여인의 오빠는 필자의 동서가 되고, 조 여인과 필자와의 관계는 사돈이 되었으며 조 여인의 여자 친구 김 여인과 필자와의 관계는 놀랍게도 나의 회사의 상무이사의 사모님의 위치에서 상봉하게 되었다.

제6장

분단된 조국과
연백평야 통수의
농민 기수 등장

해방과 분단된 사회의 변화

1945년 8월 15일 그다지도 갈망하였던 일본의 무조건 항복으로 순식간에 시내거리는 "만세, 만세!" 소리와 함께 이곳 저곳, 이 거리 저 거리 할 것 없이 수많은 인파로 거리는 만세 소리의 함성으로 뒤덮여 있었다. 모든 국민은 환희 속에서도 이것이 현실인가 의심하지 않을 수 없었다. 특히나 필자가 근무하는 지역은 38선 접경 지역이어서 의문스러운 사건도 수없이 발생하였다.

　우선, 8·15 해방을 맞아 환희 속에 광복으로 우리나라의 애국지사들이 귀국하여 국민들로부터 대환영을 받았고, 패망에 따른 일정시 관료들의 동태와 왜정의 패잔병들 철수 상황 등이 궁금하였고, 우리 국가와 민족의 장래는 어떻게 변화할 것이며,

국가와 민족의 영도자는 과연 어떠한 인물이 등장할 것인가에 대해 관심을 갖게 되었다. 8·15 민족해방과 광복의 꿈과 기대와 희망에 찬 모습으로 여러 방면으로 전개될 상황을 주시하면서 오후가 되니, 점차적으로 변화되는 사실이 확인되는 단계적인 상황이 발생하는 것이었다.

제일 첫 번째로 확인되는 것이 놀랍게도 연합군에 의한 일본군의 투항이므로, 우리 국군이 무장해제에 참여는 못하여도, 연합군의 일원으로 미군이 진주할 것으로 추측하였는데, 불의의 소련군의 진주에 당황하지 않을 수 없었다. 물론, 유일한 희망이라면 제1순위로서는 우리 군인이 당당하게 연합군의 일원으로 금의환향하면 최상의 만족이겠지만, 그렇지 못할 경우 UN군 중 미군이 진주할 것으로 생각하였는데, 의외의 듣지도 보지도 못한 소련군이 돌발적으로 연안에 진군하여 행동하는 추태는 참으로 목불인견이었다. 시계는 보는 대로 약취하여 수도 없이 손등까지 차고 있는 모양이나, 생강냉이를 속과 알맹이를 그대로 짐승처럼 먹어 치우며 심지어 약주를 바가지로 퍼마시고 군인의 신분으로 취하여 비틀거리며 여인이면 무조건 탐욕하는 행위는 승전국의 체면을 손상시키는 만행이었다.

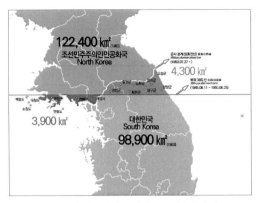

한국전쟁 전후의 영토 변화 - 38선과 휴전선

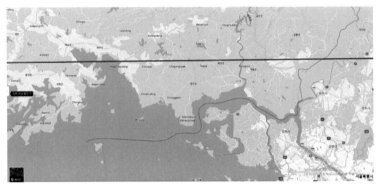

38선 분단 지역 - 옹진군 연백평야 개풍군은 남측지역임
구글지도

그 후에 미소공동위원국의 38선 분할 진주로 우리의 향토 연안은 38 이남으로 분리되어 미군 진주로 미군정[19]이 시작되어,

---

19) 미군정은 1945년 일본의 항복 이후 1948년 남한 단독정부가 수립되기까지 3년간, 한반도 38선을 경계로 미군과 소련군이 남한과 북한을 각기 통치함.

일본군 패잔병의 무장해제와 일본 본토로의 귀환이 진행되었다. 필자도 경영중이던 개인회사, 사업도 해방과 동시에 일절 기안이 중단되어 현장 창고 담당을 제외한 전 직원은 해임되었다. 특히 미소공동위원회로 신탁통치의 회오리 속에서 친일파 색출이다, 우파다, 좌파다 좌충우돌하며 시일이 경과할수록 분쟁만 심화하고 있었다. 그 혼란 중에서도 집단 노조 활동은 극열하여 태업은 확대되고, 정치권과 행정부 간의 충돌이 연속되어 좌우파의 극심한 파쟁은 극도에 달하였다.

해방 후 1년간의 업무 정지와 복직

8·15의 민족해방과 광복의 함성은 전국에 메아리치고 역내외에서 암약하고 계시던 애국지사들은 속속 귀국하고, 미국에서의 망명 생활로부터 이승만 박사 일행과 중국임시정부의 수장이신 김구 선생 일행은 정부수립 촉진을 위하여 헌신의 노력을 경주하게 되었다. 그러나 남과 북의 미국과 소련의 이념관계로 지지부진 상태로 진일보의 진전도 없이 시간의 낭비만 지속될 뿐 진척을 보지 못하고 있었다.

　해방과 더불어 변화도 많았는데, 1945년 8월 15일 왜정의 패망으로 사장이 운영하던 황해홍업주식회사 연안대리점 및 황해일보사 2개 회사의 경영권이 중지되었다. 필자는 회사의 사업도 과도기로서 자동업무정비관계로 휴업이므로 읍내에서 가재도구를 정리하여 처를 대동하고 고향으로 귀향하여 부모 형제들과 합동생활을 하게 되었다. 필자는 일차농토 5,240평 외에 2차로 수매한 1,250평의 본인 명의의 농지의 소유권도 보유하고 있어, 큰 부담 없이 가벼운 마음으로 귀향하게 되었다. 반면, 부친께서는 동리 마을의 추천으로 향리마을 광동리의 읍장으로 면장으로 임명되었다. 몇 달 후 또다시 필자의 모교인 봉북공립보통학교의 후원회장으로 발탁되어 모교의 후원회의 업무를 관장하게 되었다.

필자는 휴직 후 5, 6개월 정도 고향에 머물면서 사형과 영농에 협력하며 동고동락의 정을 나누었다. 고향에 매입한 1,200여 평의 농경지를 직영도 하며 영농에 대한 고통의 진가도 체험하게 되었다. 그러한 경험을 체감하고 나서, 나는 독자적으로 자립심을 양성하기 위하여 자전거 한 대를 구입하여 시골 5일장 행상의 체험을 하기 위해 오일장을 순회하며 약 5개월간 실습한 적도 있었다. 필자는 비로소 최하위권의 신문 배달과 상인의 기초 지식인 장돌뱅이의 실습까지 마쳤다.

8·15 광복과 해방으로 약 1년 정도 휴직 상태로 고향에서 영농 기법과 행상도 경험하고 있는데, 근무하던 업체 사장으로부터 복직 전보가 왔다. 휴직 기간 중 시골 생활로 체험도 다양하게 하였지만 고통과 정신적인 수양도 많았다. 나는 이것을 토양 삼아 더욱 분발하겠다는 다짐과 함께, 우선 나만 단신으로 회사로 재취업하게 되었다. 필자는 재출근 당시 사장을 비롯하여 상

무님 및 그 가족들까지 나와의 재회를 진심으로 환영하였고, 나도 역시 재회의 기쁨은 참으로 헤아릴 수 없는 감동에 가까운 것이었다. 그 원인은 사장님은 운이 좋아 회사취급 품목이 전시로 인하여 일선 방호용으로 급격히 수요가 확대되어 군수물자로까지 지정되었으나, 미군이나 소련군이나 UN군에서는 비닐 포대로 일선 방호벽이 구축되는 형편이었으므로 일본군의 물자 공급이 그 정도로 후진 상태였음을 입증하는 것이었다.

그러나 기존 고공품 회사가 장기간 전쟁이 계속되면 물자 공급상 친일 업체로 낙인이 찍힐 수도 있었으나, 공급 시일이나 공급량으로도 소수였으므로 일반 시민의 여론은 호평이었으며 회사 사장님의 처세술도 호의적인 평가를 받게 되었다. 그는 황해도 대항 체육대회에서도 정구 선수권대회에 형제 팀의 명선수였으므로 시민들의 인기도 호평이었다.

필자가 재입사하고 새로운 업무를 수행하게 되었는데 과거 일제 강점기에 운영하는 고공품 회사는 폐쇄되었기 때문이다. 일정 시기 삼강조(모리오카구미)라는 토건회사 대표사장이 경영하던 회사를 한국인에게 이양하는데, 기존 인사들로부터 황해 홍업㈜와 황해일보사 지국장인 고재덕 사장에게 계승시키는 것이 가장 적임자라는 호평이었다. 그 토건회사를 한국 간판으로 공진사라는 명칭으로 재설립되었다.

나의 직책은 자재 수급 관리 책임자로서 업무 관장 범위는, 자재는 건설에 소요되는 목재, 시멘트 등 건축 자재 일체와, 제제소가 운영되므로 직원들도 7, 8명을 관장하는 창고 관리 업무도 겸임하고 건설재의 판매까지 담당하게 되었다. 한마디로 회사에서 취급되는 자재의 총책임역의 전담이사격의 직책을 관장하게 되었다.

이에 앞서 필자의 행적을 추가로 소개하면, 필자가 재취업 이후 해방과 더불어 조국건설의 일익을 담당하는 국토건설 회사의 설립으로 퇴보 상태였던 건설 회사는 국토건설의 일원으로 등장함과 동시에, 사장님의 탁월한 활동으로 서울로 본사사무소를 이전하고 연안읍 및 재무부 산하 연백염전 등 수개 지방에 지점도 개설하여, 사세가 중앙에서 지방에까지 상당한 수준으로 확장되어 중앙정부에서도 인정하여 줄 정도까지 발전되었다.

그 성숙기에 백천 지역에 지점을 설립할 계획에 따라, 일제시 우리나라에서 정미왕으로 지칭되는 개성의 거부 '조영환'이 경영하던 백천 정미소를 우리 회사에서 인수하여 직원들의 식량 대책과 복리증진에 기여하였다. 수차의 직원들 후생복지책의 일환 겸 회사를 위해 헌신한 공로사원에 대하여는 공로시혜의 회사 운영 방침에 따라, 종국적으로는 필자에게 공로 시혜의 보상으로 특혜로 무상 기증할 계획이었을 것으로 본인은 사려하고 있었다. 그러나 지금은 6·25 사변으로 38선 이북으로 재편입되어 북한치하의 원한 지역으로 변화되어 부풀었던 미래의 꿈도 수포가 되고 남북의 통일만 염원하며 한숨만 떠오른다.

필자가 약 1년간 관리하게 된 과정을 소개한다. 필자가 자재 판매 및 제재소 외 전 자재 관리를 하던 자산은 일제시 일본인 삼강조로부터 인수하여 회사의 각 현장 건설공사의 자재 수급에 차질없이 공급하였다, 목재의 원목은 원산지에서 매입, 벌목 후 하역 작업을 하여 해당 제재공장에서 소요규격별로 제재하여, 각지에 산포되어 있는 공사현장으로 원활하게 공급되었다. 약 1년간 모든 건재는 정상궤도로 정립시켰다.

분주히 업무를 수행하고 있는데, 사장과 상무님이 동석한 자리에서 필자를 호출하여, 백천 정미소의 인수 과정을 설명하고 "형동이, 자네가 현재까지 복무하는 기간 참으로 많은 고생을 하였다. 특히, 왜정 시 고공품 회사를 운영할 때도 자네의 노력과 공은 높이 평가한다. 이번 건설재의 잡다한 품목을 인수하는 과정에서 재고관리 파악 등 다양한 규격을 품목별로 정리하는데 노고가 많았다. 지금 내가 자네의 직책을 전임시키려 하는데 앞으로의 근무지는 백천 온천이고, 근무처는 백천 정미소 지점장으로 전임하여야 하겠네."라고 간단하게 말했다. 사장님의 그 말에 나는 당황하였다.

첫째, 백천온천이라는 지명에 놀랐다. 원래 백천온천은 우리나라에서도 유명한 명승지이며, 관광도시로서도 이름난 지방이며, 나 자신 고향에서 출생하여 일차로 연안 땅 외에 타지에서 생활한 경험도 없었다, 백천이면 연안에서도 50리나 떨어진 지방이며, 생소한 타지에서의 지방 기관장의 일원으로 활동하여야 하므로 근심하지 않을 수 없으며.

둘째, 백천 정미소 하면 그 기업주가 유명한 인사이며, 그 정미소의 관리인도 사회적으로 상당한 인사였으므로 더욱 염려되었다.

잠시 후 사장님께서, "자네의 책임이 현재 담당하고 있는 인수업무도 중요하지만, 이번에 인수할 특수업은 신규 사업이므로 더욱 중대한 사업이니, 형동이 자네가 관리 책임을 지고 운영하면 성공할 것이야. 더 한층 노력하여 분발해 봐."라고 명령조로 지시하였다. 더 이상 거부할 수 없는 처지에 이르렀다. 필자는 사장에게 "업무에서는 어느 정도 소화할 수 있으나, 나의 나이가 연소하여 섭외 활동에 지장이 초래될까 우려됩니다."라고 하자, 상무님께서 "내가 본사에서 시간을 조절하여 수시로 방문할 것이니 염려 말고 가족을 대동하여 현지로 부임토록 서두르게."라고 하셨다. 필자는 더 이상 진언하지 않고 이사 준비를 마치고, 3일 후 낯선 백천 땅으로 가서 우선 단신으로 전임 책임자와의 인계인수 업무에 착수하였다.

업무 인계인수 전에 우리 회사 측에서 상무의 자기소개와 나에 대한 간략한 인사 소개를 하고, 그 후에는 상대방 지배인의 자기소개와 앞으로 인수될 인사에 대한 개별인사 소개가 있었다. 제일 먼저 인계책임자인 백○○씨의 연령이 54세의 지배인으로, 그는 개성 정주왕의 신뢰받는 중역격이며 정주업계의 권위자다. 필자와 연령차가 30세 연상자임에 놀랐다. 인수책임자인 필자는 연령이 24세에 불과하나 인수해야 할 직원수는 17명이며 그중 최고령자는 68세의 노인이며, 평균 연령도 35세로 신임자와의 연령차로 상당히 고심하게 되었다.

인사관계 업무 및 정주공장의 시설 및 공구 등 하루 종일 인수 업무를 끝내고 나니 육체 및 정신적인 피로가 온 몸을 짓누르고 있었다. 그러나, 내 자신의 피로 회복을 위한 휴식을 취할 여가도 없이 내일의 업무 집행 계획으로 고민을 하게 되었다. 24세의 지사 지배인의 자격으로 그 지방의 기관장 및 지방 유지들을 부임 인사차 방문하여야 하는데, 친분이 있는 분은 한 명도 없으니 당장 내일부터 순방할 때 대동할 인물을 물색하게 되었다.

나는 해 질 무렵, 부임 당시에 인사한 70세 최고령 노인 댁을 방문하기로 하였다. 직원들이 퇴근 후 나는 급사를 대동하고 백천의 특주와 그 지방에서 명물인 빈자떡을 지참하고 그 노인댁을 방문하여 공손히 인사를 올렸다. 자신의 성장 과정과 회사경력을 자세히 설명하고, 미숙한 나의 처지를 적극 선도하여 주실 것을 호소하였다. 묵묵히 듣고 계시던 노인께서 필자를 향해 말을 꺼냈다.

"나는 현재 그 직장에서 '둥겨'를 수거 판매하는 염사안이라는 사람인데 금년에 나이는 71세이고, 그 회사에 현재까지 12년째 근속하는 노인이오." 나도 사업경영에 대한 전문가는 아니지만 다년간 대외접촉 생활로 사업적인 경로를 통해 경험이 있으니, 같이 노력하면 잘 운영하게 될 것으로 생각하고 내일부터 열심히 활동하기로 약속하였다. 필자는 그 노인하고 지방기관장과 유지들에게 인사차 순례할 것을 건의하였다. 필자는 노인과의 약속으로 그다음 날부터 부임인사차 군 산하관서 및 관할지구 경찰청장 및 곡물검사부서 등 사업에 관련될만한 지방 유지들을 모두 방문하여 첫 상견례를 끝냈다. 가는 곳마다 그 노인께서 필자에 대한 인사소개를 잘하여 모두에게서 좋은 인상을 얻게 되었다.

필자는 24세에 그 지역에서 최연소의 기업 책임자로서 그 지방의 기관장과 기업체 및 지방 유지의 모임에도 수시 참가하여 회의도 수차례 있었으나 별 지장 없이 진행되고 사업도 원만히 잘 추진되어, 본사로부터도 호평을 받을 정도로 진전되어 가고 있었다. 나는 전보 발령과 업무 인계인수를 끝낸 후, 본사 자재 관리 책임자로서 근무당시 연안읍에서 가족과 함께 사택에서 거주하고 있었으므로, 백천의 신임지로 가족(처와 딸)을 대동하고 백천 정미소의 사택으로 전입하게 되었다.

6·25 이전의 안보태세

백천 지역은 38선 접경의 최전방선에 위치하고 있다, 공공관서 및 기관이 위치한 후면 산정상의 접선이 분계선으로 설정되어, 남북의 최전방의 초계병들은 상호육성으로 대화나 희롱도 할 수 있는 최단거리이며, 38선 최전방에는 상호대화도 나누고 심지어는 음식물까지 나누어 먹을 정도로 친화적인 접촉도 이루어졌다[20]는 소문도 파다하였다.

---

[20] 전쟁 이전이었기 때문에 38선 월경이 상대적으로 자유로웠고 그 경계가 명확하지 않았다.

38선이 설정되고 잠시동안 남북쌍방이 우호적인 분위기의 유지는 일시적이었으며, 6·25 1, 2년 전부터는 대치가 심화되어 호시탐탐 남침의 기회를 모색 중이었다. 그러나 우리 국방군의 경계상태는 허장성세의 종이호랑이의 형상에서 벗어날 수가 없었다. 그 실례로 백천 지역에서는 밤중에 소총소리가 나는 것은 보통 있는 일이고, 심지어는 백천경찰서 청사가 백천호텔로 이동하여 근무하였으나, 야간에도 공비가 기습하여 청사에 방화를 하고 도주하는 등 위험한 사례를 다반사로 겪게 되었다.

또한 국방군의 정신상태나 북괴에 대한 정보정책의 허점도 국방정책의 맹점이었다. 그 실례 중 한 가지를 소개한다. 6·25 발발 2년 전 국군의 날 행사장면을 연상하게 된다. 그 전엔 이 지역 기관장 및 지방 유지들은 군 기관장으로부터의 10. 1 국군 창립기념 경축 행사에 참가하여 줄 것을 요청받고, 지정 장소에 운집한 시민을 위한 국군의 시범군사훈련이 실시되었다. 그 장소에서 당해 군책임자의 시민을 위한 담화 요지인즉,『우리 국군은 이 시범무기로 북이 침입할 경우 아침 조반은 해주 땅에서, 점심은 평양에서, 저녁은 신의주에서 치를 정도로 장병들은 고도의 훈련과 군 장비로 군의 사기가 충천하여 승전할 것이니, 시민들은 안심하시고 생계에만 열중하면 국가의 장래는 번영으로 이어질 것이다.』라고 열변을 토하였다.

그 시범병기는 철판제 장갑차(현, 데모 진압용차)와 105밀리미터 박격포가 전부였다. 그 후 6·25 남침당시, 북괴군의 전투무

기와 비교하고 보니, 우리군의 장비와 정보능력은 비교가 안 되는 수준이었다.

제헌국회의원 선거 열전

1948년 4월 초순경으로 추정된다. 연안의 자재공급 및 제재소의 관리 책임자로 재직 당시, 사장님께서 필자의 면담요청이 있어 사장실을 방문하였다. 나를 보고 "조용히 상의할 일이 있으니 허심탄회하게 애기 좀 하세" 하며 사장께서 나를 향하여 말문을 열었다." 자네를 보고자 한 내용은 우리 회사와는 관계가 없는 사항이니 내 말을 잘 듣고 자네 아버님께 잘 부탁하여 선처를 구해야 할 문제이네. 그 내용은 앞으로 대한민국 초대 제헌국회의원 선거일이 불과 한 달 정도로 임박하였는데, 우리 2지구에서는 김경배 씨와 송선일 씨가 출마하여 대결하고 있는데 송선일 후보는 나와는 상부상조하던 같은 사업가 출신이고, 김경배 후보는 과거경력도 잘 모르나 송선일 씨는 이 지역에서 저명한 사업가이자 나와는 형님동생 하는 친밀한 관계로 지내는 처지이네. 자네 아버님을 잘 설득하여 송선일 후보의 선거운동의 주역으로 활동하여 주실 것을 간청하네"라는 것이었다. 그리고 이 선거에 당사자가 당선되면 보은할 것도 첨언하였다.

　나로서는 이러한 정치나 선거 등에는 전연 아는 것이 없으므로 아버님께 그러한 사연을 말씀드려 내일 심방하시도록 전달하겠노라고 대답하고, 바로 그 즉시 시골 고향 마을로 자전거를 타고 약 한 시간 반 정도 후 고향 댁에 도착하였다. 부모님께 인사드리니 삼촌댁과 형제들도 반가히 맞아 주었다.

저녁이 되어 필자가 불시에 방문한 사정을 아버님께 상세한 설명을 하고 나니, 아버님께서 나를 향하여 "그러한 문제는 어려운 문제이니, 내가 사장을 심방하여 직접 답변할 것이니 너는 관여하지 말고 너에게 부여된 직무만 성실히 수행하면 된다."라고 충고하셨다. 정치라는 것은 전혀 모르는 농가 태생인 나로서는 오로지 빈농의 자식으로서 "네. 부모님의 만수무강과 식사나 풍족하게 드시다 가시는 것이 우리 자식들의 소망입니다."라고 대답을 드렸다. 화기애애한 분위기 속에 시간가는 줄도 모르고 정겨운 밤이 이어지는 사이에 새아침이 밝아 왔다.

그 이튿날 부친께서는 사장님과 대담 후 시골로 돌아가셨다. 부친께서 조용히 나를 만나자 "나는 나의 길이 있어 그 길로 가야 한다."라고 짤막하게 나에게 말씀하셨다. 나는 그 말씀이 무슨 의미인지 아무것도 의식하지 못한 채 헤어졌다. 그 후, 부친께서는 송 후보가 아닌 김 후보의 선거운동을 하셨다. 필자로서는 그 방면에 대한 경험이나 상식도 없으므로 부친의 하시는 선거운동이나 독립운동 또는 일반적인 사회활동에 대하여도 구체적인 내용에 대하여 좀처럼 말씀하시는 일이 없었다. 그 후, 부친께서는 김 후보의 선거운동에 적극 참여하셨으며, 김경배 후보가 초대 제헌의원으로 영예의 당선이 되었다.

김구 선생의 방북 협상 결렬과 연백평야

조선시대의 연안과 백천을 합쳐 일제 초기에 만든 연백군은 황해도의 동남부, 개성과 해주 사이의 해안을 낀 지역이었다. 북쪽의 산악지대에서 남쪽의 해안선으로 내려오는 북고남저의 지세인데, 남쪽의 연백평야는 조선에서 손꼽히는 곡창지대였다. 연백평야의 대부분이 38선 남쪽에 있었다. 그런데 연백평야가 곡창지대로 발전할 수 있었던 것은 38선 북쪽 구릉지대에 있는 저수지들 덕분이었다. 그중 구암저수지는 당시 조선 최대의 저수지 중 하나로 꼽히는 것이었다.

  현지 사정을 전혀 고려하지 않고 그은 38선은 크고 작은 숱한 문제를 가져왔다. 미소 양군 진주 후 경계지역을 함께 답사하며 실제 경계를 확인하는 작업이 오랫동안 계속되었다. 경계선이 일으킨 구조적 문제의 단적인 예가 연백평야의 수리水利 문제였다. 평야와 저수지의 관할권이 달라지자 수리비를 얼마나 지불하느냐 하는 문제가 생겼다.[21]

---

21) 문천, "1947. 11. 7 / 38선 이야기 (3) 연백평야의 물값 시비" 페리스코프(블로그), 2012년 11월 6일, https://orunkim.tistory.com/1082

해방 당시에는 벼농사에 필요한 물이 이미 채워져 있었다. 그해 가을에는 아무도 수리비를 지불하지 않았다. 원래 수확 후에 수리비를 지불하게 되어 있는데, 평야를 점령한 미군은 수리비를 거둬 북쪽으로 보낼 생각을 하지 않았다. 이듬해 봄 모내기 때가 되어서야 문제가 제기되었다. 이북에는 북조선임시인민위원회가 만들어져 있었는데, 작년 수리비를 내지 않은 농지에 물을 보내지 않기로 지역 임시인민위원회가 결정한 것이다. 제1차 미소공동위가 아무 성과 없이 무기정회에 들어선 한 달 뒤의 일이었다.

이에 수리조합원들은 누차 모여 토의한 결과, 그 많은 백미를 보낼 것이 없는 만큼 당지 미군정당국에 진정하여 원만한 해결책을 바라는 한편 말라가는 모판만 들여다보며 38 이북 측이 물꼬를 터놓기만을 고대하고 있었다. (동아일보, 1946년 6월 10일)

1947년으로 들어서면서 수리비 문제가 다시 제기되었다. 정조 때 80만 석을 생산할 수 있는 조선 제일의 연백수리조합은 해방 이후 38선으로 양단되어 구암저수지를 잃은 이남 1만3천6백 정보의 몽리면적[22]에 대한 용수 문제가 해마다 말썽을 일으켜오던 바, 춘경기를 앞두고 다시 큰 두통거리로 등장하여 수십만 농민들을 우울하게 하였다.

---

22) 몽리蒙利 : 저수지나 보의 수리시설 등으로부터 물을 받음

조선 제일이라고 하는 연백수리조합 용수문제는 남북 양 당
국자 간의 건설적인 타협으로 지난 5월 3일부터 관수되고 있어,
제방 수축용 시멘트 지원과 운반 및 청단구암 간 전화공사를 시
설할 것 (경향신문, 1947년 5월 7일) 등 구암저수지 수축 문제는 남
북 몽리면적의 비례에 따라 각각 공사비를 부담하기로 의견의
일치를 보았다고 하였으나 (동아일보, 1947년 5월 28일), 이후 수확
철에 이르자 수세 문제가 아직도 해결되지 않고 있었다는 사실
이 드러났다. 이와 같이 조선 제일의 곡창 황해도의 연백수리
조합 수세 문제는 해방 이후 3년 동안 남북 간에 수차의 회합은
지속적으로 결렬되어왔다. (동아일보 1947년 9월 23일)[23]

1948년의 정국은 희비가 엇갈리는 혼란의 한 해였다. 정치권
의 분쟁은 극에 달하고, 미소의 주도권 쟁탈전은 미소공동위원
회의 협상이 결렬되고, 국내에서는 좌우파로 양분되어 노조의
연속적인 태업과 우측의 완강한 저지로 극한적 대치는 원만한
해결책도 없이 투쟁은 지속되고, 선량한 국민들은 지표를 잃고
방황하고 있는 처지였다. 이러한 국내의 사정은 극도의 혼란 상
태로 치닫고 있었다.

특히 1948년에는 연속되는 가뭄으로 봄철의 농번기가 임박

---

23) 1948년 5월 28일자 『동아일보』 기사에는 수세 책정 기준이 밝혀져 있는데, 해방 전 제도와
관행에 맞추어 책정한 것으로 보인다. 연백평야가 80만 석을 생산하는 곡창이라 했는데,
그 대부분이 이북 저수지에서 보내는 물에 의지하고 있었으므로 몽리지역에서 줄잡아 50
만 석을 생산한다면 1만 내지 1만2천 석은 그 2~2.5퍼센트다. 수세로 높은 것이라고 볼 수
없다고 하고 있다.

하여, 농촌에서는 한재가 극심하여 전답의 농작물과 논바닥이 거북이 등과 같은 상태로 그 참상을 농민으로서는 도저히 눈뜨고 볼 수 없는 상황까지 이르고 있어 민심의 동요도 극심하였다. 그 극한의 정국을 주시하고 계시던 김구 선생께서는 고심 끝에 우리 국가와 민족의 영원한 광복과 발전을 위한 최후보루인 애국으로 다져진 우리 민족의 단합된 모습을 세계만방에 과시하고자, 남과 북의 협상을 성사시킬 결의로 평양을 방문하게 되었다.

김구 선생의 방북 협상 결렬

정부로서는, 주한미군정청으로 임시 과도정부를 수립하여 정치 및 행정부는 수립되었으나, 좌파의 적화공작과 우측의 극우단체의 사상분쟁으로 치안은 극한 대립으로, 좌파의 태업은 종식을 찾을 수 없고, 우측의 진정을 위한 투쟁은 극도에 달해 정국의 전망이 분단 양상으로 가닥이 형성되는 기색이 엿보였다. 이에 중국 임시정부로부터 귀국하여 통일조국을 염원하던 김구 선생께서는 1948년 4월 19일 자 남북통일의 일념으로 남북정당 사회단체 대표 연석회의 참석차 평양의 김일성과 대좌하여 담판과 협상이 시작되었다.

김구 선생께서는 다음과 같은 5개항의 제안을 하였다. (1948. 4. 21. 회담시)

김구 선생 제안 내용

1. 김일성에게 남한에 대한 전쟁을 일으키지 말 것

2. 남한에 대한 연속 송전할 것

3. 연백평야의 농업 용수를 공급할 것

4. 연금 중인 조만식 선생을 서울로 모시고

5. 안중근 의사의 묘지를 서울로 이장할 것

이에 대해 김일성은 김구 선생 일행에게 다음과 같은 내용으로 답변을 하였다.

김일성 답변 약속 내용

첫째: 남한에 대한 전쟁은 일으키지 않을 것이며

둘째: 남한에 전기는 계속 공급할 것이고

셋째: 연백평야에 대한 농업용수는 곧 개방할 것이고

넷째, 다섯째: 이 두 건에 대해서는 소련당국과 협의하여 미구에 해결할 것임.

김구 선생의 사회단체 당대표단 일행은 김일성으로부터 위 5개항에 대한 확답을 받아 내고, 1948년 4월 22일 서울로 귀환하였다.[24] 김구 선생은 남북사회단체 정당대표 자격으로 1948년 4월 19일 평양을 방문하여 김일성과 대좌하여 남북민족과

---

24) 본 회담기사는 월간 『동화』 1994년 7월호 No. 165 항에 기재됨.

국가의 통일정부 수립을 위한 외국인을 제외한 순수한 우리 민족의 대단결을 위하여 5개항에 대한 이행 약속을 김일성으로부터 확약을 받고, 협상 수행원 일행과 함께 서울로 귀환하였다. 그러나 평양회담에서 즉시 실행하겠다는 약속은 남한 농민들의 속타는 농경용 생명수의 통수는 물론, 김구 선생과 약속한 5개항의 약정은 단 일개 조항의 이행도 없이 공약空約으로 끝났다.

뚫렸던 철의 장막의 희비

정국의 소용돌이 속에도 유일하게 기대가 컸던 것은 미소공동위원회 회의다. 그러나 협상은 우리의 단일민족간의 같은 혈족의 애절한 사정을 도외시한, 외국인들의 성의 없는 자국의 이해관계나 실리에 치우친 회담이었다. 김구 선생과 김일성의 남북협상 대표자간의 협상은 우리 동족 간, 같은 혈정의 민족애로 어떠한 형태로든 국토통일의 실마리가 풀릴 것을 기대하며 남한의 민족사회 및 정당대표인 김구 선생의 서울 귀환의 회담 결과를 주의 깊게 고대하고 있었다. 특히나 연백평야의 농경민들은 그 긴박한 사정이 극단적인 상황에까지 이르렀다. 그 상황의 전개 사정은 참으로 눈뜨고 볼 수 없는 처참한 처지였다. 그 전개 내용의 일부분을 소개한다.

1948년도에 우리 민족과 국가의 비운은 피할 수 없는 한 해가 아니었나 감지되며, 우리 국가의 국운과 직접 관계되는 불리한 주요 내용들을 정리해 본다.

첫째, 우리의 동족 간의 이념분쟁으로 단일민족간의 갈등의 골이 극도에 달하여 국운의 지표가 표류된 상태에서 방황하게 되었으며,

둘째, UN공동감시단 선언으로 국가의 위상이 손상된 상태에서 자주적인 민족혼의 선양과 자주정신의 결집에 장애요인이 형성되었으며

셋째, 동족의 민족정기를 주변 이해당사국의 관여로 외부 강대국의 외세의 영향권에서 우리 민족의 근시안적인 판단이 영원한 국가의 장래를 경시한 민족적 거보의 초석을 확립시킬 시점을 상실하였으며, 이는 우리 민족의 민족정신의 기본적인 뿌리의 형성에 정신적 결핍의 원인이 된다.

따라서 진정한 우리 민족혼의 견고한 결정이 확립된 민족적 의식개혁이 최우선 과제다. 우리 민족의 취약함을 국민전체가 자성해야 한다.

필자는 전술한 바와 같이, 1948년의 우리나라의 정국이 긴박하게 격변하는 전개 상황을 한탄하고 있으나, 자신이 어떤 정치인도 못되고 일개 농촌의 빈농자이므로 정치에 관한 한 염두에둘 처지도 못 되어 항상 유의하여 관찰하고 있었다. 특히 농부의 자식으로 태어나 잔뼈가 굵은 농민이기에 평생 숙원이 이 땅

에서 부모 형제와 자식들을 거느리고 국가의 자주독립과 번영으로 우리 가족들을 배불리 먹이고 등 따뜻하고 평온하게 사는 것이 일생에 더 없는 소원이었다. 그러나, 농민들은 그해 정국의 흐름과 전망에 불안함을 예감하였고, 천후도 평탄치 않았으며 심상치 않은 사회적인 기류가 현실로 등장하게 되었다.

정국의 전개 상황 및 천기가 매우 불순하여, 초봄부터 계속되는 가뭄은 날이 갈수록 심하여졌다. 전 지역의 산간의 수목은 고갈되어 송충이는 극성하고 소나무는 완전히 솔잎이 소실되어 흑갈색으로 변하여, 산은 산대로 소나무는 소나무대로 그 자태를 상실하게 되었다. 농민들은 전답의 생명수인 관수灌水는, 천수답은 물론이고 저수용수의 이답利畓도 오월의 모내기철을 눈앞에 두고 묘판이 가뭄으로 거북이 등과도 같은 균열상태가 1개월만 경과되면 농가가 전멸할 위기의 시기였다.

예로 연안읍 근처에 위치하고 있는 남천지라는 거대한 천연 연못은 광대하여(약 20만~30만평 정도) 수상에서 물고기를 잡으려면 수심도 깊어 전문적인 어부의 생활터전을 형성한 거대한 연못이었다. 그 연못이 한 해가 계속되는 가뭄으로 수십 만 평의 연못의 물이 완전히 고갈되어 바닥이 드러나게 되었다. 바닥이 말라 놀랍도록 큰 각종 물고기를 포대와 가마니로 끌어 담는 기이한 현상이 벌어졌다. 그때 그 연못에서 수백 년 묵은 용이 사라졌다는 전설까지 유포되었고, 그로부터 그 지방주민들에게는 수백 년이 경과한 연못의 변화는 국가에 큰 재난이 발생할 징조라는 풍설도 파다하게 유포되었다.

　이와 같은 극한 상황에서도 농민들의 유일한 기대와 희망은, 철의 장막 속에 위치한 연백수리조합에서 귀암저수지(38이북에 위치)의 송수 및 전기 공급 협상차 평양을 방문 중인 김구 선생 일행의 협상결과를 유일한 희망으로 학수고대하고 인내하고 있었다. 그도 그럴 것이 1948년 신춘의 4월에는 벼농사의 기초가 되는 묘판가꾸기 여하에 따라 그해의 1년 농사의 성패가 결정되는 관계로, 4월의 *모내기*에 앞서 묘판관리는 농가에서는 최대한의 중요한 시간이며 전농민의 열망이 집중되는 계절이다. 특히 근래에는 볼 수 없는 최악의 한 해에도 불구하고, 연백평야 농민의 긴박한 사정을 정부 당국에서도 별 대책도 없이 수수방관하고 있는 상황이었다. 이에 김구 선생 일행에 거는 기대는 그 어느 때보다 의미가 심각하였다.

　김구 선생 일행 대표와 김일성과의 협상대좌에서 김일성이 연백평야의 농경용 통수는 대표단 귀환 즉시 송수할 것을 분명히 약속하였고, 남북의 대표인 김일성의 확약이므로 의심할 여지도 없이 이 지역농민들은 대환호 속에 김구 선생 일행의 귀환을 맞이하게 되었다. 그들의 귀경으로 중앙정부청사를 비롯하여 전국민이 고대하는 성과가 실현되기를 갈망하는 국민들의 부푼 기대 속에 귀환 후 이북의 5개항에 대한 약속 이행 여부에 온 국민의 기대가 모아졌다.

　그 5개항 중 3개항은 정책적인 내용이 함유되어 있어 시기적으로 유예할 수 있는 문제였으나, 기타 2개항에 대하여는 정책과는 무관한 순수한 연백평야의 농민을 위한 생명과도 같은 전기 공급과 농민의 젖줄인 농경수 통수작업이었으므로, 우리 민족이 같은 혈족이라면 당연히 약속이 이행되어야 함이 동일 민족의 애국적인 처사였을 것이다. 더욱이 실망스러운 김일성의 처사는, 공산주의 국가와 민주주의 국가와의 이념적인 차이가 민족적인 혈연을 초월하는 사상은, 같은 피가 흐르는 단일민족으로서는 납득이 가지 않는 망국적인 행위가 아닌가 의심치 않을 수가 없다. 특히, 김일성은 농민과 노동자를 위하여 투쟁하였다는 위인이, 연백평야의 순수한 생명의 젖줄인 저수된 농경수 공급을 중단하는 처사는 비인간적인 행위가 아닐 수 없었다.

대표단의 귀환 후, 후속결과를 하루 이틀 사흘, 하루하루를 생명의 연장과도 같이 지켜보던 대표단도 실망은 형언할 수 없는 고통이었을 것이다. 말라붙은 어머니 모유의 젖줄을 갈구하는 목타는 아이와도 같은 심정으로 통수를 고대하던 수십만의 농민들은 협상대표단의 결렬을 전담의 갈수로 확인하게 됨에 따라, 더 이상 대표단이나 정부당국은 물론 일선인 연백 수리조합도 허탈한 상태로 앞으로 닥칠 운명을 기대하는 형상이었다.

연백평야 통수를 위한 농민 기수 등장

갑작스러운 분단으로 남북 쌍방간에 불편을 야기하여 6·25 한 국전쟁이 돌발할 때까지는 남북교류[25]를 위한 합의를 얻는 데 어느 정도 성공한 기록이 있다. 이 중에 연백평야 통수에 관하 여 알려지지 않은 농민들의 업적에 대하여 소개하고자 한다.

남북 협상대표인 김구 선생의 협상 내용인 농경용수의 통수 불이행으로 더 이상 기대할 수 없는 농민들의 실망과 분노는 최 악의 극한상태에까지 도달했다. 이러한 상황을 주시하고 있던 농민이나 정부당국은 더 이상의 호소나 기대할 대상도 없어 허 탈함으로 수수방관만하고 있을 뿐, 별 대책이나 희망도 없이 실 의에 차 있을 뿐이었다. 이 절망적인 운명에 처해 있는 시기에 국가와 민족 특히 농민을 위한 긴박한 통수 업무에 적극 참여하 여 어떠한 희생이 있어도 기필코 소기의 목적을 달성하겠다는 한 시골 농부가 나타났다.

정부의 실패를 지켜보고 있던 부친께서는 특단의 초비상적인 각오로 이 문제를 농민 스스로가 아니면 도저히 해결할 수가 없 다고 판단하고, 기미년 독립 만세 때 못다 이룬 비장한 각오로

---

[25] 6·25전까지는 남북간에 교류합의가 어느 정도 성공한 실적의 기록이 있다. ① 우편물 교환 ② 물자교역 ③ 연백평야통수 ④ 대남송전과 중단 ⑤ 경평빙상 및 경평축구경기. https://ko.wikisource.org/wiki

소기의 목적 관철을 다짐하였다. 이와 같은 긴박한 사정을 감안하여 부친께서는 동생 세 명을 집으로 모이게 하여 "지금의 용수공급과 관련한 긴급한 사정과 남북 협상 대표단의 협상 결렬에 따라, 이제는 우리 농민들의 결속으로 농민 스스로의 해결책을 모색하여야 한다. 최후의 방법을 내가 창안하여 내 한 몸의 희생으로 우리 연백평야에서 생계를 유지하는 농경민의 생존에 보탬이 된다면 얼마나 다행한 일이겠느냐? 이 거사를 추진하기 위하여 이 형이 선두에 서서 이끌 것이니, 너희들은 내가 지정하는 일시의 장소로 농민들이 집결할 수 있도록 사전에 각 지역별로 순방하여, 나의 취지와 결행, 일시 및 장소를 2, 3일 전 긴밀하게 각 부락에 연결을 취하라"는 지시였다.

드디어 그 약속한 결행 일시와 장소에서 부친은 주변 인근 마을 농민을 대동하고 지정 장소로 집합하여, 각 부락에서 집결하

연백평야와 구암저수지
구글지도

는 농민들을 점검하여 보니 약 800여 명이 집합하였다. 부친께서는 인원을 점검하고 비장한 각오로 38선 최종 경계선까지 그들을 인도하여 갔다. 38선을 경비중인 한국군 일선 초소에서 경비 책임자를 상대로 '농민 800여 명과 함께 38선을 통과하여 이북의 김일성 정부 당국과 결판을 지을 것이니 38선의 통과를 허용하여 줄 것'을 강력히 요청하였다.

예측한 대로 국방군의 일선 책임자는 '자신의 권한으로서는 도저히 이 집단의 농민을 38선 이북으로 통과시킬 수 없다'고 통고해 왔다. 부친의 결행의 투지는 용솟음쳤다. 그는 '나의 일생에 또다시 결단을 내릴 시기가 도래하였다'고 각오를 하고, 최선두에서 800여 명의 농군을 인솔하고 38경계선 경비초소를 향해 돌진하였다. 그 순간 경비책임자가 부친 일행이 집단 진입을 강행하려 하자 일선 경비병들과 진입을 완강히 제지하였다.

그 순간 우렁찬 고함 소리가 터져 나왔다. "비켜라! 우리 농민들은 이 자리에서 주저앉을 수는 없다. 우리 농민의 생명줄인 북의 저수지 구암댐으로부터 일주일 내로 통수를 받지 못하면 우리 연백평야에서 경작하는 농민과 그 가족들 수십만 명의 생명은 연명할 수도 없다. 급박한 통수가 안 되면 우리 농민 수십만 명은 더 이상 생존할 수가 없다. 우리는 지금 극도에 달하고 있으니 앉아서 죽으나 이북으로 가서 싸우다 죽으나 죽을 각오가 되어 있으니, 속히 통과시켜다오."라고 통고했다. 그리고 나서 부친께서는 웃통을 확 벗어 제치고 알몸의 상체를 국군 경비책임자의 총구에다 바싹 들이대고 "나를 그 총으로 쏴 죽이든지, 죽이지 못하겠으면 저 앞의 38선으로 넘겨주든지 두 가지 중에서 한 가지를 택하라!"라고 선언하자, 후미에 운집하고 있던 군중은 "옳소. 가자." 하는 함성이 산속에 메아리쳤다.

선두자의 기성과 군중의 함성은 극한적 상태에 이르렀다. 그 순간, 국군책임자로부터 제의가 왔다. "잠시만 기다려 주시면 본관이 상부에 보고하여 그 결과를 여러분들에게 보고할 것입니다."라고 잠시만 대기하여 주십사 하는 제언이었다. 이를 농민들이 받아들여 약 한 시간 지난 후, 정부당국으로부터 승인을 받았다는 통고를 받았다.

그 즉시 부친께서는 38선의 통과취지를 대표 자격으로 북한군 경비책임자와 협의하였다. 북측 관계인 중에는 필자의 모교인 봉북공립보통학교 동기 동창의 송○○라는 옛 친구의 협력도 일부 작용되었다. 면회 직후, 송은 필자의 안부도 문의하였다는 사실을 추후 확인하였다.

북측도 고위당국자와의 협의 결과, 현재의 800명으로는 협의를 할 수 없고 최소한 농민 1,200명 이상을 대동하고 오시면 북측 지역에서 허용될 것이니 1,200명 이상의 인원을 동원하여 줄 것을 제안해 왔다. 대표인 부친께서는 우리 농민의 생사의 기로에선 처지에서 동원인원의 증원문제를 출동한 농민들과 상의한 결과, 1,200명으로 증원하여 내일 재집회할 것에 합의하고 이북의 해당 책임자에게 내일 다시 집합하여 38경계를 돌파할 것을 약속받은 후, 집합하였던 농민들은 내일의 집회를 확약하고 산회하여 귀가하였다.

결사 대비 유언

필자는 백천정미소로 전보 발령을 받고 생소한 지역에서의 업무인수, 신임 지방의 기관장과 유대 및 새로운 업무추진 등 분주한 사업관계로 동분서주하며 부모 형제나 고향사정에는 관심을 가질 여유가 없었다. 1948년 4월 말 경으로 추측되는 어느 날[26], 예고도 없는 부친의 심방으로 필자는 진심으로 당황치 않을 수 없었다. 아버님을 뵌 순간, 놀라서 "아버님, 예고말씀도 없이 불시에 어쩐 일이십니까?" 하고 문의하였더니, "그럴만한 일이 생겼다."라고 하시면서 "조용히 할 말이 있으니, 너의 숙소로 자리를 옮기자."라고 하시는 것이었다.

숙소에 도착하여 간단한 식사와 반주를 곁들였는데, "내가 너를 보려고 온 것은, 오늘 이 자리에서 내가 하는 얘기가 혹시 유언이 될 지도 모르니 명심하여 들거라. 나는 내일 아침에 농민 약 1,200여 명을 인솔하고 이북 땅을 방문한다. 이북의 고위관계자와 연백평야의 이북 소재 구암저수댐의 저수용 농경

---

[26] 사실의 간접적인 확인을 조선일보 1948. 4. 30.~5. 1. 보도로 확인할 수 있음. 자세한 내용은 본문 pp. 232~234 참조.

수를 북 당국으로부터 송수할 협상에서 최종 결판을 지으려고 방북하는데, 만약에 이 목표가 성공하지 못하면 내 자신이 걸어서 다시 돌아온다는 보장이 없으니, 너희들은 그 뜻을 이해하고 앞으로 국가와 민족을 위하여 헌신하여라."라고 말씀하시고, 약간의 식사와 반주를 드시고 내일을 위하여 시골댁으로 귀가하셨다.

필자는 부친의 애국애족의 열의에는 항상 이해하고 승복하고 있었으나, 이북으로부터의 송수관계는 민족의 대표이신 김구 선생 일행도 4월 협상결과가 불발탄으로 끝난 상태에서, 부친님 일행의 방북 재협의는 어느 방향에서 고려하여도 가능성이 희박할 것으로 사려되었다. 농촌의 사정이 긴박하다 하여도 정부당국으로서는 제헌국회의원 선거일이 1948년 5월 10일이므로 농민 1,200명의 월북문제는 남한정부의 큰 부담이 되는 문제임을 감안할 때, 과연 다수의 농민을 월경시켜 줄지는 당국도 처리에 고충이 있을 것이 예상되었다.

또 한 가지는 부친의 이북 당국에 대한 언어나 행태에서 주저하지 않고 구애됨이 없는 결행으로 이북 당국으로부터 어떠한 강력한 제재나 구금 같은 체벌 조치도 고려 대상이었다. 그럼에도 불구하고, 부친께서는 목표를 정하여 개인의 일신상의 위험 같은 것은 초월한 분이므로 운명에 의존하는 방향으로 결정하였다. 그분의 애국애족의 열의는 항상 필자에게도 교훈으로 남겨 주신 말씀이 새롭게 상기된다. "국가와 민족을 위하여 헌신할 수 있는 기회가 있으면 개인의 일신을 기꺼이 바쳐서 공헌하라."라고 훈시하셨다. 필자는 부친의 강직한 성격을 잘 이해하므로 결과는 운명에 의존하게 되었다.

대망의 38선 돌파와 군중대회

다음 날, 귀가하였던 농민들과 부족했던 400명을 추가로 동원하여 1,200여 명이 예정대로 충원되고 농민들과 이남 당국과의 사전 약정 지점에서 다소의 마찰은 있었으나, 정부당국의 승인으로 무사히 이북 경계선을 통과하였다. 북한당국의 안내로 1,200여 명의 농민들이 어느 광장으로 인솔되어 재북 농민들과 요인들을 포함한 대대적인 환영 군중대회가 거행되었다.

그 대회에서 간단한 인사소개와 개회취지를 설명한 소개에 이어, 중앙의 거물인사로 평가되는 요인이 등단하여 간단한 인사와 함께 "남한 농민들이 이북 소재의 구암저수지의 농경수를 공급받고자 이남에서 같은 수의 농민들이 방북하셨으니 동족애로서 대대적으로 환영합니다." 하며 "남한에서 오신 농민 대표로부터 환영답사를 하실 터이니 잘 듣고 환영하여 줍시다."라고 한 후 연단을 내려갔다. 그 후 이남에서 온 대표로 부친이 소개되어 등단하였다.

통수협상 연설

"나는 이남에서 온 농민 이해학입니다. 여러분들이 우리 이남에서 온 농민들을 환영하여 주서서 대단히 고맙습니다. 여러분도다 같은 농민이기에 한 말씀 드리겠습니다. 우리 이남 농민들은이북 땅에 있는 구암저수지의 물로 농사를 지어야 하므로, 다 같은 농민끼리 물을 이남의 농민을 위해서 송수해 줄 것을 부탁하러 여기 왔습니다. 잘 부탁합니다. 그리고 제가 주제넘게 한마디할 말이 있습니다. 이남 땅에는 미국사람들이 와 있고, 여기 와서보니 여기에는 소련 사람들이 또 와 있으니 이게 무슨 일인가요?우리 국토에서는 우리 동포가 서로 단결하여 독립된 국가가 수립되기를 기대합시다! 여러분 고맙습니다. 안녕히 계십시오."라고 인사말을 끝내자, 대대적인 함성과 함께 박수가 터져 나왔다.

그 환영대회가 끝나고 나니, 답례품으로 북어 20마리 한 쾌씩을 이남 농민들에게 선물로 지급하는 것이었다. 이남 땅으로 귀환에 앞서, 이북의 대표 요인을 상대로 농경수를 송수해 줄 것을 확인하려 하니, 그 요인이 "농경수는 당장 내일부터 공급할것인데, 이 농경수의 공급에 필요한 송수기간 등의 협의를 위한절차 등의 연락업무를 영감님께서 감당하시고, 급수 기간 중에는 10일에 한 번 정도 이북으로 심방하셔서 공급 상태를 보고하여 주시면, 송수세는 무상으로 계속 공급하겠습니다."라는 확약을 받고 월북하였던 농민 1,200여 명 모두를 대동하고 청단靑丹을 경유하여 전원 무사히 귀환하였다.

대표자 기관 심문

농수를 위하여 이북으로 집결하였던 농민들은 힘닌하고 공포의 저승길과 같은 악몽의 거사를 질서정연한 시위로 마쳤다. 꿈에 그리던 소망의 농경지 송수문제를 완전히 해결하고, 기대에 부푼 심정으로 청단의 이남 경계선을 통과하여 잠시 동행하였던 농민들과 요담하였다. 그 장소에서 앞으로의 농경수 송수에 관한 모든 문제는 대표인 이해학 씨에게 일임하여 운영하기를 전원 합의하고, 군민들은 피로도 잊은 듯 경쾌한 걸음으로 각자 자기마을로 귀가하였다.

귀가 후, 대표자인 부친께서는 정보당국 요청에 의하여 정보국 분실로 상황보고를 위하여 단신으로 출두하였다. 부친께서 정보당국에 출두하여 담당관으로부터 "영감에 대하여 대략적인 말씀은 들었으나, 실제 당사자의 진술이 필요하오니 방북의 배경과 방북 후의 실상을 구체적으로 설명하여 주십시오" 라는 심문이었다.

진술내용

"나는 농민의 자식으로 태어나서 부모님과 자식을 위하여 농사에만 전념하고 살아온 사람이고, 앞으로도 순수한 농민으로 내 고향에서 일생을 마칠 것이오. 내가 이북을 방문한 것은 어떠한 정략이나 개인의 사리사욕도 없고, 나와 내 가족과 우리 연백평야의 농지를 경작하여 생계를 유지하는 농민들의 정신적인 협력에 의하여 이루어진 것입니다. 그 협동정신으로 이 거사가 결실을 맺게 된 것으로 생각됩니다.

조사관: 이북에서 답사연설을 하셨다는데, 그 내용은 무엇입니까?

부친: 네, 그 쪽에서 환영인사를 하고 남측대표로 나를 선정하고 답사를 나보고 하였으면 하여 내가 간단하게 내용을 설명하였다.

1. 환영하여 주시어 고맙다는 인사와

2. 농민들 요구사항으로 북한에 소재한 저수지의 남한 농민을 위한 송수 요청.

3. 남한과 북한에 주둔하고 있는 외국군은 철수하고, 우리 민족이 상호 단결하여 통일된 자주독립국가 수립에 일치 단결하자고 선언하였다. 그 이상의 내용은 없다."

필자가 고향 댁을 방문하여 밤 7, 8시까지 고대하고 있는 순간, 부친께서 피곤한 모습으로 가족들과 부락 농민들의 환대 속에 귀가하였다. 부친께서는 지연된 사유와 조사 내용에 대하여 "나는 일개 농민의 자격으로 농번기가 임박하였는데도 정부당국은 물론, 남한 협상대표로 김구 선생까지 평양을 방문하였으나 어떠한 성과도 거두지 못하여, 당장 일주일 내에 송수가 되지 않으면, 우리 농민 수십만 명의 생명이 지탱할 수 없는 궁지에 처하게 될 것을 우려해 거사를 내 자신이 책임지고 거행한 것이다. 이 사건에 대하여 책임질 일이 있으면 나 혼자서 어떠한 벌을 내려도 내 자신이 모두 질 것이니, 여러 농민들에게는 문책하지 말라"고 진술하였다는 내용이었다. 이로써 농민들의 송수 협상은 관이나 기관의 개입 없이 순수한 농민의 협상으로 일단 성공하였다.

통수협상 관련 참고자료[27]

(조선일보 1948년 4월 30일~5월 1일 자 보도 - 안 민정장관의 38지구 돌연방문?에서 추정 가능)

> **필자 후기:** 지금부터 서술하는 사건은 필자 자신도 생존기에 본 사건의 집필에 수록된 물증이나 증거자료, 수집에 전 여생을 바칠 것이다. 미련과 무지나 활동영역의 협소 및 체력의 한계 등으로 본 물증 탐사의 최종 목표를 달성하지 못할지도 모른다(1997). 사회가 발전하려면 사실의 기록이 있을 것이고 있어야 한다.

■ 안 장관 돌연 북행 - 38지구 시찰이 목적? (조선 1948. 4. 30.)

지난 29일 오전 7시 50분경 안민경 민정장관은 돌연 정식발표도 없이 자동차로 북행하였다는데 확실한 정보에 의하면 38선지구를 시찰할 목적이라 한다. 안 장관이 돌연 38선 시찰을 정식 발표도 없이 출발한데 대하여 일반은 궁금히 녁이고 있다

---

27) 관련보도 자료를 직접 확보하지 못해, 간접적인 언론보도 자료로 역사적 사실을 확인할 수 있다.

고 한다. (사진은 안 장관)

■ **38선 시찰 후 안 장관 귀경 (조선 1948. 5. 1.)**

지난 29일 오전 7시 5분경 정식발표도 없이 돌연 자동차로 북행하여 일반에 궁금한 화제를 던지고 있는 안 민정장관은 동일 오전 8시 30분경 38선을 개성경찰서장의 안내로 묵묵히 ??(시찰 또는 월경 의미로 추정됨, 본문을 잉크로 지움)한 후, 뒤이어 전재민수용소를 시찰하고 개성을 떠나 동일 6시30분경 서울에 도착하였다.

■ **미군특별경계 - 하지중장명령 (조선 1948. 4. 30.)**

30일 밤부터 오는 3일 아침까지, 오늘 밤은 미국인 외출 금지

(서울특파원, 로피발 특전)

남조선 미주둔사령관 '존 알 하지' 중장은 휘하 전 미국군대에 대하야 30일 오후 6시부터 3일 오전 6시까지 좌익 측 소등에 대비하야 특별경계를 행하라고 명령하였다. 소등명령에 의하면 전군군용차는 무장경위를 대동할 것이며, 각 중요시설의 보초도 강화될 것이다. 그리고 미국인원은 30일 오후 11시부터 1일 새벽까지 길에 나오는 것은 금지되어 있다. 또한 군대는 미국재산과 생명이 위태화하지 않는 한 소등에 개입치 말라는 주의를 하였다.

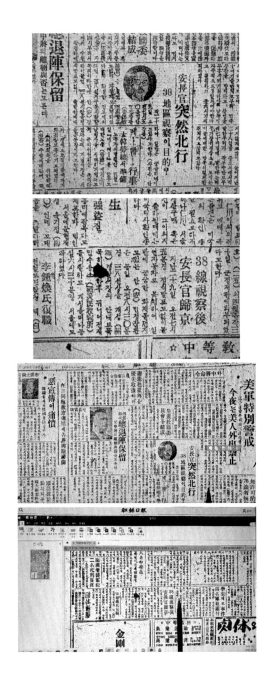

농경수 속의 잔잔한 마찰

'불가능은 없다'는 어구가 실감난다. UN을 비롯하여 미소공동
위원회와 미군정청의 노력 및 동일 민족끼리 남북의 정치, 사회,
정당대표 자격으로 김구 선생과 북측 대표인 김일성 간의 협상
에서도 해결의 실마리를 찾지 못하고 수수방관하고 있던 긴박
한 상황에서, 순수한 일개 농민의 기발한 착상으로 연백 농민의
젖줄과도 같은 구암 저수지댐의 농민 협상 후, 농경수가 즉시 통
수가 되고 나니, 그 귀중한 기적은 우리 부락은 물론 연백농민으
로서는 대경사가 아닐 수 없었다. 마침내 농민들의 귀환 후, 이
북의 저수지로부터 농경용수는 즉시 각 지구별 농가 개개인의
농경답까지 흘러, 영농에 지장없이 충분히 공급되었다.

이북으로부터 수리공급이 원만하게 되자, 대표자는 이북과의
협상조건에 따라 공급상황 보고를 위하여 기 협정된 대표자(부
친)가 이북 수리관리당국에 결과보고 차 38경계선을 넘어가, 이
남 소재 연백수리조합과 현재의 공급량 및 공급기간 등을 수시
로 대조하여 조절하였다. 대표자의 업무연락으로 용수공급에
성공하고 용량조정도 이상 없이 운용되고 있었다.
　남북의 업무연결 차 북으로 왕래하는 전달업무를 부친 혼자
왕래하려니 노령의 몸으로 피로하여 이북 당국과 협의하였다.
부친께서 지명한 한 명을 부친과 교대로 방북업무를 대리하여
수행하기로 합의하였다. 부친이 지명한 이웃 마을 '한터'의 주민

'전○○'를 지명하여 1년간 무사히 업무를 수행하였다.

그 당시 1948년 5월 10일은 제헌국회의원 선거일이었다. 우리 정부에서도 선거일을 10여 일 앞두고 농민 1,200명이 이북 땅으로 월북하여 불안과 초조 속에 기대하고 있던 중, 농경수 공급문제가 선거일을 일주일 정도 앞두고 원만하게 해결되어 국회의원 선거에 상당한 영향이 미쳤을 것이다. 더욱이 부친께서 선거운동원으로 활약하였던 김경배씨가 당선되어 초대 제헌의원으로 탄생하여 두 분은 참으로 영광된 48년이 되었을 것이다. 특히 동지구의 송 후보의 선거운동원으로 초대 요청이 있었으나, 이를 거부하고 김경배 후보를 지명한 것도 묵시의 3·1 운동과 중국 망명의 연고관계의 애국애족과 동지애의 결실이 아닌가 추정하여 볼 수 있다.

그 후 김경배 의원과 부친과의 유대관계는 더욱 돈독히 유지되었다. 부친께서는 남북의 통수업무를 수행하고 휴일을 이용하여 채소의 씨앗을 도매상으로부터 매입하여 농촌의 각 채소 농가를 순방하여 행상으로 현금도 받고, 현금으로 매입할 수 없는 농가에는 가을 곡물이 추수된 후 대금을 회수하는 방법으로 남북통행의 여비도 일부 부담한 사실도 확인할 수 있었다. 부친께서는 이북에 가기 전에 선물을 해야겠다고 하시며, 어느 생선가게에서 자그마한 잉어 한 마리를 사가지고 이북의 경계 근무 경비원들의 간식꺼리라도 하라고 주었다고 하시는 말씀도 있었다.

1948년은 희비가 상반되는 한 해였다. 일생을 조국 광복을 위하여 국내와 외국에서 투쟁하시고 조국의 자주독립의 선도자인 김구 선생의 애국정신은, 일개 속인의 반역에 의한 저격으로 서거하시어 애국 투사들은 천추의 여한으로 기록될 것이다. 1948년의 대통령선거는 UN 감시하에 실시되어 이승만 대통령의 취임으로 대한민국 초대 대통령 정부가 수립되었다. 대한민국의 정부수립을 계기로 이북과 김구 선생과의 협상은 허구성이 노출되었고, 1948년 9월 9일 이북의 김일성은 소련군의 앞잡이로 북조선인민공화국이란 북조선의 독립정부 수립을 선언하였다. 결국, 남한은 대한민국 정부와 북한은 인민공화국으로 변질된 정부를 선언함으로써, 이 좁은 국토에 두 개의 정부가 수립되어 민주주의와 공산주의가 양극으로 치닫게 되었다.

이로써 김구 선생의 조국통일의 의지는 불귀의 괴물과 같이 변질되어 가고 있었다. 조국의 자주독립이란 민족의 투지는 점차적으로 애국지사들의 손과 발을 묶는 형상으로 변해 가고 있었다. 그 환상은 천태만상으로 변질되어 조국의 미래상은 예상할 수 없을 정도로 혼탁한 상황으로 전개되어 갔다.

필자는 부친께서 보통학교 3학년 때의 한문 자습시간에 한자 해석을 회답하신 후, 필자를 향하여 "내가 부르는 문장을 받아쓰고 해석을 해 보아라." 하시며 낭독을 시작하셨다. 주문 내용은 "만국회의 보다 대포일문"이라고 낭독하시고 해석하라고 하셨다. 필자가 유년 시에는 그 해석은 '대포를 하나라도 더 가져야 된다'고만 해석하였는데, 일정 시기부터 해방의 8·15와 그 직후 6·25 사변과 남북 협상, 한일협상, 한미협상, 국제협상 등 다양한 외교협상 과정에서 현존하고 있는 국제적인 위상을 고려하여 볼 때, 부친께서 해석하라는 '대포일문'의 진가를 노령이 된 지금에 와서야 해석이 되는 구절이었다. 참으로 국방의 위력이 얼마나 중요한지 재삼 실감하게 되었다.

1948년은 국가의 변천이 극심하여 회오리 속에도 변함없이 추진된 것은 부친께서 북측과 약속한, 남한의 연백평야의 농경수 공급은 부친과 대리인 전○○와의 지속적인 노력으로 일순간의 하자도 없이 가을 추수까지 순조롭게 1년을 마감하였다. 그 후 부친께서 북으로부터 동계단수冬季斷水를 합의하고, 48년의 마감인사 차 북을 방문하고 명년 봄의 묘답통수苗畓通水 때 다시 방북할 것을 약속하고 남으로 귀환하였다. 부친께서는 통수가 중단되고 추수기에는 또다시 봄 채황菜蔬 묘종 판매와 씨앗을 판매하고 추수 후에는 대금지불을 약속한 농가들을 방문하여 미수금을 회수하며, 소일 겸 용돈벌이로 시간을 소화하고 가정 농사일도 도와주며 48년 한 해를 마감하였다.

1949년의 새봄이 도래하여, 농번기가 시작되기 전에 북한 수리당국과 사전에 절충할 신년도의 용수계획 수립을 위한 업무회담차 남한 측의 수리조합장을 방문하여, 시기가 촉박하여 과오가 우려되니 일차 방문하여 사전예비회담의 필요성을 설명하였다. 그런데, "지금 당장 용수공급이 필요하지 않으니, 이 선생께서 좀 더 휴식을 취하시고 입북하셔도 될 것입니다."라고 조합장이 만류하여 방북 시기는 조합이 지정하는 시기로 합의하고 헤어졌다.

그 후, 조합장은 이해학 씨가 통수관리를 독점하고 있어, 통수는 하등의 지장이 없이 공급되어 불편은 없으나 조합장의 권위와 체면이 서지 않으므로 차제에 대표 자격을 대리인으로 교체할 의도가 있었다. 그리하여 대표자의 지명인을 암암리에 소명하여 대표자인 부친을 제외하고 대리 지정인 전○○를 비밀리 방북하게 하였다. 이 대표가 행사하는 그대로 북한 수리책임자와 상담하여, 자신이 대표자로 선임되어 방북하게 되었다는 입장을 조합장의 지시대로 북측에 전달하고, 이에 따른 북측의 허락을 요청하였다.

북 당국 책임자의 답변인즉, "당신은 이 대표께서 지정한 대리인의 한 사람으로서 대리인 자격은 인정하나, 대표자는 어디까지나 이해학 씨가 대표자다. 따라서 당신은 직접 신년도 급수문제를 논의할 자격이 없으니, 즉시 퇴귀하여 이 대표를 즉시 방북토록 통보하시오. 그러한 조치가 이행되지 않으면, 금년의 통수는 불가능하다고 남한 당국과 이 대표에게도 전달하시오."

수리조합의 비밀임무를 부담하고 방북하였던 전○○ 대리인이 당해 조합장에게 그 사실을 설명하면서, 실망과 함께 "도저히 이 대표의 신임에는 불가항력이더군요. 그분을 굴복시킬 수는 없었어요. 통수시기가 촉박하니 이 대표에게 연락하시여 그분이 추진하는 대로 통수업무를 수행하기로 의견을 모읍시다."
그리하여 조합장이 이 대표를 초청하여 금년도 통수업무를 신
속하게 추진하여 줄 것을 간청하였다.

부친께서는 그와 같은 불순한 음모를 탐지하였으나, 이 과업
은 나 개인의 감정보다 대다수의 농민을 위한 거사임을 자각하
고, 49년 통수업무를 위한 방북으로 모든 통수업무는 전년과 같
이 순조롭게 진행되어 원활한 송수가 이루어졌다.

연백평야에서 영농하는 수십만의 농민들은 이 대표의 신뢰와
지휘로 기아에서 구출되고, 이 대표가 노령의 몸으로도 통수업
무를 위하여 불철주야 노력하는 그 모습을 접할 때 참으로 감탄
하지 않을 수 없었다. 이 대표께서는 노고의 대가로 어떠한 요
구나 과시도 없이 무보수로 업무를 수행하고, 여가시간을 이용
하여 묘종 행상으로 용돈과 통수에 필요한 여비를 마련하여 통
수 업무에도 충당하고 있었다.

그러자 수혜 농민들께서는 그분의 온정에 어떠한 방법으로
사례를 하여야 할까 수십만 농민은 고민하고 있었다. 농민들은
이 대표에 대한 사례로 첫째, 1950년에 실시하는 국회의원으로
추천하자. 둘째, 이 대표 개인의 공적비를 건립하자는 보은의
움직임도 있었다.

이러한 제의가 수많은 농민들로부터 제청되었다. 어떠한 일
부 농민들께서는 집단으로 강력히 요구하는 분들도 대다수였
다. 그러나, 부친과 우리 가족들은 완강히 반대하였다. 그 이유
는, '우리는 농민의 자식으로 농경수를 공급받는 것은 당연한

권리이며, 응당 이행하여야 할 의무를 이행한 것뿐이다', 라고 설득하였다. 공적비 건립에는, 농민의 성의는 고마우나 타계하신 후 민의에 의하여 성립되는 것은 도리가 없으나, 본인이 생존 시에 건립되는 것은 부당하다고 인식되어 가족회의에서 적극 반대 의사로 결정되었다.

38선에 묻힌 흑진주

1949년도 정국상황이 대단한 혼란 속에서도, 남북으로 연결된 연백평야의 농경수 공급은 하등의 장애 없이 정상적인 분위기 속에서 1년간 지속하여 농민에게 송수되어, 농민 가가호호마다 안락한 가계가 유지되어 안도 속에 한 해를 보내는 비교적 행운의 세모로 이어졌다

그리고 필자의 농촌 마을에서는 운명적인 기적이 발생하고 있었다. 장형 '정동'께서는 영시(장자)와 영래(차남)가 출생하였고, 필자의 가족에서는 영작(장남)이가 사망한 후 영○(장녀)이 출생하여 성장하고 있었다. 부친께서는 당대의 할아버지의 자격으로 일계위 격상의 기쁨을 안고 손주들의 안락한 양육에 여념이 없었다.

부친께서는 불철주야 농민을 위하여 일반인들은 상상만하여도 공포와 지옥과도 같이 인식되는 38경계선을, 생사의 사활을

걸고 드나드는 순간마다 저승길을 다녀오는 심정이었다. 통행할 때마다, 숨 가쁘게 한숨을 내쉬며 멈췄던 간담을 재차 추슬러보는 통과횟수도 수십 차례였다. 1948년의 긴박했던 초유의 비장한 각오로 38선상에서 농민이 결집하였던 사선死線의 돌진작전 당시의 행사는 주마등과 같은 추억의 한 장을 장식하면서, 그 과정도 3년 차인 1950년 초봄을 새롭게 맞이하게 되었다.

부친께서는 연 3년째 되는 1950년에도 역시 농부로서 수십만 명의 농부의 긴급한 생계를 위하여 공포의 철의 장막을 또 1년간 왕래하며, 농경수 공급에 심혈을 경주해야 하는 임무 수행에 혼신의 노력을 감내하였다. 38선 철의 장막을 들락거리며 왕래할 때는 죽음의 사선을 드나드는 순간순간의 심신의 수난은 그 누구에게 호소해야 할 것인가? 당사자의 뼈를 깎는 고초는 타인으로서는 상상조차 하기 어려울 것이다. 우리의 국토가 외세에 의해 분단되고 경계선을 설정하여, 동족의 내왕을 견제시켜 반발심을 유발시킴으로써 민족간에 적개심을 조장하는 행위는 도저히 묵과할 수도 용납할 수도 없다.

부친께서는 북한 괴뢰 일당들이 호시탐탐 남침의 기회를 탐색하며 숨기고 있는 전략도 모르고, 오로지 수십만의 농민의 유일한 생계유지를 위하여 공포의 생명선을 넘나들며 급수공급에 매진하고 있었다. 그러나, 북괴의 야만적 집단들은 냉소하며 착착 남침계획을 점검하고, 시행직전의 임전태세였음을 남한정책 당국이나 국민들은 이 음모를 정확히 파악하지 못하고 있었다. 필자가 우리 가족들과의 성장 과정에서 발생한 사연 등을 참작하여 우리 가족관계를 객관적으로 평가하여 보았다.

가족평가

첫째, 우리 가문의 조부께서는 빈농의 자식으로 태어나, 생활고와 고독으로 정답게 친교를 맺을 다정한 친구나 친인척간의 상대가 없어 고독의 한을 품고 생계를 유지하였다. 특히, 서족에 따른 가족간의 천대는 그의 심적인 자극의 극한까지 이르렀고 사생활은 완전 포기한 상태에서 일생을 마감하였다.

둘째, 부친께서는 유년기부터 두뇌가 명철하고 농촌을 탈출하여 좀 더 활동무대가 넓은 도시에서 공부도 하고 열심히 노력하여 큰 인재로 성장하여 국가와 민족을 위하여 공헌하고자 지극히 노력하였다. 그러나 가정환경의 한계로 그 광활한 꿈은 미수에 그쳤으나 애국애족의 의지는 우리 대한민국 역사상 굴지에 속할 정도의 위업을 실현하였다. 특히, 1948년의 남북간의 농경수 통수로 연백평야 40, 50만 농경민의 3년에 걸친 통수성과는 남한의 정당사회단체 대표자가 평양에서 김일성과의 협상에서도 해결하지 못하였던 국가적 난제를, 부친이 주도한 농민의 대동단결로 소중한 위업을 달성하게 되었다.

그러나, 6·25 사변 후 애석하게도 부친은 돌연 서거하셨다. 그분의 일관된 애국애족의 위업 및 숭고한 업적은 우리 국가와 민족의 영원한 상징으로 비쳐질 것이다. 필자는 이미 타계하신 고인의 위대하신 의지로 실현하신 숭고한 업적에 대하여 본인은 물론, 후세대에 대하여도 우리 가문의 영원한 유훈으로 보존할 것을 명심하고, 서거하신 부친님에게 우리 가문을 대표하여 삼가 명복을 빕니다. 이십칠 세 형동 배.

제2대 국회의원선거 시행

1950년은 대한민국 건국 이래 선악이 교차되는 최악의 국운의 한 해였다. 우선 1950년 5월 10일은 대한민국 건국 제2대 국회의원 선거일로 지정되어, 온 국민의 경축 속에 각 지역의 국회의원 후보의 선의의 경쟁으로 소정의 지역별 선량이 선출되는 영예를 위하여 치열한 경합을 벌이는 축복의 5월이었다.

선친께서도 연백(갑) 김태희씨의 선거운동원의 일원으로 활동하신다는 사실은 필자가 백천 정미소 지배인으로 근무 당시 본인을 방문하셨을 때 알려 주신 사실이 있었다. 그 후 5. 10 선거결과 김태희씨가 연백군 갑구의 국회의원으로 당선되었음이 확인되었다. 그러나, 제2대 국회의원의 취임일자는 불행하게도 5월 30일로, 국회의원 취임 25일 후 북괴의 남침이 감행되었다. 비운의 6·25 남침으로 우리 민족에게 원한의 전쟁이 발발하였다.

제7장

통한의 6·25사변과 북한 탈출

통한의 6·25 발발 최전선 생중계, 연백평야

필자는 6·25 당시, 백천白川 정미소의 최연소 지배인으로서, 관내의 기관이나 지방 유지들로부터 부임인사 후, 연소하여 대기업의 사업운영에 대한 주시의 대상이며 지방의 화젯거리로 등장할 정도의 진귀한 인물로 선정되었다. 그러나, 필자도 지방으로부터 필자에 대하여 좋은 책임자라는 평판이 사장에게 전달될 수 있도록 최선의 노력을 다하여, 각 기관장으로부터 '나이는 연소하나 그 처세술이나 사업 수단이 탁월하여 지방에 기여되는 성과도 대단히 우월하다'는 낭보를 접하게 되었다. 이에 사장이나 본인도 안도 속에 더욱 분발하여 가일층 본사 방침이나 세부사업까지도 면밀히 검토하여 업무에 완벽을 기하였다.

1950년 6월 24일도 역시, 과다한 업무를 마치고 피로한 몸으로 노곤하게 잠에 취하여 정신없이 취침중인데, 1950년 6월 25일 새벽 5시로 추정되는 시각에 평상시에 느껴볼 수 없는 굉음의 총소리가 천지를 진동하는 것을 느끼게 되었다. 이 지역은 원래 38선 최전방 경계지대이므로 평소에도 각 기관이나 가정에도 방공호는 대부분 설치되어 있었고, 수시로 이북의 탐색대들의 불시 남침으로 주요 기관의 침입과 방화 및 양민의 학살 사건은 다반사로 감행되어 왔다.

6·25 당일의 만행도 그 전부터 속행하는 민심소란 수단으로 판단하고 큰 변화 없이 잠시 후에는 안정될 것으로 생각하였다. 잠에서 깨어나 정신을 가다듬고 있는 순간, 평상시 소총이나 박격포 소리와는 판이한 중장비의 대포 소리에 온돌의 바닥이 뒤흔들리며 더 이상 실내에 머물기가 곤란할 정도로 집 주변이 크게 흔들렸다. 이에 우리 경내 약 50미터 앞에 설치되어 있는 방공호로 대피하려고 안방문을 열고 중간 부엌문을 열려고 하는 순간, 전방 10미터 정도 앞뜰에 '쾅, 쾅' 하고 박격포가 연속 투하되었다. 그 순간 즉시 문 밑 땅바닥으로 납작 포복하니, 밖의 유리 창문이 쨍 하며 박살 나 엎드린 내 머리 위로 폭풍과 함께 날아가 버렸다.

나는 더 이상 요동도 할 수 없어 정신을 가다듬고 죽은 시체 모양으로 땅바닥에 착 엎드리고 약 10분 정도 기다리니 조용해져서, 박살 난 중간 창문으로 조심스레 밖을 살펴보았다. 창문

바로 2미터 앞에서 사육하던 바둑이의 반신이 날아가고, 돼지 우리에서 세 마리 중 두 마리가 피투성이가 되어 축사에서 즉사한 것이 확인되었다.

나는 숙소에 있던 처와 장녀를 데리고 죽을 각오로 10미터 앞의 방공호로 들어가는 데 성공하였다. 방공호는 전시비상용으로 구축되어 상당히 견고하며, 수용 인원도 약 30~40명 정도의 면적이 확보되어 있었다. 방공호로 대피하고 보니, 벌써 이웃에 거주하던 곡물검사소장이 좀 전에 도착하였고 이웃 주민들도 서너 분이 같이 도피하여 피난민 신세가 시작되었다.

그 생사의 기로에서 피난생활은 시작되어 오늘 현재까지, 또 하루 이틀 피난민의 신세로 지금은 50년의 이산가족으로 피난민의 악명의 딱지를 떼지 못하고, 북녘의 북두칠성만 쳐다보며 가련한 신세한탄이나 하고 있는 이 한심한 처지는 그 어느 때나 면할 것인가?

방공호로 피신하고 있으니, 잠시 후 이웃 노인 두 분이 들어왔다. 그 노인 중 한 사람은, '하도 총소리가 심하여 그 앞산으로 올라가는 중간 후미진 곳까지 가서 살펴보니, 종전의 기습 때와는 양상이 험난하여 접전장 근처까지 접근하여 살펴보았다. 전투도 치열하였고 이상하여 더 접근하였더니, 산 중에 시체가 즐비하게 쓰러져 있고, 처음 보는 깃발이 서 있으며 군인들의 말투가 이북 사투리를 쓰고 있는 것을 보고 빠르게 이곳으로 피신하였다'는 소식을 전해 주었다.

6월 25일 5시 30분 경이 되니, 우리가 피신하고 있는 뒷산에서 '딱콩, 딱콩, 쿵 쾅' 하는 온갖 들어 보지도 못한 굉음으로 천지가 진동하여 외부 대로를 살펴보았다. 우리 국군의 날에 자랑하던 행사에 동원되었던 전시장비와 대조하여 보니 기절할 정도의 현격한 차이를 발견할 수 있었다. 즉, 우리 국군의 무장은 장난감과도 같은 상대였다.

6·25 당일 오후 6시경부터 북괴군의 병기가 수송되는 현장을 보게 되었다. 우리 정부와 군당국의 정보수집과 무력대결에 대한 정책 및 군의 나태한 군기 확립 등 개선해야 할 분야가 산적해 있었다. 6·25일 저녁, 어슴프레한 시간부터 남하하는 적군의 병력수는 물론 대포와 탱크, 기타 병기를 트럭과 심지어 우마차까지 동원하여 남침하는 병기의 성능이나 양으로 비교하여도 상대가 될 수 없는 물량이었다. 6·25부터 남하하는 무기수송은 심야를 불문하고 그칠 줄 모르고 연일 계속되었으며, 그 굉음으로 지역 시민들은 밤새도록 공포에 떨며 뜬눈으로 지새웠다.

탱크를 앞세운 북한군 보병부대   폭파되는 한강철교와 기 절단된 한강인도교
(자료 출처: 세계일보)   (자료 출처: 기독일보)

우리 국군은 필사적인 사투를 하였으나, 북괴의 계획적인 남침으로 원한의 철군은 불가항력이었다. 주야로 계속되는 남침으로 산속이나 육로상에 파손된 병기는 도로상에 즐비하였고 진퇴로 인한 인력손상의 참상도 극심하였다.

필자는 전황을 살피며, 6·25 이후 하루가 1년과 같은 지옥살이 속에 타향에서 친척이나 혈족 한 분 없이 유일한 직장인 광대한 정미소 관리의 책임상 직장을 사수하고자 살벌한 분위기 속에 하루 이틀 고대하여 보았다. 그러나 남침 후 공산분자의 세뇌 공작원들의 후방공작으로 기업체 책임자나 기관 요원 등 유관기관의 사찰이 점점 강화되어 불안해졌다. 필자도 대기업체의 책임자였으므로 지명대상자로 선정될 우려로 불안한 입지에 있었다.

남북의 전황은 가열되었고 38선 접경 지역이므로 제일차 공작대상지로 지정되어, 남침과 동시에 특정인의 지역 외 탈주방지책의 일환으로 통행을 제한할 것이라는 소문이 파다하여, 필자는 근처의 하급 직원에게 일시적으로 위임하고 고향으로 귀향할 것을 결심하였다.

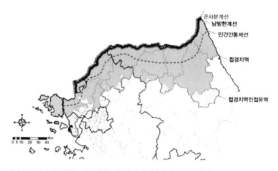

출처 [비무장지대 평화적 이용을 위한 남북한 협력 사업 추진에 관한 연구]에서 발췌한 내용

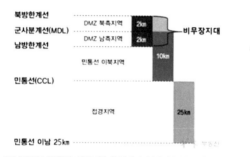

출처 [비무장지대 평화적 이용을 위한 남북한 협력 사업 추진에 관한 연구]에서 발췌한 내용

군사분계선 주변 평화적 이용

38선과 휴전선 사이 도강 탈출

전세는 악화되어 귀향 방향 통로에서 약 30미터 정도 떨어진 교
량을 북괴군이 차단하고, 남쪽 방향으로의 통행을 금지하고 있
었다. 통금된 강의 통과를 위하여 필자는 도강대책을 강구하였
다. 이웃에서 각 요리점에 납품하는 중국인 농부의 야채배달원

을 가장하여 동행 도강할 것을 중국인과 협의하였으나, 중국인의 거절로 무산되어 별도의 탈출방법을 모색한 결과, 비밀리에 수중탈출을 결심하게 되었다. 계속되는 북괴군의 대대적인 남침은 더욱 강화되고, 국군과 연합군의 반격도 격화되어 광대한 정미공장 및 창고지대인 우리 직장은 대피처로는 위치상으로 불안한 장소였다.

필자는 가족과 상의하여 도강해서 정국이 정상화될 때까지 귀향할 것을 결심하였다. 오후 8시를 택하여 본인과 처, 장녀를 대동하고 야간탈출을 각오하고 가족 세 명은 심야 수중탈출에 성공하여, 고향까지 약 20킬로미터 정도를 도보로 귀가에 성공하였다. 구사일생의 각오로 백천의 정미소를 탈출하여 고향의 가족들과 합류하게 되었다. 도착하고 보니, 농촌 마을의 분위기가 상당히 냉각되어 있었다. 부친께서는 이북에서의 농경수 공급관계는 일단 중단하고, 일개 농민의 일원으로 묵묵히 농업에 종사하며 소일하게 되었다.

필자는 백천에서 고향으로 귀향하여 전황을 관전한 바, 점차적으로 남침이 강화되고 북괴의 후방선전공작원의 활동은 선량한 농민들을 상대로 세뇌된 공작원들의 감언과 동정을 이끌어내고, 동조하지 않는 양민들은 협박과 강압적인 행동으로라도 동참을 유도하는 모든 수단과 방법을 다 동원하여 그 노선에 강제로 참여시키고 있었다.

특히나 순박하고 외부의 접촉이란 전연 모르는 농민은, 이념이나 사상 같은 것은 체험이나 주위 사람들로부터 풍문이나 경험담도 들어 본 적도 없는 순수한 농촌 마을에서 잔뼈가 굵어온 사람들이다. 공산주의라는 용어 자체도 들어 본 사실조차도 없는 농민들이었다. 그에 동조하였거나 보조에 근접하였던 사람들도 협박이나 무의식 중에 접근하였다가 자신도 모르는 순간 깊은 함정으로 추락하게 되었을 것으로 사려된다. 순수하게 시골 농촌에서 태어나서 외지에 외출이라고는 원거리 여행이래야 인근마을 일가친척댁에 왕래하는 것이 전부인 순진한 농부로서는, 의식적으로 좌경운동에 동참한 사람은 없을 것이고 우연한 기회에 젊은 패기의 순간적 오판이 큰 문제로 확대될 줄은 상상조차 못 하였을 것이다.

공산 치하의 실태 경험

필자로서도 그러한 실례를 체험한 사실이 있어 이 지상을 통해 공개한다. 전술한 바와 같이, 순수한 농촌의 자식으로 태어나 제한된 교육과 일상생활 및 일정한 지역권내에서 접촉하는 친구나 동향인 모두가 온순하고 순박한 같은 마을의 친구들 외에는 상대가 없었다. 설령 외부인의 경우도 외지에서 취학하고 있는 친구나 외지에서 근로하고 있는 회사원 또는 종사자나 공무원이라 하여도, 그들의 정서나 선천적인 성장 과정에서 정립된 온화한 감정이 악의로 변화되지는 않을 것으로 사려된다. 설사 변화가 있었다 하여도 이는 외부사회의 조작에 의한 감언이설이나 강압에 의한 순간적인 판단착오에 의하여 동참하였을 것이다.

필자가 근무하는 백천 현지의 정미업이란, 원래 일정시에도 거상들의 독점사업으로서 굴지의 정미왕자로 군림하였던 개성의 조○○의 소유로, 일정시에는 군량미를 공급하였던 업체를 우리 회사에서 인수하게 되어 근 3년간 필자의 책임하에 원만한 운영으로 그 사업성과 면에서는 성공적이라고 사장으로부터 호평을 받을 정도였다. 원래부터 사업상의 국민의 판단은 재벌 독점 대상 기업체로 비판받는 업체에 지목되었다. 왜정 시 고공품 회사는 독과점물 업체로 군수용품으로까지 지정되어 8·15 해방 후에도 친일파 선정에서는 제외되었으나, 6·25 전란후의 북괴정권으로서는 빈부격차와 사상이라는 상이한 기준아래 좌우를 설정하는 관계로 당연히 우리 회사는 숙청대상의 일순위에 해당되는 것은 확실한 상황이었다. 따라서 그 업체에서 책임자로 근무한 필자도 무사하리라는 추정은 할 수가 없었다. 특히나 이 지역이 38선 최전방의 일선이었으므로 필자도 그러한 처우를 받을 것으로 예측하여 귀향을 결심하게 되었다.

시골 고향 마을로 귀가하여 두문불출하고 집에만 칩거하며 근 십여 일정도 일절 외출을 하지않고 있었다. 그런데, 하루는 생면부지의 청년이 필자의 면담을 요청하여 나는 즉시 '올 때가 왔구나!' 하는 느낌이 들었다. 밖으로 나가 보니, 그 청년은 자신은 북에서 온 당요원이라고 하며 해당 면위원회까지 동행할 것을 강요하였다. 나는 가는 장소가 어디냐고 물었더니 현 면사무소라고 하여, 불쾌한 예감 속에 면사무소까지 동행하였다. 그와 한 시간 정도 도보로 면소재지에 도착하였다.

도착하는 순간, 제일 먼저 필자의 머리에 떠오르는 불길하였던 추억거리가 떠올랐다. 중학교에 진학하려고 자원서 작성 중, 첨부해야 하는 부친의 재산증명서를 확인하는 과정에 면소사가 '너는 재산이라고는 송곳으로 찍을 재산도 없는 놈이!' 라는 모욕적인 발언으로 어린 시절의 분노를 자아냈던 참상이 주마등같이 나의 뇌리를 스쳤다. 그러나 필자로서는 그 소사의 언행에 대한 한편으로는 분노의 울분이 나에게는 전화위복의 계기가 되어 불편한 위안의 기회가 되었다.

곧이어 그 기관원은 필자를 담당원에게 인도하고 사라졌다. 약 10평정도 되는 사무실에는 2, 3명의 기관원이 한 명씩 담당하여 문답식으로 취조하고 있었다. 필자를 담당하는 요원은 나를 향하여 주소, 성명, 생년월일, 학력 등 기본조사 내용은 다 심문하고 나서, 현재 근무하는 정미소에서의 직책과 사회단체의 활동 상황을 문의하는 과정에서 '백천 정미소에서 의용소방대원으로 근무하였다'고 진술하였더니 그 소방서가 '관에서 주관하는 관설기관이 아니냐?'고 다그치는 것이었다.

그때 나의 옆자리에서 나와 같이 조사를 받고 있던 피조사자가 심문도중 소화가 안 되는지 '커억' 하며 트림을 하는 소리가 나의 귀에까지 들려왔다. 그 순간, 그쪽 조사요원은 순간적으로

화를 불끈 내며 "이 미제국주의 놈들은 배가 불러 꺽꺽 하며 독
식해서 소화도 잘 못 시키는구나야!" 하며 눈을 부라리는 것이
었다.

잠시 후, 필자를 심문하던 북측 요원은 필자를 향하여 "동무
는 농촌에서 성장은 하였으나 학교를 졸업하고 직장에 근무하
면서, 자본주의 독재자의 앞잡이가 되어 우리 가난한 인민들의
피와 땀의 노력의 대가를 착복하는 데 합작했구만."이라고 추
궁하는 것이었다. 나는 직감적으로 감지되는 것이 있었다. 합
리적인 조사보다는 무조건 자본주의 체제를 부정하고 일방적인
책임추궁으로 상대피조사인을 공산주의 노선으로 전향시키는
강압적인 방법으로 굴복시키려는 것을 감지하게 되었다.

필자는 답변에서 "나는 가정의 경제사정이 좋지 않아 직장에
취업하여, 초봉은 5, 6원으로 시작하여 근무 성적이나 연한에 따
라 점차적으로 봉급이 조정되는 제도 하에서 직장생활을 하였
는데, 근로자는 일정한 기준에 의하여 공평하게 처우문제가 결
정되므로 편중된 불공정한 조치는 불가능하다"고 설명하였다.

필자의 설명을 듣고 있던 조사요원은 불시에 화를 내며 "동
무는 아무리 해명해도 미제하에서 자본주의 체제와 일제 강점
기에 착취정책에 동조를 많이 한 사람이다. 그 혐의를 벗으려
면 우리 혁명정책에 동참하시오! 그렇지 않으면 동무의 과거
행적에 문제가 있는 것으로 판명될 것이니, 하루 속히 그 대열
에 참가하시오."라고 협박하는 것이었다. 그래서 필자는 현재
직장 근무 중임을 역설하고 귀가를 요청하였다. 조사원은 "시

간이 촉박하니 조속히 태도를 결정하라우."라고 하며 귀가를 승낙하였다.

고향 댁으로 귀가한 후, 백천정미소도 비밀리에 방문하여 그 지방의 사정을 간파하고, 정미소 직원들의 사정과 회사에 대한 정보를 수집하여 본사에 보고도 하였다. 겸하여 본사가 있는 서울 사장 댁의 식량공급을 위하여 자전거로 두세 차례 운반한 적도 있었다. 그리고는 필자가 시골에 거주하고 있던 어느 날, 북측요원으로부터 불시에 호출을 당했다.

"동무에 대해 업무가 부여되었소, 동무는 주판능력이 월등하다는 정보를 받았소. 이 통계서류가 있으니 오늘부터 계산하여 빠른 시일 내에 제출하시오. 이를 이행치 않으면 반동으로 결정하여 처리될 것이니 즉시 계산하시오"라고 협박적으로 강요를 당했다. 누구의 첩보에 의하여 감행되었는지 의문은 되나, 그 통계자료는 상당히 까다롭고 잡다하게 구성된 계수였다. 필자가 계산하여 처리하고자 결심만 하면 하루 안에 처리가 가능한 업무량에 불과하였다. 그러나, 처리함으로 발생할 주민들의 비판과 앞으로의 처신이 문제였다.

일단 탐지한 결과, 장소가 필자의 친구 김○○의 부잣집 사랑방을 강제 철거시키고 점유한 장소도 문제시 되나, 당시 과거의 부잣집은 무조건 철거시키고 강점하였다. 우려되는 점은, 필자가 기능상 통계업무를 수행하여도 이는 단순한 능력상의 문제로 평가될지 여부와, 사상적으로 동참하였는지의 판별도 문제였다. 필자는 사실상의 협박에 의하여 일시적으로 업무를 완료했다. 그러나 필자는 그 통계업무를 끝내고 후속업무 집행을 강요할 소지가 있어, 즉시 백천 성미소를 경유하여 자전거로 시울과 백천, 연안 등지로 전전하며 동참을 기피하였다.

필자가 귀향하여 향가에서 거주한 기간은 3개월 정도이나 백천, 연안 및 서울의 본사 등지로 이동하며 거주생활을 유지한 관계로 고향 본가에서의 체류기간은 약 2개월 정도로 추정할 수 있다. 북한의 공작정치 속에 느낀 심정과 체험을 통한 실례 및 필자가 우리 가족들과의 성장 과정에서 발생한 사연 등이 회상되어 가족의 중요성을 재삼 인식하게 되었다.

필자가 2, 3차에 걸쳐서 북측요원들로부터 조사도 당하고 협박이나 강압적인 동참 권유도 당하여, 그들의 의식이나 지식수준도 파악하게 되니 환멸을 느끼게 되었다. 그들이 야욕하는 정책을 수행하려는 세부계획 등도 대략 감지하게 되었다.

그 세부시행계획의 한 종목을 소개하면, 시골 농가에서는 심심풀이로 논두렁이나 밭두렁에 콩이나 강냉이, 고구마를 심어 가을에 할머니들이 추수하여 귀여운 손주들과 오순도순 사랑으로 먹이는 풍습이 있다. 사랑의 간식꺼리로 경작되는 그 콩이나 강냉이 농작물을 북의 요원들은 유일한 식량업으로 계산하였다. 그리고 그 작물에서 산출되는 수량을 계산하는 방법이, 키로나 근이나 포대가 아니고 '몇 알'로 계산하여 전국민의 식량정책에 반영하는 방식으로 계산하는 것을 보고, 필자는 아연실색함과 동시에 '더 이상 이들과 접촉하여서는 안 되겠구나' 하고 대비를 하며 앞으로의 대책을 모색하기로 결심하였다.

그 후 전세는 점차 호전되어 회복되며 국군과 연합군이 서울로 북진할 것이라는 소문이 파다하게 전해지는 시기였다. 그 시기에 북측요원이 필자를 호출하여 면사무소로 출두하라는 통지가 있었다. 나는 이미 결심한 바가 있어 면의 출두를 거부할 경우 가족에게 미칠 영향을 고려하여 처와 딸을 처가로 이주시켰다. 그 후 면사무소로 출두하였던 바, 필자가 판단한대로 북측요원이 필자에게 임무를 주는 것이었다. '농작물 산출계산업무를 실시하여 3일 이내로 완료하라'는 지시였다. 덧붙여 필자에게 "동무는 주산이 탁월하여 3일 이내에 완료하는 것은 문제가 없을 것이요"라고 강압적으로 명령하는 것이었다. 나는 2, 3일 내로 출근하여 임무 수행할 것을 약속하고 귀가하였다.

북한 고향 땅 연안 탈출

북한에서 남한으로의 이주는 해방 후부터 한국전쟁 이전의 '월남'과 전쟁시기의 '피난'으로 구분한다.[28] 필자는 결심한 바 있어, 2, 3일 내로 이 고향 땅에서 탈출할 계획을 수립하고 전국의

---

28) 전쟁 전후 '여성'의 38선 월경과 피난 이야기, https://www.ildaro.com/8597

미래전망 및 필자가 앞으로 취해야 할 방향과 탈출경로 및 최종 기착지 등 다양한 구상으로 일단 탈출을 결의하였다. 탈출하기 전 날 필자와 형과 부모님은 합석하여 우리 가정의 미래에 대하여 굳게 결의하였다. 그 결의 내용은 지금도 생생히 기억된다. 필자가 선언하였고, 이 약속이 영원히 유언으로 변했다.

> 선언일자: 1950년 10월 12일
> 참석자: 부, 모 , 형, 필자 4인

필자 선언 결의 내용

"제가 부모님과 형님을 모시고 말씀드리는 내용은, 향후 우리 나라의 현 정세가 어떠한 방향으로 변화될지 불분명한 상황에서 우리 가정이 취해야 할 목표를 설정하는 것입니다. 우리가 전세의 판단은 못하지만 38선에 위치한 지역에 살고 있다는 사실이 전화나 사상전에 불리한 입장에 처해 있다는 것은 명확한 사실임은 부인할 수 없습니다. 따라서 저의 판단을 말씀드리겠습니다.

저의 생각으로는 전세나 지역적인 사정을 감안하여 형님은 부모님과 함께 고향 땅에 계시고, 저는 단신으로 2, 3일 내에 고향을 떠나 이남 쪽으로 탈출하여 남쪽에서 정착할 것입니다. 만약, 남북으로 재분단된다 하여도 혈육의 연결은 이루어져야 하겠습니다. 통일이 되면 재상봉이 성사될 것이고 다시 분단되면 남과 북 어느 곳에서라도 혈족은 유지될 것을 기약합니다.

부모님과 형제 가족 여러분들과 우리 잔여 가족의 후견도 잘 부탁드립니다. 부디 안녕하시고, 저도 더욱 열심히 노력하여 재활을 다지겠습니다."

이제 와서 보니, 북한 출신의 모든 난민은 '고향의 상실'을 경험했다. 기혼인 경우 가족과도 영원히 만날 수 없게 되고, 북한에서 남한으로 간다는 것은 만남을 기약할 수 없는 이별이 되었다.

필자는 그다음 날 면사무소로 약속대로 출근하여 북의 담당 요원으로부터 세부적인 지시를 받게 되었다. 그 지시 내용 중에 현지를 답사하여 실사하는 업무도 포함되어 있었다. 나는 '좋은 기회다' 라고 판단하여 현지실사를 빙자하여 기간을 최대한 연장하는 데 일단 성공하였다. 필자는 현장실사와 인수업무를 나 혼자서 집행하여야 하므로 최소한 일주일 후 결과서류를 제출할 것을 확약받고 관련 서류를 인수하고 귀가하였다. 필자는 서류를 인수하고 귀가 후, 북의 체제에 염고하던 처지로 탐출을 결심한 이상, 일순간도 지체할 생각도 없고 북의 기관원들의 미행이나 감시가 두려워 일각이 여삼초였다.

전술한 각오와 결의 내용을 재삼 확인하며, 그날이 연안의 5일장이어서 인파 속에 비장한 각오로 정처없는 탈출은 시작되었다. 이 장도에서 북의 요원으로부터 수취한 조사통계서류는 탈주 중 논바닥에 파묻고, 굳은 결의로 지표없이 방랑하는 도피자는 발걸음만 재촉하였다. 행보를 재촉하는 순간에도 혹시나 북의 기관원에게 미행이라도 받고 있는지 수시로 확인하며 숨막히는 발걸음의 첫 번 기착지가 '문수산' 외가댁이었다.

외가댁에서 외삼촌 두 분과 외숙모를 면담하고 나는 부득이 외지생활에 적응이 수월할 것이니, 부디 건강에 유의하고 출세하라는 진언을 받았다. 잠시 후 재출발하여 외삼촌 마을에서 근거리에 위치한 연안읍 연성리의 사촌 처남댁을 방문하였다. 그러나 처남이나 가족들도 모두 피난하고 빈집으로 남아 있었다. 이미 오후 8시경으로 어두운 시간이었다.

남북 양측에서 쫓기는 공포

나는 우선 온 집을 뒤져 시장기를 면하고자 부엌을 샅샅이 살피어 간신히 요기하였으나, 밤은 깊어 가는데도 이런저런 고민으로 밤잠을 이룰 수가 없어서 신세한탄만 하고 있었다. 그런데 공포로 침체된 진공 속에서 빈 방인 줄로만 알았던 옆방에서 남녀가 소근대는 인기척이 나는 것을 느끼게 되었다. 나는 기절할 정도로 놀라지 않을 수 없었다. 나 혼자만의 피신처로 생각하고 있었는데 불시의 인기척은 나로서는 일생에 처음 체험하는 공포의 첫 신호였다. 나는 빈방으로 알았던 옆방에 있던 사람이 어떠한 인물인지 상당한 공포에 사로잡혀 있었다.

솔직한 심정으로 그 당시 나의 처지는 양쪽으로부터 다 쫓기고 있는 신세였다. 북의 기관원은 나에게 강제로 임무를 부여하였으나 나는 그 임무를 거역하고 탈출하였으니 나를 체포하려 할 것이고, 이남에서는 그러한 사실도 모르고 이북에 동조하였다고 인식하여 범죄자라고 판단하였을 것으로 생각된다. 이러한 사건들로 희생된 인명피해는 사변 중 부지기수일 것이다.

'나는 지금에 와서 냉철하게 판단하면, 특정인을 제외하고는 그 누구도 범죄의 시비를 가리기 앞서, 우리 국가와 민족의 비애와 국운의 유산으로 간주하여 상호 이해하고 위안하여 대동단결해야 할 시기라고 본다.'

나는 연안에서 일박 후, 해로를 통하여 상경할 계획으로 해성면의 고모댁 (현 수유리 고종사촌 김○○ 본가) 또는 처삼촌댁을 택하여 해로를 통해 상경하고자 하였으나, 봉쇄되어 출선이 불가능하다는 사정을 확인하고 육로를 이용하여 서울로 갈 것을 결심하였다. 기차나 선박의 통로로는 도저히 움직일 수 없음을 직감하고 일로 도보에 의하여 서울로 행진을 시작하였다.

서울을 목표로 재촉하는 발걸음으로 약 2킬로미터 정도 속보하다가, 시골마을 소래길을 결사적으로 보행을 재촉하고 있는데 기이한 상황이 전개되었다. 농로 한 모퉁이에 있던 청년이 나를 보고 놀라는 음성으로 "앗, 너 형동이 아니야?" 하고 물었다. 그는 고향 동기 동창이며 이웃 부잣집의 손자인 세○였다. 우리 두 사람은 상상조차 할 수 없는 시골 농로에서의 불시상봉이었다.

두 사람은 대면하는 즉시, 서로가 가슴이 철렁 내려앉는 심정이었음을 확인할 수 있었다. 상면하는 순간, 세○가 "너 형동이 아니냐?" 하기에, 나는 당황하여 "야, 세○ 아니야?" 하고 나도 반문하였다. "너는 어데 가는가?" 하고 되물어 나는 "백천 직장으로 복귀한다" 고 대답하고 서로 어색한 악수로 "잘 가라." 하고 헤어졌다. 나는 그와의 상봉에서 헤어지면서 내가 북 요원에게 강압으로 호출되어 세○네 사랑방에서 주산으로 계수처리 업무를 집행한 것이 얼마나 후회스러웠는지 참으로 형언할 수가 없었다. 필자가 이제 와서 돌이켜보니, 인간은 상호 간에 혐오 받을 행위는 하지 않아야 하며, 영원히 협조하고 유대를 견고히 하는 정신자세를 유지하여야 하는 것이 인간생활의 기본임을 실감하게 되었다.

고달픈 남행로

나는 그 길로 발걸음을 재촉하여 연안을 거쳐, '문수산' 외삼촌 댁에서 간단한 식사를 마치고 바쁜 걸음으로 백천에 도착하였다. 백천에서 하룻밤을 새우고 일부 직원들과 정들었던 이웃 친지들과 정담도 나누었다. 백천서 서울로 가려고 하니 예성강에 국군이 주둔하여 경찰서에서 발행한 통행증명이 없으면 서울방향의 통행이 금지되었다. 필자와 친분이 두터운 백천농회장 김씨 보증으로 통행증이 발급되어 무사히 예성강을 통과하여, 토성과 개성에서 밤에는 노숙하고 농촌의 일터에서는 구걸도 하며 배고픔을 이겨내고 문산에 이르렀다.

연 4, 5일간을 걸식 및 노숙하며 강행을 지속하니 몸과 마음 전신이 지쳐서 행보는 물론, 정신적인 무기력으로 기진맥진하여 더 이상 보행할 의기를 상실하게 되었다. 심신의 쇠퇴는 시일이 경과할수록 심해져 문산에 도착하니, 정신적 피로와 고향으로부터 십여 일간의 누적된 신체적 피로가 겹쳐 도저히 더 이상의 보행을 할 수가 없었다. 문산에 도착한 시간이 야심하여 필자는 백천에서 소지하고 온 비상 간식으로 저녁 식사를 주먹밥 두 덩어리로 마치고, 다리 밑에서 새우잠으로 하룻밤을 지새웠다.

뜬 눈으로 지새운 아침, 먹구름이 짙게 드리운 하루가 다시 시작되었다. 필자의 암담한 심정은 표적 없는 발걸음을 더욱 무겁게 짓눌렀다. 나의 목적지는 서울로 정하였으니 노상에서 쓰러져 죽는 한이 있어도 기필코 서울까지는 도착하여야 한다는 굳은 결의로 행보를 시작하였다.

그러나 발걸음은 마음 뿐, 10여 일의 강행과 지친 체력 및 정신적인 절망이 겹쳐 마음의 행보는 진행되나, 발자취는 앞으로 가는지 뒤로 머무는지 조차 분별하기 힘들 정도로 진보가 어려였다. 문산을 출발하여 하루 종일 걸어 보았으나 단 십리도 진행되지 못한 상태였다. 문산서 서울까지 약 백리 길을 더 답보해야 할 것을 생각하니 눈앞이 캄캄하여지고 기진맥진하여 더이상 감내하기 어려운 상황까지 이르렀다. 나는 또 한번 마음을 굳게 다그쳤다. '너의 발이 여기서 멈추면 모두 죽는다. 지금까지 공들여 쌓은 탑은 이 순간 완전히 무너지고 너의 혈육이나 가족도 모두 멸망하고 너도 이것으로 종말이다. 한번 더 정신과 몸을 가다듬어 한 발자국이라도 더 움직이면 살 수 있다'고 각성시켰다.

순간 나는 꿈에서 깨었다는 느낌이 왔다. '이 자리에서 영원히 죽음으로 끝낼 것인가, 또다시 갱생할 것인가?' 나는 정신을 가다듬고 허벅지를 꼬집어 보고 가는 막대기로 힘껏 때려보았다. 분명히 제 감각을 느꼈다. '살았으면 힘내서 걸어라'가 뇌리에 스쳤다. 그 순간부터 부풀고 무거웠던 발걸음은 한 발작 두 발작 움직이기 시작하였다. 마음도 육신도 동시에 호흡이 맞았다.

진일로대천인進一路 待天人

필자는 비장한 각오로 서울 행로의 최종적인 재출발을 시도하여, 지금부터 무리하여서라도 잘 진행되면 2일 후에는 서울에 기착될 것으로 기대하고, 희망을 걸고 한 발자국 두 발자국 답보하여 약 1,000미터쯤 보행하고 나니, 더 이상의 행보가 불가능한 정도로 피로가 심하여 대로 옆에서 잠시 누워 휴식을 취한 적도 있었다.

진인사대천명盡人事待天名. 유년 시절 부친께서 나에게 한문구절 중, '진인사대천명'이란 구절을 해독하여 주신 추억이 떠올랐다. 이 구절이 어떠한 때 적용되는지 확인할 수가 있었다. 속담에 '호랑이에게 물려가도 정신만 차리면 살 수 있다'는 바로 그 것이었다.

필자는 문산을 다시 출발하여 약 10분 정도를 강행하다가 피로하여 길가에서 잠시 휴식을 취하고 있었다. 장거리 보행으로 휴식 중, 순간적으로 잠에 취해 버렸다. 때마침 도로의 후면에서 미군용 트럭GMC 한 대가 경적을 요란스럽게 울리며, 내가 노상에 누워 있는 방향으로 다가오고 있었다. 나는 잠에 취하여 무의식중에 도로쪽으로 다리를 뻗고 자고 있었다. 미군 트럭의 경적은 위험을 알리는 신호였다.

나는 잠에 취했다가 트럭의 경적 소리에 놀라 잠에서 깨어났다. 깨어난 즉시 트럭 쪽을 살펴보니 약 50미터 거리까지 접근하여 있었다. 나는 그 트럭으로 돌진하여 두 손을 번쩍 들었다. 트럭이 나를 밀어붙이든지 아니면 나를 태워서 서울까지 태워주든지, 둘 중 하나를 택할 것을 결심하고 질주하는 트럭의 정면에서 두 손을 들고 차를 가로막았다. 그 트럭은 내 앞 약 10미터 전방에 멈추었다. 마침 그 트럭의 운전병은 흑인 병사였다.

나에게 뭐라고 야단을 치는 듯하였으나, 나는 무조건 "서울! 서울!" 하고 계속 외쳐 댔다.

운전병은 이리저리 나의 신원을 살피는 듯 머리를 갸우뚱하더니 "오케이." 하고 뒤 칸 적재함에 탑승하라는 눈짓 신호를 나에게 주었다. 나는 죽음의 순간에서 구세주를 만난 듯 고맙다는 인사와 함께 서둘러 승차하였다. 약 한 시간 정도 경과하여 무악재 고개를 넘어서자, 미군은 나를 하차하라고 하는 것이었다. 나는 고맙다는 인사와 함께 하차하고 보니, 서대문의 독립문 입구였다. 이로써 진인사대천명이요, 진일로 대천인이었다. 나는 비로소 이 말의 뜻을 실감할 수 있었다.

이산 통한痛恨 반세기

서울에서의 방황

미군 흑인병사의 구원으로 풍전등화 같은 질식의 상태에서 바늘구멍 정도의 희망이 보이는 듯하였다. 바꾸어 말하면, '막판의 죽을 고비는 넘겼다'라고 기대해 보는 것이다. 막상 서대문에서 미군용차로 하차하여 서울에 도착 후, 찾아갈 곳을 탐색하였으나 제일 먼저 떠오르는 곳이 원효로의 사장 댁이었다. 우선, 사장 댁을 심방하면 현재까지는 회사의 지배인 자격을 유지하고 있는 신분이며, 필자의 회사생활 경력도 우수하고 사변 중에도 식량미 조달에 상당한 공이 있는 중견사원임을 입증할 수 있는 신분이므로 제일 먼저 원효로의 사장 댁 문안을 결심하였다. 사장님과 그 가족은 나의 혈육이나 친형님과도 같이 포근한 나의 보금자리와도 같은 느낌을 주는 곳이었다.

그러나 방문하기에 앞서 어쩐지 불안감을 느끼게 되었다. 6·25 사변 초기에 필자가 고향에 가서 백미 세 말을 자전거에 싣고 사장 댁을 방문하여 상봉 후, 일박하고 아침 식사를 끝내고 휴식을 취하고 있었다. 그런데 불시에 미 공군 B29기가 공중으로부터 기습공격을 하여 해방촌 지금의 구 육군본부 건물을 공습 중, 유탄으로 간주되는 폭탄이 원효로 사장 댁 부근에 투하되었다. 우리는 사장 댁 지하실로 대피하던 중 파편과 폭풍 등으로 효창공원으로 피신한 경험도 있고 하여 다소 불안한 감도 있었다. 나는 일단 원효로의 사장 댁을 심방하였는데 나의 염려가 실제로 적중된 것이다.

세종로 주변 파괴된 모습
(자료 출처: 이데일리)

폭파된 다리 앞의 피난민 행렬
(자료 출처: 부안독립신문)

원효로의 사장 댁 근처에 도달하니, 옛 사장 댁 주변지대가 폭격으로 완전 폐허로 변하고 인근 주민들에게 확인하였더니 사장님은 폭격으로 사망하시고, 가족들도 친인척 댁이나 시골로 분산되어 이주하고 있다는 소식을 접하게 되었다. 나는 즉석에서 기절할 정도로 분통을 느끼게 되었다. 그는 왕성하였던 체력과 사교력이나 사업능력 및 체육계의 거인으로도 호평을 받는 유능한 국가적 존재였다. 특히나 필자로서는 사장님은 사회생활의 유일한 선도자이며, 혈육인 친형제와도 비교할 수 없는 사회생활을 인도하여 주신 은인이며 스승과도 같은 존경하는 귀인이었다. 지금 서필로라도 사장님의 명복을 빕니다.

사장님의 비보를 듣고 나니 비통함과 함께 필자의 장래에 대한 처신과 대책도 심각한 위기에 봉착하게 되었다. 장차 식생활 문제 해결도 과제이려니와 당장 거처를 구하는 문제였다. 나의 앞날의 문제는 유일한 해결방안이었던 기대와 희망도 절망상태로 빠져 버렸다.

우선 급박한 숙식문제부터 해결해야 하므로 언뜻 떠오르는 것이, 회사에서 필자와 친숙하게 직장생활을 하다가 사장으로부터 필자와 같이 신망을 얻어 독자적인 영업체를 설립하여 무상양여한 마포제제소 대표(김태중)의 소재지인 마포 방문을 결심하였다.

이전에 미공군의 공습으로 피신차 효창공원을 거쳐 아현동으로 김태중 사장을 방문하였던 적이 있었다. 제재소를 방문하였더니 폐쇄되고 김사장의 주택도 별도 거주하여 행선지도 분명하지 않아 면담이 불가능하였다. 나는 회사의 책임자인 사장과 친척, 친구, 부모, 형제 모두의 의지에서 완전 고립된 거리의 걸객 신세로 전락하게 되었다. 필자로서는 일생의 중대한 기로에 선 미아와도 같은 처지였다. 나의 미래는 암흑천지의 절망뿐이었으나 나는 결코 포기할 수가 없었다. 최종적으로는 완전 속세를 떠나 삭발하고 불가에 투신할 결심까지 하였다.

막다른 외골목에 몰린 필자에게 불현듯 떠오르는 것이 있었다. 결혼 후, 처와 같이 방문하였던 처오촌 댁이 아현동에 소재하고 있던 것이 어렴풋이 떠올랐다. 오도가도 할 수 없는 처지이므로 체면 불구하고 그 처오촌 댁을 방문하였다. '사람이 죽으라는 법은 없다'는 듯 마침내 문전에 들어서니 이웃 마을의 사촌처남인 김문연씨가 "매제 어쩐 일이야?" 하며 반겨 주었다. 나는 우선 질식 상태에서 즉시 회복되는 기분이었다. 내실로 들어가서 처오촌 내외분에게 공손히 인사드리고 회사 사장님의 작고로 수일간 신세 좀 지겠노라고 말씀을 드렸다.

나는 숨막힐 정도의 절박한 처지는 잠시나마 피하게 되었다. 그러나 이러한 생활의 비참함을 곧 실감하게 되었다. 따라서 체면 유지를 위하여 기침만 하고 두 피난민들의 식사는 각자 지참한 비상금으로 시장이나 노점에서 해결해야 했다. 서울에서 2인의 공동생활도 각자의 비상금으로 유지되어 왔으나, 차츰

시일이 경과되면서 시장에서 잡식으로 하루에 두 끼로 보내는
적도 자주 있었다.

　약 2주일이 경과하고 나니 비상금의 비축을 위해, 사촌처남
의 월동대책용 의복까지 처분하여 급식비를 충당하기도 할 정
도에까지 이르렀다. 필자도 역시 비상금이 고갈직전에 처해 있
었다. 나는 긴박한 처지의 돌파구를 찾으려고 아침잠에서 깨어
나면 바로 시내를 배회하는 것이 하루 일과처럼 반복되었다. 속
담에 '설움, 설움 하여도 배고픈 설움이 최악의 설움이다.'라고
하듯이, 필자도 부모 슬하에서의 배고픈 설움은 무수히 체험하
였으나 전란의 혼란 속에서 독자적인 사회적응은, 집단생활과
고독한 생활에서 나타나는 정신적인 부담의 경중을 실감하게
되었다.

　특히 이념과 시국사범에 관한 더욱 예민한 반응은 사회생활
중 처음 경험하게 되었다. 필자도 역시 통속적인 일반 사회에서
수행되는 사항에 대하여는 다양하게 체험하여 능동적으로 대처
하였으나, 시국사건에 대하여는 예상조차 하지 못하였던 국가
변란에 따른 돌변사의 결과이므로 그 대응조치에 당황하지 않
을 수 없었다. 필자는 이러한 심각성을 감안하여 좀 더 냉철하
고 초연한 판단으로, 과거와는 판이한 방향의 생활 방식을 모색
하고자 다방면으로 뛰었다.

제2의 인생사 군 생활

필자는 아현동 피난생활에서 처남과 공동생활로 한 끼에서 운이 좋으면 두 끼로 간신히 연명만 하고 있는 실정이었다. 처오촌 댁에서도 더 이상의 체류를 부담스럽게 생각하는 눈치여서 계속 유숙은 불가능한 상황이었다. 나는 긴박해지는 처지를 실감하여 금명간 어떠한 방법을 강구하여서라도 결단을 내려야 한다는 각오로 아침 기상과 동시에 서울 시내의 구석구석을 다 뒤져서라도 질식 상태에 빠진 생활에서 탈출하는 방법을 모색하는 데 전력을 경주하였다.

시내를 배회하고 있던 중, 을지로6가의 한 건물에 '육군 병기 부대 모병공고문'이 게재되어 있었다. 모병내용은 '대한민국 국민으로서 신체 건강하고 국군으로 복무하는 데 결격 사유가 없는 자'로 명기되어 있었다. 나는 심사숙고하여 국군에 입대할 것을 결심하게 되었다. 나의 결심 동기는 두 가지로 요약할 수 있다. 첫째, 나의 포괄적인 위기 관리 대책의 일환 둘째, 과거의 직업에서 탈출하여 기계기술직으로의 전환 문제에 초점을 두고 모병에 자원신청하고, 다음 날 신체검사에 응하였다. 모집인원 500명에 650명 정도가 응시하여 일차 신체검사가 통과되면 차후 구두심사였다.

1차 신체검사장에 도착하였다. 건장한 장정들 틈에 끼면 체구가 약한 사람은 불합격시키는 사례가 있어, 필자는 건장한 사람을 피해 체질이 약한 장정들 속에 끼어 다행히 일차 합격 판정을 받았다. 2차 구두심사에도 이상 없이 통과되어 육군 제1병기단의 국군의 일원으로 신병의 입대수속을 끝냈다.

그다음 날의 정식 입대를 하루 앞두고, 근 20일간 연명의 신세를 끼친 처오촌 댁에서 같이 피신생활을 해 온 사촌처남과 작별 인사를 나누었다. 그 작별이란 참으로 부모 형제와의 혈연의 이별보다 더욱 두터운 친밀감으로 형언이 곤란할 정도의 석별이었다. 필자는 아현동에서의 작별 인사로 정상사회는 종지부를 찍고, 사회와 혈연, 친구들, 끈끈했던 고향의 혈족 및 사회에서 맺었던 옛 향우들을 영구히 만나 볼 수 있는 기회가 다시는 없을 것이라는 감정이 떠올랐을 때, 그 절망감은 얼마나 서글펐는지 모른다.

필자는 모든 인연과 작별하고 국군의 일원으로 육군 제1병기단의 훈련병으로 입대하였다. 그날부터 천지가 개벽하여 용솟음치는 감정에 사로잡힌 기분으로 전환되었다. 바로 그날이 필자가 생사를 가늠하는 이정표이며, 제2 인생사의 새 장을 열게되었다. 그날은 1950년 11월 10일 필자의 군입대일이다.

입대하는 그날, 나는 굳은 결의로 신체검사한 부대를 방문하여 군대생활이란 특수집단이 어떠한 상태로 생활하는 것인지 궁금하기도 하고, 어떻게 병영 생활을 극복하여야 할 것인지 우려되었지만, 특수사회생활에 나 자신이 그 일원으로 동참하고 이겨내겠다는 각오로 영내를 통과하였다. 합격자 전원이 소집되어 연병장으로 입장하였다.

연병장에서 입소가 임박하자 부모, 친지, 가족들의 애석한 작별 인사 장면이 여기저기서 눈에 띄었다. 나는 사촌처남과 쓰라렸던 과거사를 되새기며 아쉬운 작별을 나누었다. 그 입대날은 필자가 평생 잊지 못할 추억의 날이다. 연병장에 집합한 신병 입대자들은 이미 정리된 명단에 의하여 한 명씩 호명되어 훈련병의 편대에 각 소대 및 분대원으로 구분 편성되었다.

호명과 동시에 모든 신분증명서[29]를 회수하고, 종전까지 착용하고 있던 모든 사물도 완전 회수한 후, 벌거벗은 상태에서 훈련복으로 교체 착용하였다. 군부대의 지휘관이 입대한 신병을 상대한 제일성은 "지금부터 너희들은 과거 사회에서 어떠한 직위나 직업에 어떠한 업무를 수행하였든 그것은 지금부터 인정되지 않고, 그것을 생각하면 할수록 그 사람은 더욱 훈련 생활에 고통만 가중될 것이다. 너희들은 과거를 완전히 잊어버리고 훈련에 임하라. 이것이 훈련 생활의 첫 출발이다." 그 첫 한마디로 여기가 군대이고 군대란 이런 집단체이고 특수사회집단임을 실감하게 되었다.

---

29) 6·25전쟁 직후 국내질서가 혼란하고 북한에서 월남한 많은 동포들의 신원파악이 어려운 상황하에서, 국내의 반국가적 행위자를 색출하고 도민의 안녕과 질서 유지를 위하여 도민증이 발급되었다. 그 후 1962년 「주민등록법」제정에 따라 지방자치단체인 시(서울특별시·광역시 제외)·군에서 발급하는 주민등록증제도로 발전되었다.

머리는 빡빡 삭발되고 모든 신분은 군의 신분 외에는 안정하지 않으며, 군번 하나로 신분을 보장받고 있다. 이러한 신분 보장이 군의 특성이며 장점인 동시에 군 생활의 적응에도 효과적인 것으로 판단되었다. 그러한 생활은 일반 사회생활에 적용되고 있으며 국가의 국방업무를 수행하는 군의 질서유지나 기강확립 차원에서 크게 기여된 것으로 판단된다.

필자도 역시 삭발하고 훈련복으로 무장한 이상 그 사회에서의 적응을 위하여 정신이나 육체적으로 비상한 각오로 훈련에 열중하게 되었다. 외부 사회에서 전개되었던 상황에 대하여는 생각할 여지도 없이 훈련에만 몰두하였다. 우선 훈련소에 입대하고 보니 일반사회에서는 상상할 수 없는 장면을 경험하게 되었다. 특히 필자의 훈련기간이 6·25 발발 5, 6개월 후인 격전기여서 군수물자 보급이 원활하지 못한 시기였으므로 충분히 이해하고 훈련에 임했었다.

훈련병의 식사공급은 '안남미'로 마대에서 찌든 냄새는 코를 찔러 역겨웠고, 밥도 삶은 밥이 입으로 불면 날아갈 정도였다. 그 양도 부족하여 신병들은 배가 고파 '짠밥통'을 뒤져서 요기를 면할 정도로 배가 고팠었다. 더욱이 그 혹한기에 모 국민학교 교사를 훈련 장소로 활용하였는데, 그 당시 교실은 마루 바닥에서 찬바람이 스며 나와 살을 여미듯이 혹독하게 추웠다. 침구라는 이불은 볏짚으로 짠 가마니를 길게 터뜨려서 3인이 일조로 두 장을 공급받아 한 장은 깔고 한 장은 덮고, 즉 세 명이 가마니 한 장은 깔고 한 장은 공동으로 덮고 자야 하는 원시인 같은 생활 상태였다. 그 병영 생활로 이것이 군대생활이며 특수조직 사회라는 것을 실감하게 되었다.

훈련병 생활은 전시 국면의 비상사태로 2주간의 단기훈련으로 완료하였다. 군의 긴급 명령에 따라 현역군으로 발령받아 육군 제1병기단에 배속되어 이등병 현역복무가 시작되었다. 신병들은 전원 각 분야별 중대로 분류배치(본부중대, 탄약, 정비, 수송, 병기보급창, 재생창) 되었으며, 다행히도 필자는 제1병기단 본부중대에 배속되었다. 본부 내에는 각 과별로 재배치되는 절차가 남았다. 각과 단위 (인사, 보급, 정비, 수송, 야전재무대, 정보, 작전) 7, 8개 과 행정요원으로 분류배치 과정에서 해당 전문기능자격증 소지자 및 해당분야의 경력자를 우선적으로 선정하는 원칙에 의하여 시행되었다.

필자의 전문분야의 재무계통의 분야에서는 야전재무대에서 개편된 육군 경리대의 편입관계로 인기가 상승하였다. 모집정원 5명에 희망자가 12명으로 2.5:1의 경쟁률이었으나 다행스럽게 합격되어 야전재무대 지불담당병으로 보직명령을 받고 육군 제1병기단 재정과의 지불담당으로 군무 생활이 시작되었다.

그 당시 필자가 느낀 것은, 나의 운명은 결코 경리업무와의 인연은 끊을 수 없는 불가분의 관계임을 실감하게 되었다, 1950년 11월 하순경 현역병으로 육군 제1병기단 재정과로 배속되어 제1병기단장과 재정과장 및 지불관 등 과원 7, 8명과의 신고로 군경리 업무가 시작되었다. 필자는 지불담당으로 임명되었다. 민간회사와 군대와의 차이섬과 득이한 생활 방식의 차이를 제일 먼저 식별하는 체험을 하게 되었다.

자대배치 날 작전상의 후퇴

각과로 배속되고 불과 대여섯 시간도 경과되지 않았는데 비상출동령이 발령되었다. 그것도 주간도 아닌 밤 9시경이었다. 불시 긴급 비상출동명령이었다. 전부대원은 각자 자기업무에 속하는 장비 및 행정서류 외에도, 관보물을 대기 중인 운송차량에 적재시키고 긴급출동 준비를 하라는 명령이 하달되었다. 필자가 군 생활 첫 번째 체험으로 군대의 명령계통이 일사불란하게 집행되는 것을 실감하게 되었다.

6·25 당년의 기후는 혹독하였으며 온 천지는 폭설로 덮혀 세상은 슬프도록 평화로워 보였다. 출동명령의 그날 밤 9시경 긴급출동령으로 암흑 속에서 필자의 책임소관이라는 대형 개인용 미군 백 한 개 포대를 본 병사가 책임지고 운반하라는 상사의 명령에 따라, 약 5060킬로그램의 백을 군용트럭에 상차하였다. 심야에 군트럭에 상차하고 신병신분으로 훈련병사를 출발하였다. 서울 을지로6가는 분명하나 캄캄한 차중에서 도착지가 어

느 방향이며 어떤 기지인지, 군의 일급 작전비밀이므로 군트럭 내부는 외부와의 완전 차단으로 행방조차 추리할 수 없었다. 암흑의 차내에서 밤새도록 질주하여 전군의 차량이 정차하는 장소에서 대열을 정리한 시간은 다음 날 오후 10시경으로 추측되었다.

주야강행의 차량진군이 정차한 장소는 어느 폐허가 된 도시로 추정되었다. 파도가 방파제에 부딪혀 요란하게 부서지는 소리뿐이었다. 우리 신병들은 주둔지가 항구는 분명하나 지역조차 분명하지 않았다. 주둔 병사가 배정되었다. 비로소 그 지구가 울산임을 확인할 수 있었다. 필자가 울산지구 땅에 발을 딛게 된 것도 전시가 아니고는 불가능하였을 것이다. 평상시의 생활권에서는 황해도 연백군 일대와 개성, 서울권내에서 내왕이 전부였으나, 영남권의 입장이란 일반사회에서 드문 사례였다. 우리 부대가 이 지역까지 주둔하게 된 동기는 굴욕적인 사정이었지만, 6·25 사변 당시 전황의 악화로 병기보급의 재정비로 인한 일시적인 후퇴작전의 일환이었다. 나중에 알고보니, 중부지방에서 버틸 수도 있었는데 남부지방까지 후퇴한 후, 인천상륙작전 같이 적군의 허리를 끊어 병참선을 차단하여 치명적인 전기를 마련하기 위한 전략적인 후퇴였다는 변명같은 소문도 있었다.

필자가 군의 신분으로 울산지구에 처음 주둔하게 된 건물은 철수된 울산세무서 청사였다. 건물의 구조에 따라 각 과별로 사무실이 배정되었다. 필자는 재정과의 일개 졸병이었으므로 과의 실 배치 후 업무추진을 위하여 사무실에 입실하였다. 입실하고 보니 과거 세무서의 모습은 전연 엿볼 수 없고 폐허가 된 공가였다.

긴급 정비로 임시 사무소가 형성되었으나 전등의 전구가 없어 주변의 점포를 방문하여 촛불로 밝힌 가게로 들어가서 주인에게 "전구 있어요?" 하고 문의하였더니 여자주인은 "없소"라고 퉁명스럽게 대답하였다. 나는 "타 점포에서 전구를 파는 곳이 어디에 있어요?"라고 재차 문의하였다. 대답은 억센 사투리로 "모르겠소." 하는 것이었다. 나는 그 대답을 듣는 순간 실망하지 않을 수 없었다.

개성이나 서울 지역의 상인이라면 재고가 없어 타점포를 문의하면, 친절한 안내나 자상하게 가르쳐 주는 것이 일반적인 도덕이나 예절상의 당연한 상례다. 그런데, 심지어 전시 비상사태 하에 국군의 일원이 상점을 방문하여, 전시 비상용 물품을 구입하고자 방문한 군인에게까지 불친절하게 대하는 것을 체험한 필자는, 상당히 당황하지 않을 수가 없었으며 영남 지방인에 대하여 의문이 제기되었다.

그 후 나는 시내의 두세 곳의 점포를 방문하여 전구를 구입하여 정상업무가 시작되었다. 울산에 주둔하고 약 3주 정도 근무하면서 점차적으로 그 지방인을 다양하게 접촉하여 보니, 다소 그 지방의 무뚝뚝한 말투와 독특한 인간성이 감지되었다. 그러한 기질은 있으나 마음속에 숨어 있는 무형의 의지가 견고하고 믿음이 있는 꾸준한 의리가 엿보였다.

우리 부대는 약 3주 정도 울산지방에 주둔하고 있었으나, 전황이 호전되어 아군의 북진작전의 일환으로 우리 제1병기단도 작전명령에 따라 안동으로 본부의 이동명령이 떨어졌다. 불시의 긴급작전 지시에 의하여 우리 과에 속해 있는 과원도 전원 안동 모 교회 자리로 이동하게 되었다. 필자는 역시 지불담당이므로 어느 정도 정상근무 상태로 환원하는 업무체제로 발전하는 단계였다. 지불담당은 비상출전용 현금 보급에 총력을 경주하여, 항상 일정액의 현찰을 상시 보유액 한도 내에서 보존하여 불시 출동에 대비하여야 하므로, '현금 보따리'는 담당지불관의 책임 하에 본 졸병이 그 보관유지를 담당하게 되어서 안동으로 현금보따리를 이동하였다.

안동으로 이동한 후, 우리 부대는 자위활동의 일환으로 각 과에서 차출된 신병으로 적군의 게릴라 부대의 침투를 방지하기 위하여 주야로 비상경계근무를 하게 되었다. 그 야간경계 근무 중 심야에는 먼 산의 험준한 정상 이곳저곳에서 북괴군 패잔병[30]의 만행으로 추정되는 산불봉화가 산발적으로 감행되어 공

---

30) 빨치산(partizen): 적의 배후에서 통신·교통 시설을 파괴하거나 무기나 물자를 탈취하고 인명을 살상하는 비정규군. 특히 우리나라에서는 6·25 전쟁 전후에 각지에서 활동했던 공산 게릴라를 이른다.

포분위기가 그치지 않았다. 필자도 비상경계 근무 중 여러 차례 그러한 위험부담을 느끼게 되었다.

일생의 기로

의로운 상봉과 괴로운 이별

필자가 병기부대의 야전재무대에서 파견근무대원으로 제1병기단 본부 재정과에 근무 중, 과의 업무 수행으로 물품구입차 안동시로 출장을 자주 나가게 되었다. 업무 후 부대로 귀가하는데, 부대 앞 위병초소 앞에 허기진 상태의 14~15세 정도의 전쟁고아로 보이는 걸식유랑아가 노상에 쓰러져 있는 것을 목격하게 되었다. 나는 직감적으로 머리에 떠오르는 것이 있었다. 내가 이북에 두고 온 친형제나 사촌 동생, 모두 합쳐 이십여 명의 혈육들의 거처와 생사확인도 못하는 가족들의 모습이 눈앞에 나타난 듯, 나의 눈가에는 이슬이 맺히는 것을 느끼게 되었다.

　나는 정신을 가다듬고 있는 순간 나 자신도 모르는 사이에 그 고아의 손목을 잡고 있었다. 그리고 그 아이에게 물었다. "너 어디에 살고 있냐? 어떤 사연으로 이곳까지 와서 이 고생을 하고 있어?"라고 물어보았다. 그 고아는 나를 쳐다보고 한참동안 말을 못하고 울먹이고 있었다. 잠시 후, 고개를 들고 나서 필자를 향하여 "군인 아저씨 나를 살려 주세요."라고 말을 시작하였다. "그래, 사정을 말해 봐라."라고 필자가 말했다.

"저는 의성군 풍기에서 살던 변동우라고 하는데, 국민학교 6학년을 금년 졸업하고 농사에 종사하고 있었습니다. 6·25 전쟁으로 가족은 폭격으로 전멸하고, 나 혼자 생존하여 앞으로 살아갈 길도 막막하고 고향으로 귀향하여도 고향에서의 생계유지도 곤란할 것입니다. 앞날을 위하여 공부를 좀 더 하여 중학교에 진학하고 싶으나, 부모님의 가정 형편으로 상급 학교의 진학은 도저히 불가능한 처지입니다. 저는 어떠한 고통이 있어도 극복할 터이니, 군인아저씨 무엇이든 다할 것이니 저를 데리고 부대에서 키워 주십시오."라고 애원하는 것이었다.

필자는 그 애원을 듣고 고향의 동생들이 생각나서 도저히 거절하기가 어려웠다. 그러나, 졸병의 처지에서 그 아동을 영내에 데려오는 문제는, 군의 보안 유지 등 제반 문제를 감안하여 불가능하다고 판단하여 지불관 정 중위에게 그 사정을 설명하고, 그 아동이 영내에 거주하게 되면 소병이 책임지고 키우겠다고 약속하였다. 상사인 지불관은 필자의 진실한 마음을 토대로 동향인인 인사과장에게 그 사정을 설득하여 영내의 입소 승낙이 성사되어 그다음 날 우리 과에서 양육하기로 모든 합의가 이루어졌다. 나는 그 아동을 내가 책임지고 양육하기로 과에서도 합의하고 필자가 관리인으로 지명되었다. 필자는 즉시, 그 아동을 우리 과로 데리고 와서 과장을 비롯하여 지불관 등 과원 전원에게 인사를 시키고 선처를 부탁하였다. 의외로 그 소년은 장병들과의 유대가 좋아 빠른 시일 내에 잘 적응하여 싱딩한 호감을 갖게 되었다.

부산 이동과 제3의 운명

북진으로 호전되었던 전세는 10월 이후 중공군의 개입으로 재차 악화되었다. 홍남철수작전[31]은 1950년 12월 국군과 유엔군이 중공군의 개입으로 포위되자 함경남도 홍남항에서 10만 5,000명의 군인과 9만 1,000여 명의 피란민, 차량 1만 7,500여 대, 화물 35만 톤을 193척의 함대에 싣고 거제 장승포항으로 철수한 작전이다.

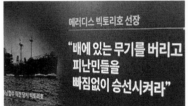

홍남철수작전의 빅토리아호 - 연합뉴스 22. 3. 17.

---

31) 1950. 12. 22. 홍남항에서 메러더스빅토리아호는 레너드 라루 선장의 지시로 '배에 있는 무기를 모두 버리고 피란민을 빠짐없이 승선'시켜 정원의 7배가 넘는 1만 4,000여 명의 피란민을 태웠다. 사흘 뒤 거제도에 무사히 도착했다. '크리스마스의 기적'으로 불리는 이 항해는 인류 역사상 가장 위대한 해상 구조로 2004년 기네스북에 등재되었다. (KBS 2022. 3. 17.)

이에 따라 우리 육군 제1병기단은 12월 부산 지구로 이동하고 후방의 육군병기기지사령부로 승격되었다. 우리과원은 야전재무대 소속에서 제3지구 경리대로 확대 개편되었다. 필자도 생소한 부산 땅에 인연을 맺게 된 것은 6·25 사변으로 인한 군대생활이 나의 제3의 운명을 형성하게 되었다. 필자가 현역 군인의 신분으로 생전 처음 체험하게 되는 항구도시 부산은, 전시로 임시중앙정부의 수도역할과 전시용 비상물자 수송의 항구도시와 전국에서 집결된 피난민으로 완전히 국제화된 도시로 변형되었다. 이러한 비상사태로 상당히 번잡하고 과열되고 흥분되어 살기가 팽배해 있는 상태였다.

필자는 6·25 전란으로 극심하게 침체되었던 정신적인 위축으로부터 다소 개방감을 느끼게 되었다. 전쟁 이후 수개월 동안 숨막히는 폐쇄생활의 고통에서 약간 숨통이 트이게 된 셈이다. 필자가 부산 지구로의 부대이동에 따라 안동에서 양육하기로 한 고아 변동우도 부대이동 시 동행하여 부산으로 이동하여 우리 과에서 영내생활을 계속할 수 있게 되었다.

부산 지구에 주둔하게 되고 병사정리도 완료되어 정상업무가 시작되었다. 일차적으로 부대 내의 사무용 소모품을 구입 차 범일동 시장에 소재하고 있는 문방구점을 방문하고, 구입 요구된 품목, 수량 및 가격 등 물가조사 차 시장 내의 점포를 방문하여 일부 품목은 현지 구입하고 물가조사도 완료하였다. 그 현장에서 필자는 놀라운 사실을 발견하였다. 약 2개월간 울산에 주둔할 당시의 상인의 불친절한 태도와는 판이하게 부산의 점포주들은 상당히 온화하고 친절함을 느끼게 되었다. 이로 인해 필자 자신도 상당히 호감을 느끼게 되고 삭막하였던 감회에서 다정한 기분으로 전환되었다.

그 후로, 필자는 그 문구점을 거래 대상 점포로 지정하고 요청에 따라 수시 구매가 이루어졌다. 나는 그 점포 노모의 친절하고 애정에 찬 온정에 감동하게 되었다. 특히 그 문구점의 노모께서는 착실한 불교신자로서 그녀의 사랑과 자애로운 선도는 필자의 메마른 심정을 극진히 위안해 주었다. 특히 6·25 사변으로 고향을 작별한 후, 친혈육은 물론 친구나 동향인의 따뜻한 정감도 느껴본 적도 없어 메마른 필자로서는 사회생활의 재출발에 활력소가 되었다. 이북에서 사변 후 정신적인 고초로 방황하는 필자로서는 재활의 원동력이 되었다. 특히 고독하던 환경 속에서 부대 내의 생활에서 외출을 하여도 다정하게 대화를 나눌 상대도 없는 처지였으나, 외출하여 그 노모를 방문하면 필자의 처지를 가엽게 보살펴 주며 가족과 같이 따뜻하게 식사도 할 수 있었다. 심지어는 친가족과 같이 한 방에서 침식을 제공하여 주시는 선의는 필자 일평생을 통하여 잊지 못할 은혜임을 상기하고 있다. 지금 이 시간이라도 생사의 확인이나 그 자녀의 소식이라도 확인하여 감사의 뜻을 전하고 싶다.

필자의 제3의 인생은 부산에 주둔한 1950년 말경으로부터 싹트기 시작하였다. 이 사령부는 그 후 부산 지구의 후방 병기보급 및 수송, 재생창, 탄약, 보급 등 병기류의 기지사령부를 전담하게 되었다. 안동에서 수행된 소년 변동우는 약속대로 주간에는 과에서 사동(당시 쏘리)으로 근무하고, 오후 5시면 퇴근하여 학원에서 입시공부를 하며 부산 서면의 항도중학교에 합격하여 야간학교에 등교할 수 있게 되었다. 그에 소요되는 비용은 필자가 주도하여 학비를 조달하여 하등의 장애 없이 학업이 진행되었다.

부산으로 진주한 부대의 과장은 소령 김재호, 지불관은 소위 정병헌이었으며, 선임하사관 표상사, 지불담당 나수철 중사, 서무담당 이동렬 상사 기타 신병이 다섯 명 있었으나, 필자 이병 이형동 지불담당, 구매담당 이병 이창기가 정원인 정식과원으로 선정되고 기타 세 명은 각 중대 재무담당 역할을 하게 되었다.

그로부터 약 1년이 경과되고 나니, 전후방 교류, 승진 및 인사 전보로 재무관 김 소령은 중령으로 승진하여 국방부로 전보되고, 후임에는 방 소령이 재무관으로 취임하고, 지불관은 중위로 승진하여 전방부대로 전출되고 고참 상사, 중사 등도 전후방 교류 대상으로 전방 또는 육본 등으로 전임했다.

그중 이동렬 상사도 전보 발령에 의하여 일선 근무지로 출병하게 되었다. 출발 전에 필자가 이등중사 시, 나에게 간절히 부탁하는 일이 있었다. "나는 일본 태생으로 해방과 더불어 고향인 전북 무주에 정착하였으나, 한국의 생활에 적응이 안 되어 부득이 국방경비대에 입대하여 현재에 이르렀어요. 지금 일선

발령으로 근무지가 변경되어 3, 4일 후 출발하여야 하는데, 고향의 부모 형제들은 전란으로 주택이 파괴되어 토굴에서 생계를 유지하고 있으니, 이 중사(필자)께서 우리 가정을 좀 구호하여 주십시오."라고 애원하는 것이었다.

나는 그 처지의 사정이나 나 자신의 불행한 환경이 유사하여, 나의 부모님도 지금 처참한 처지일 것임을 감안하여, "나는 졸병의 신분이므로 크게 도움은 줄 수 없을 것이나, 나의 힘이 미치는 한도 내에서 최대한 노력하겠습니다."라고 회답하고 이 상사는 일선 부대로 전임하였다.

나의 군대 경력도 2년이 경과하고 방 재무관도 승진과 동시에 육군본부로 영전되고 후임 재무관으로 유 대위가 부임하였다. 우리 신병 중사들도 경력과 업무 능력으로 일인자의 위치가 형성되었다. 금번 부임한 유과장은 부유한 가정에서 출생하여 호탕한 생활 습성이 있었다.

부산 지구로 주둔하고 후방 병기기지사령부로 배속되어 병영 생활도 점차적으로 안정됨에 따라 군무 생활 속에서 몇 명의 전우와도 친밀한 우정 관계를 유지하게 되어 고독으로부터 상당한 위안도 되었다. 상사로서는 지불관 정병헌 중위는 함경북도 출신으로 필자와 병인생 동갑인 관계로 근무시에는 군율에 따라 엄격한 위계를 유지하였으나, 근무시간 외에는 정중위의 자택으로 초청되어 동갑네의 친구로 대접을 받은 적도 여러 차례 있었다. 동급의 친구 중에는, 타계한 충남 윤 형과 현재 캐나다에 이민한 이창기 형과 역시 고인이 된 임종철 형 등은 나의 일생에서 잊을 수 없는 돈독한 친구였다.

이창기 형은 서울 태생으로 전직이 서울시와 구청에서 경력 7, 8년 이상 근속한 모범공무원이었으며, 사리 밝고 다정한 의리의 친구였다. 임종철 형은 함경북도 출신으로 부유한 가정에서 출생한 7대 독자였다. 부친께서는 일본미술대학 수학 중 작고하여 당사자는 함경도에서 외조부의 부양으로 성장하였다. 대학재학 시, 학생운동에 가담하여 투옥생활 중 6·25 사변으로 탈옥하여 남한으로 탈출 도중 무명 국군유격대로 북괴군과 교전 중 적군탄의 파편이 어깨에 명중되어 궂은 날에는 후유증으로 생존 시에도 고통을 겪고 있던 무명 보훈용사였다. 고독을 위로하고자 계속되는 음주로 질병이 유발되어 작고한 것으로 사려된다. 인품이 온후하고 다정스런 순수 문학가였다.

임 형의 일화의 한 토막을 소개한다. 군부대에 문관으로 복무 중 급료일에 봉급봉투를 수령하고 퇴근길에 위로차 술을 일차로 마시고, 숙사로 귀가도중 고독을 극복하려 술 한 잔을 더하려고 주막집을 세 곳이나 들러보았으나, 그 당시에는 24시에 통행금지 실시 중이므로 모든 주점에서 문을 잠그고 술을 팔지 않아 대로상에서 봉급봉투의 돈을 꺼내 노상에 뿌리며, "쓸 수도 없는 돈, 가지고 있으면 무엇하랴!"라고 외치며, 돈을 모두 뿌려버린 사례도 기억난다.

천안의 윤 형의 사연은 20세기와 21세기의 봉건사회와 자유경쟁시대로 전환되는 과도기적인 분기점에서 야기되는 혈육의 정통성 계승 문제점을 환기시키는 문제이므로, 이 부문의 정상적인 관념의 개선이 요구된다. 본 필자가 목격한 사실을 기술한다.

윤 형은 시골의 농촌 마을에서 출생하여 20세에 결혼하고 25세에 여식아 두 명을 출산하고, 농촌 마을에서 4대가 한 가정을 형성하여 단란한 가정을 유지하며 지방의 교육공무원으로 착실히 근무 중이었다. 그러나, 가족 간에 연로하신 시조모, 시부모께서 남아 선호사상 관계로 원만한 가정 유지가 곤란하였으며, 심지어는 직접 득남할 수 있는 축첩을 강요당하고 이를 재촉하여 선친들 강요로 암암리에 이중생활을 영위하던 중 후첩 몸에서 남아가 출생하였다.

본처의 불운은 설상가상으로 그 시기가 5·16 혁명 직후로 축첩공무원은 제1차 공직기강 확립방침에 따라 정리 대상으로 선정될 시기에 악용되었다. 후처는 남편에게 그 취약점을 이용하여 호적에 정식으로 입적시켜 주지 않을 경우 직장에 고발하겠다고 협박하여, 그 사실을 본처와 상의한 바, 본처는 당장 직장 유지에 급급하여 남편과의 의지와 결의에 의하여 무마방책으로 이혼수속 절차를 피하고 후처와 출생남아를 적자로 정식 호적상 부부관계가 성립되었다.

그 후, 직장생활은 정상상태로 유지되었으나 빈번한 가정불화로 본처와의 부부관계는 악화되고 본처 출생 장녀는 출가하고 본처와 차녀는 가정불화의 악화로 원거지인 현주거지를 이탈하여 타지로 이주하였다, 후처가 향리의 본거지를 점유하여 남편과 동거하며 생활을 유지하고 있었다. 남편은 교육공무원의 정년퇴직으로 직장생활 중 비축하였던 농토 약 2000평 정도와 목장을 계속 운영하여 왔으며 시골 생활로서는 만족한 정도의 생활수준이었다.

인간 사회에서 불행은 항상 도사리고 있듯이 남편은 정년퇴직 2, 3년 후부터 당뇨 및 합병증세와 심적 타격 등 복합성 질환으로 타계의 신세가 되었다. 6·25 사변으로 전우였던 친구의 작고로 불귀의 몸이 된 빈소 앞에서 옛 친구와의 다정했던 우정을 되새기며 명복을 빌고 있는데, 상가의 이곳저곳에서는 고인의 재산 상속권 쟁탈전이 한창 전개되고 있었다.

그 와중에 고인의 동생은 필자로부터 본 재산분배문제에 대하여 자문을 요청해 왔다. 필자의 답변은 "자네 형과의 관계는 서로 생존하고 있을 당시에는 상당히 깊은 인연이 있었으나, 고인이 된 현시점에서는 한숨만 나오고 할 말이 없네. 자네가 형의 대리인 역할을 담당하여, 양가의 합의점을 모색하여 원만히 해결하게."라고 설득하였다.

본 건을 필자가 목격하고 나니, 참으로 허무한 심정을 금할 수 없었다. 봉건사회에서 답습된 관습에 의하여 선대들의 남아선호 계승 문제로 인하여 괴리되는 현실사회와 전통관습으로 인한 괴이한 생활상은, 우리 사회의 고질적인 병폐로서 조속히 수정되어 정상적인 생활궤도 확립이 정착되기를 바란다.

전시의 피난민 주거 문제와
군인 가족 지원

이동렬 상사가 군의 발령으로 일선으로 전속되고 일 개월 정도 경과 후, 필자에게 정문 위병소로부터 면회 신청 요청인이 있어 면회실로 나오라는 전화 통고를 받았다. 그 순간, 필자는 놀라지 않을 수 없었다. 왜냐하면, 필자는 병영 생활 2년이 경과하여도 면회라는 단어조차 모르고 군 생활을 고독하게 해 왔는데, 면회 신청이 접수되었다는 사실로 당황하지 않을 수 없었다. 필자로서는 기쁨보다는 두려움이 앞섰다. 그러나, 면회자가 있다하니 다행으로 생각하고 면회소를 방문하였더니 전연 생면부지의 단신의 중년 노인이 등에 가방을 메고 필자를 고대하고 있었다.

본인이 이 중사라고 한 즉, "나는 무주에서 온 이 상사의 아비되는 사람인데 이 중사를 방문하면 잘 살펴 줄 것이라 하여 염치불구하고 이렇게 찾아뵙게 되었습니다."라고 하여 상호인사를 나누게 되었다. 필자는 그 부친을 면회하고 나니 당장의 해결책이 없어 막연함을 금할 수 없었다. 그분에게 현재의 생활상을 문의하였더니 그 생활상이 지극히 급박한 상태였다.

'일본서 조그만 사업을 하다가 8·15 해방으로 고향이 그리워서 고국으로 귀향하였으나, 일정한 직업도 없고 생계가 곤란하여 3남 2녀 중 남자 두 명은 국방경비대에 자원입대시켰다. 아들은 졸병생활 속에서도 가계에 일부 보조하고, 자신은 시골서 노동으로 근근 최소한의 생계를 유지하고 있었는데, 6·25 사변으로 가옥은 폭격으로 소실되고 현재 땅굴의 토막에서 전 가족이 구걸하며 연명하고 있는 실정'이라며 울먹이고 있었다. 그 가련한 참상을 듣고 있으니, 필자도 역시 그 처지와 별다를 바 없는, 아니 그보다도 몇 배 더 심할 내 고향의 가족들의 비참한 환상이 머릿속을 선명하게 스치고 지나갔다.

필자는 이 긴박한 생활을 무슨 방법을 강구해서라도 해결해야겠다는 신념을 갖게 되었다. 무슨 묘안이 없을까 고민하다 불현듯 떠오르는 것이 있었다. 일단 필자가 외출 때마다 신세지는 부근의 조선방직회사 사택에 거주하는 김해 출신 하 씨네 아저씨에게 부탁하여 그분과 임시 합숙하는 방안을 모색하기로 계획하였다. 하 씨에게 사정하여 동의를 얻고 응급책으로 당분간 그 주택에서 동거하기로 합의를 얻어 냈다. 이로써 이 상사 부친의 숙사문제는 해결되었다. 그 외에 식생활 문제는 이중사와 윤중사 및 필자가 협의하여 해결해 주었다. 기타 현금이 필요할 때는 수시로 필자가 외출하여 종합적인 대책을 수행케 하였다. 필자는 이 상사와의 약속 내용 중 제일차로 도의상의 책임의 부분이행은 실천하였다.

그러나, 부친의 고향에 잔류하고 있는 가족의 이주와 식생활 대책도 해결하여야 이 상사와의 약속을 이행하는 것이라고 판단하였다. 조속히 해결해야 한다는 책임감으로 고심하며 해결책을 노심초사하고 있던 차에, 때마침 병기재생청에서 발주한 병기수송용 상자제작의 계약이 체결되었다. 그 제작을 수급한 변○○

라는 업자는 양심적인 업자였다. 재무관 유대위와 업자 간에는 수시로 접촉이 있었으나 계약담당자인 필자와는 공식적인 행정 접촉뿐 수급자의 개인적인 인격이나 개별접촉은 전연 없었다.

우연히 부산 범일동 소재 목재상에 물가조사차 외출을 하였는데, 그 상자 제작업자와 상면하여 대화가 이루어졌다. 그때 그 업자가 나에게 업자로서 사례를 좀 할 터이니, 필자가 필요로 하는 것을 말하라는 것이었다. 그때 나로서는 "군대에서 필요한 것은 모두 관급하니, 부탁할 것이 전연 없습니다. 그러나 변 선생께서 필자에게 호의를 베푸신다면 목재 1.7촌 × 1.7촌의 각목과 5분 판자를 주시면 감사하게 사용하겠습니다."라고 요청하였더니 즉석에서 지급하겠다는 약속을 하고 그 목재의 용도를 묻는 것이었다. 그 내용은 외부에 발설하지 않기로 약속하고, 실은 그 용도가 일선으로 전출한 이 상사의 가족을 구호하는 데 소용되는 재료라는 것과 이 상사에 대한 가족사정을 설명하였다. 그 후 필자는 그 목재의 공급 시기는 대지를 구해야 하므로 추후 공급 일정을 약속하고 헤어졌다.

전시 상황에 난민의 어려움은 주거 문제에서 일차적으로 나타났다. 법적으로 건물이나 가옥 주인은 난민에게 임대료를 받을 수 없도록 규정하고 있었다.[32](「피난민 수용에 관한 임시조치법」 시행

---

32) 그래프에서 피난민 수는 북한과 서울로부터 피난한 수자가 가장 많다. (김아람, "한국전쟁 전후 '여성'의 38선 월경과 피난 이야기", 일다, https://www.ildaro.com/8597)

1950. 9. 25., 법률 제146호, 일부 개정) 그러나 난민을 받아들여야 하는 입장에서는 거부감도 적지 않았다.

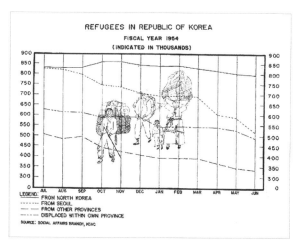

6·25 피난민 발생 지역별 변화, 1954년
(단위: 천인 / 출처: 전게서)

피난민의 움막(자료 출처: 세계일보)

필자가 외출 시 판자와 각목은 구하여 가건물의 건축재료는 확보하였으나, 약 15평 정도의 나대지의 확보가 문제였다. 필자가 생각한 것은 조방사택 앞 공지가 있는 깃을 목격하고, 하 씨 댁의 친척 노모녀가 집도 없이 하 씨 댁에 임시 기거하는 형편임을 감안하여, 공대지 15평 정도의 사용승인을 받기로 하였다. 목재는 필자가 구하여 세 가구가 생활할 수 있는 가건물은 내가 책임지고 건립하여, 그중 한 세대 분은 하 씨네 친척 모녀에게 무상으로 거주토록 제공하겠다고 제의하였더니 참 좋은 안이라 하여 즉석에서 사택 앞 공지의 사용 승락을 받아 냈다.

　이로써 공대지 15평 정도와 건축용 목재도 모두 확보되었다. 3세대가 입주할 수 있는 문제는 해결된 것이다. 남은 문제는 설계와 시공 문제다. 우선 설계는 필자가 백지에다 연필로 평면도만 그리고, 시공은 하 씨와 그 주변 학생들과 이 상사의 아버지 등 유휴 인력을 활용하여 약 2주간의 단시일 내에 완공하였다. 다행한 것은 그 시기가 전시체제하에서 군인이 최우선이고 어떠한 행정규제나 단속기관도 없었으므로 속전속결로 완공되었다. 그 건물은 한 세대 당 3평으로 마루방 한 칸에 부엌이 반 칸인 판잣집으로 건립된 3세대가 입주할 수 있는 가건물이었다. 그 초라한 가건물은 전시의 피난민에게는 더없이 긴요하고 소중한 건물이요 생활 기반이 되었다.

　완성된 3세대의 입주자 선정은 필자가 주관하였다. 제일먼저 대지를 제공한 하 씨 댁 노모녀를 한 세대로 입주시키고, 잔여 두 세대 중 한 세대는 무주에서 온 하 씨 댁에 합숙하고 있는 이

상사 노모에게 양도하고, 나머지 한 세대는 우리 재정과에 근무하던 전 중사 부친에게 입주토록 권유하여 입주시켰다. 전 중사의 부친께서는 6·25 사변 전 황해도 신막에서 피난해 부산에서 전전하며 노점이나 행상으로 생계를 유지하는 처지의 노인이었다. 비로소 이 건물의 건립과 입주가 원만하게 이루어졌다.

그 후 이 상사의 부친께서는 고향을 방문하여 일차적으로 장녀를 대동하고 가건물에 부녀가 입주하여 부산 생활이 시작되었다. 이 상사의 부친과 장녀는 입주는 하였으나 장녀의 초등학교의 부산 지역 전학이 제일 급한 문제였다. 전학 문제는 학교의 학비 부담이 가능하여 해당 초등학교의 교장과 담임 선생을 방문하여 장남과 차남이 현역 군인으로 두 명 모두 일선 전방 전출 사정이며, 고향에서 땅굴 생활로 심각한 고통 속에서의 피난생활 등을 상세히 설명하였다. 수차에 걸쳐 필자가 학교장을 방문하여 완곡한 사정으로 무상입교 및 취학에 성공하여 등교하게 되었다.

이 상사의 부친은 장녀의 전학으로 부산에서의 생활이 시작되고 가건물이 본거지가 되어 생활이 정착되기에 이르렀다. 가건물에는 이 상사의 고향으로부터 착착 가족들이 이주하여 부친께서는 과거에 경험하였던 미용 재료 제조 및 행상 판매를 통해서 생계유지의 토대가 마련되었다. 6·25 전란으로 국군에 복무 중이던 동생은 전상으로 상이용사로 제대하여 가업에 합류하여 미용 재료상 경영이 기반이 되어 가업은 빠른 속도로 진전되었다. 따라서 필자로서도 일단 안정된 정착에 성공하게 되었다. 필자로서는 택지를 제공해 주신 하 선생과 건재를 공급해 주신 변 선생 두 분의 후의에 머리 숙여 사의를 표하며, 그 판잣집을 거쳐간 가성에 대대 후손들도 무궁한 발전을 기원한다.

인간의 운명은 물레방아와 같은 것일까? 돌고 도는 것이 인간의 만남과 헤어짐을 기약하듯 우리들의 다정하였던 부산 병기기지사령부를 정점으로 추억의 장으로 기록되고 각자의 임지로 전보되었다. 이창기 중사는 국방부로, 필자는 김해에 위치한 제1105야전공병단으로 전보되고, 윤 중사만 병기기지사령부에 유임되어, 3인이 각각 3개부대로 분산되어 석별의 정을 나누게 되었다. 다정하였던 전우 세 명이 전출령에 따라 3개부대로 분산 배속되어 업무적인 인계인수는 마쳤다.

그러나 필자로서는 업무적으로 인계할 수 없는 사항이 두 가지가 있었다. 한 가지는 이 상사의 생계 보호의 후견이며, 둘째는 필자가 보호 양육하던 변동우의 후견인 계승 문제였다. 이 상사 부친 가족 문제는 병기기지사령부에 잔류하는 윤 중사에게 후견 역할을 위탁하였으며, 김해 공병단 근무 기간에도 수시로 필자가 점검하는 일에 성의를 다했다. 그러나, 변동우의 부양과 중학교 취학 문제는 소홀히 할 수 없는 문제로 심사숙고 끝에 잔류 친구인 임종철 형에게 부탁하여 사령부 산하 병기기지보급창의 군속으로 발령하여, 주간에는 부대에서 정상근무를 하고 퇴근 후에는 중학교에서 학업을 계속하게 되어 필자가 전출되어서도 다소 안도감을 갖게 되었다.

혈연을 초월한 정쇄精灑의 결의

6·25 사변으로 육군 병기기지사령부 경리대의 일개 졸병으로 부산 지구에 주둔하여 근 3년간 군 복무 생활은 외로움의 연속이었다. 고향이나 친척을 비롯하여 친구나 친분이 있는 사람은 한 사람도 상면조차 하지 못하여 고독 속에 병영 생활을 지속하고 있었다. 이창기 중사와 필자는 국군의 날 특별 회식준비를 위하여 부식구매 차 부산 국제시장에서 물품을 구입하고 있던 중, 안면도 익숙하지 않은 허술한 중년 여인 두 명이 나의 앞으로 다가오고 있었다.

잠시 후, "형동이 사돈 아니야?" 하는 것이었다. 필자는 그 순간 내가 '귀신에게 홀린 거 아닌가?' 하고 귀를 의심하며 정신을 차리려 하는데, 재차 "형동이 사돈 맞지?" 하며 내 손을 덥석 잡는 것이었다. 나는 기절할 정도로 당황하여 상대 여인을 자세히 살펴보니, 낯이 익은 여인이었다. 자세히 보니 10년 전 해방 직후 고공품 회사 사업이 중단된 후, 그 여인의 남편 나 선생과 마른 고추를 연안에서 구입하여 서울의 화교들에게 판매 시 동업으로 한두 번 서울에 왕래한 적이 있었다. 그리고 연안에서는 그녀의 오빠와는 필자와 동서관계로 재북 시 한두 차례 면담한 적도 있었다.

여하간 필자는 고향에서부터 정든 부모 형제들과 작별한 지 근 3년 동안, 인정에 메마르고 극도로 고독한 환경에 처해 있었으므로 혈육의 친누님이라도 만난 듯 그 기쁨은 이루 헤아릴 수가 없었다. 조 여인 역시 재북 시 연안에서, 나는 손아래 동서로 여러 차례 방문하여 모든 가족들과 화목한 분위기 속에서 화기애애하게 수시 상봉하여 왔었다. 십여 년 후의 전란 속에 피난민의 신세로 뜻밖에 필자가 군인의 신분으로 면접하게 되니, 조 여인도 친오빠와 올케의 생각으로 친동생을 만난 것과 같은 기분이었을 것이다.

특히 조 여인의 오빠는 그 후 폐질환으로 타계하였고, 올케인 김 여인은 필자의 고향 근처인 38선 이북의 농촌 친정댁에서 고적하게 홀로 생활하고 있는 사정이었으므로 필자와의 기적적인 상봉은 더욱 신비한 만남이었다. 필자도 역시 조 여인과의 전시 중 도피생활에서의 우연한 만남은 참으로 신비스런 상봉이 아닐 수 없었다. 필자도 상봉 순간, 우리 봉건사회에서의 껄끄러운 사돈이라는 관념은 멀리 사라지고 친혈육의 누님을 만난 것과도 같은 친숙한 인정을 느끼게 되었다. 필자가 그와 같은 진실된 정감을 느끼게 된 동기를 소개하고자 한다.

얼어붙은 한강인도교 밑에서 빙상 촬영(첫 서울 나들이)

필자의 양친 부모님은 빈약한 농촌 생활에서도 완결한 가정에서 출생하여, 성장 과정에서부터 처참한 환경 속에서 외부사회의 호화롭고 윤택한 생활이란 좀처럼 체험하지도 못하였다. 오로지 구걸 생활의 면탈 의지뿐 어떠한 난관에 부닥치더라도 그 혹독한 굴레를 벗어나서 부모 형제가 가혹한 생활이 아닌 풍

덕수궁에서(저자진의 가족)

요로운 생계유지를 갈망하여 왔다, 그러한 목적 달성의 기준에 따라 생활하게 되니, 필자 자신도 개인 욕구나 사치 따위는 염두에 둘 정신적인 여유도 없었다. 나 자신은 15세의 소년 시절부터 손위의 누님이라고 부를 성숙된 여인도 없이, 손아래 어린 누이 동생들뿐이어서 손위의 누님이라는 다정다감한 혈육 간의 사랑을 갈구하였다. 그러나 긴박한 생계유지와 사회적 환경적응에 급급하였던 필자의 사정을 진심으로 이해할 수 있는 조 여인의 참된 인간애는, 지금도 생생한 기억으로 감지되며 앞으로도 영원히 필자의 일생 기록에서 사라지지 않을 것이다.

그 당시 부산 국제시장에서 상봉 후, 3인 합숙 여인들로부터 부대 귀대 후 고독하게 군에 복무하는 동료 친구가 있으면 휴일에 대동하고 외출하라는 초청을 받았다. 필자는 귀대 후, 그 여인들로부터 후한 대접과 초청받은 사실을 두 친구들에게 자세히 설명하고, 조 여인은 우리 친척 누님이라고 설명하였다. 그

후, 토요일을 이용하여 필자와 윤 중사, 이 중사 삼총사는 그 세 여인의 피난합숙소를 방문할 것에 합의하고 그 숙사를 방문하였다. 조 여인과 그녀의 친구 두 명은 필자의 3인 친구가 외출을 할 수 있으면 세 여인의 임시 셋집(9자 한칸 방)의 2층 건물로 초대하였다.

우리들의 외출은 별로 어려운 문제가 없어 일과 후 그 댁을 방문하였다. 단칸방에서 세 여인이 합숙하고 있는 숙소에서 친숙한 대접을 받고 밤 10시경 부대로 귀가하려 하였으나, 세 분의 지극한 만류로 필자와는 과거의 세파에 시달렸던 사정, 도피생활 중의 경험담 및 다양한 인간 사회 생활상 등을 밤을 지새워 가며 흉금 없이 실상을 토로하였다. 그때 필자가 깊숙이 감지하게 된 것은, 인간은 자신이 체험한 세파의 골이 깊을수록 사고와 판단의 폭이 넓고 이해도 너그러워지며 성실하다고 인식하게 되었다.

그날 방문할 때, 윤 중사와 이 중사 등은 쌀 한 포대와 부식도 상당량을 지참하고 방문하였다. 피난생활을 하는 그 당시의 사정으로 판단할 때, 그 물량은 상당한 물량이며 도피생활 당시 상황에서는 물량보다 우리 3인의 뜨거운 성의에 더욱 감탄하는 모습을 느끼게 되었다. 그날 우리 3인은 그 숙소에서 극진한 후대를 받고 깊은 감동을 양측이 공감하게 되었다.

그 후로도 그 뜨거운 열정은 계속 유지되었으며, 우리 전우 삼총사에게는 공동 누님으로 추대되었다. 필자는 전우 삼총사의 우정은 6·25 참변으로 쓰라렸던 과거와 군의 입대로 강도 높

군 복무시절의 필자(좌측)

은 훈련 및 초년의 신병생활을 거쳐 현역 3년 차 고참병으로까지의 경력에 큰 도움이 되었다. 그 특수집단의 생활상은 그 방대한 조직을 통솔하기 위해 반항을 제압하고 통제하는 수단은 되나, 일반 사회 생활상과는 너무나 거리감의 차가 심하였으며 어떤 경우에는 그 사회도 인간이 운영하고 관리하는 조직체라는 것을 상기하였을 때 참으로 한심스럽고 비인간적인 야만행위임을 느끼는 순간도 있었다.

그러나 전우 간에 순수한 인간성과 사선을 넘은 진실된 전우애나 희생정신은 일반사회에서는 좀처럼 찾아볼 수 없는 고귀한 정신연마의 산물이 아닌가 사려되었다. 그것이야말로 특수집단의 조직체에서 강도 높은 체력훈련과 정신적 훈련 및 결집력으로 사리사욕을 버리고 국방과 애국의 정신무장에 의한 용감함 애국정신과 사기는 참으로 찬양할만하다고 판단되었다.

그 후, 우리 전우 삼총사는 전시보급명령에 따라 필자는 김해의 제1105공병단으로 배속되어, 병기기지사령부에서 동일과에 근무하던 유 대위와 또다시 김해지구 재무대에서 같이 파견근무를 하게 되었다. 필자는 김해로 전속된 후, 재무관 유 대위와 부산에서의 우정으로 군 복무나 개인적인 대인 관계에서도 긴밀하게 협의하여 처리하였다. 그러나 유 대위의 사생활은 날이 갈수록 문란해지고 있어, 필자는 수차에 걸쳐 사생활의 시정을 요구하였으나 시정이 되지 않고 방만한 생활이 계속되었다. 그 실상을 필자가 목격할 때 참으로 방관만 하고 있을 수는 없었다. 필자도 역시 더 이상 억제할 수 있는 방법도 없고 필자 자신의 군 복무 기간도 만 3년이 임박함에 따라, 제한된 군대생활에서 체험할만한 경험과 시련도 겪었으므로 그 경험을 일반사회에서 활용하면 유익할 것이라 판단하고 제대를 결심하게 되었다.

필자는 부산의 조 여인을 심방하여 제대 문제를 협의하였다. 본인은 누적된 군 업무 처리 관계로 상당히 체력이 허약하였었다. 그 사항을 조 여인은 친 혈육 동생의 문제 이상으로 적극적인 자세로 자신의 역량이 미치는 한 최대한 노력하여, 동생의 목적 달성에 최선의 노력을 경주할 것을 약속하였다.

조 여인을 면담 후, 약 1개월 정도 지나서 제5육군병원에 입원 절차를 필하고 제3병동에 입원하게 되어 김해 육군 제1105 공병단의 유 대위와는 군 생활 최후의 석별의 정을 나누게 되었다. 필자는 특수집단의 병영 생활 중 독특한 경험인 병원 생활에 돌입하게 되었다. 우여곡절의 일반사회에서 참상의 6·25 전란에 의한 군 병영 생활을 거쳐 군병원 생활에까지 이어지는 처지가 되었다.

병원 생활의 인연

필자는 그 병원 생활 기간 중, 수많은 화제와 사연이 태동하는 시발점이 형성되었다. 우선, 조 여인의 적극적인 후원으로 제3병동에 입원을 하게 되었다. 제5육군병원 제3병동은 부산 초량의 영남여고 건물로써 군에 수용된 건물이라는 것 자체부터가 새로운 것이며, 두 번째 사연은 입원절차를 마치고 나니 의외에도 병기기지 사령부에서 국방부로 전속 근무하던 이창기 중사도 필자가 입원한 607 병동에 입원하고 있는 사실이 확인되었다. 그 외에도 가장 중요한 현실은 내 자신이 현역 군인임에도 느끼지 못하고 생각하지도 못한 현실을 목격하게 된 사실이 있다.

그 시기가 마침 남과 북의 전세가 극도로 예민한 휴전 직전의 격전시기였으므로 우리군의 희생도 만만치 않았다. 후방의 병상을 차지하고 있으면서 아침 점호를 취하고 연병장을 내려다보니, 격렬한 전투에서 용감히 분투하다 전신이 만신창이가 되어 있는 병사와 팔이나 다리가 절단된 상태에 있는 장병도 부지기수였으며, 이미 국가와 민족을 위하여 일선 격전지에서 영예롭게 산화하여 넓은 연병장에 헌 포장에 가려져 불귀의 애국용사로 종지부를 맺게 된 사체는, 날이 밝으면 질편하게 출현되는 장면이 계속되고 있는 현상이었다.

그런 시점에서 격전이 심화되어 육군병원에서의 전력수급에도 상당한 변화가 이루어졌다. 병실의 수용 인원은 제한되어 있으나 속출하는 전사자와 상이장병의 수용 능력 부족으로 병상에서 어느 정도의 기동력만 회복된 군인은 보충대로 전출되어 일선으로 재충원되는 극심한 상황도 속출되었다.[33]

6·25 인명 피해 비교

구분	한국군	유엔군	북한군
사상자	588,641	141,362	508,797
실종 및 포로	32,838	9,767	98,599
계	621,479	151,129	607,396

자료: 국가기록원

또 다른 양상은 우리가 근무하는 경리대도 일선의 전투부대와 비교하면, 현역군인과 동떨어진 일반회사와 대등하다는 평을 받고 있었다. 그러나, 육군병원에 입원하여 병상생활을 체험하는 과정에서는 군기는 물론, 행정상으로도 무질서한 상태였다. 필자는 입원 당시의 병상에서 점차 빠른 쾌도로 병세가 회복되는 시기에 병원장으로부터 호출되어 면담을 하게 되었다. 병원장은 육군 감찰감실로부터 병원의 회계감사를 1개월 후 실시하여야 하는데, 회계감사를 감당할 실무 경험자가 없다. 필자의 병상 문제는 병원장이 책임지고 회복시켜 줄 것이므로, 필자가 경리대 출신이니 그 임무를 담당하여 달라는 사연이었다.

그 제안을 받고서 의기가 상승하였다. 필자는 이 기회를 다행

---

33) 6·25 전쟁 중 사망자수 137만 명, 민간인 사망자 52만 명. 이 중 사망자는 국군 13만 8,000 명, 경찰 3,131명, 북한군 52만 명이다. (군사정전위원회 편람). 국제신문 2022. 5. 8.

으로 생각하고 효율적으로 활용하고자 계획하였다. 우선, 병원장과 필자는 그 후 하시라도 상봉하게 되었다. 필자는 병원장에게 필자 단독으로는 그러한 막중한 업무를 단기간에 소화시켜서 수감할 수 없으니, 필자가 지명하는 인원을 보충하여 줄 것을 요구하였다. 이창기 중사와 공동으로 수감 업무를 수행할 것을 요청하여 병원장으로부터 승낙을 받아 냈다. 그 후 이 중사와 합동으로 수감업무를 시작하였다.

임무 시행을 위한 세부 작업은 병상 치료에 대한 의무 업무를 제외한 일반 보급의 수급상황을 확인 점검하기 시작하였다. 필자와 이 중사는 취사장을 위시하여 주식 및 부식의 공급 상황을 점검하였던 바, 모든 수급상 기록된 증빙서류의 일부분만 잔존되었을 뿐 병동창설 후 3, 4년간의 정상증빙서류가 전무한 상태였다. 필자와 이 중사는 어느 부분부터 서류작성을 시작할지 난제였다.

우리 2인은 병원장에게 그 사실을 보고하였다. 병원장은 금번 시행하는 감사만 원만하게 수감 완료하면 우리들의 어떠한 요구도 감수하겠다는 약속으로, 우리 두 사람은 모든 방법과 능력을 발휘하여 불철주야 노력으로 3, 4년간의 누적되었던 수급대장 및 제반 서류를 완비하여 고대하던 육군 감찰 감사를 하등의 이상 없이 수감을 완수하였다.

그 감사 결과로 병원장과 병원 내의 군의관이나 일반 병원 요원들로부터 대단한 칭찬과 환대를 받았다. 그 후로부터 대대적인 인기를 실감하게 되었다. 그 후 필자는 병원 내의 다양한 활동에 참가하게 되었다. 특히, 스포츠 부분에서는 독보적인 존재였다. 그 실례로 병원 공간에 탁구대가 비치되어 있어 원장 및 군의관들의 휴식장으로 크게 이용되고 있었다. 병원장께서 필자와 탁구를 1차로 치고 나니 필자의 실력이 탁월하다하여 매일 병원장의 호출로 탁구가 일과화되었다. 심지어는 부산소재 주둔 병원 대항 탁구경기 시합에 출전하여 준우승에 입상하는 영예를 얻고 나서부터는 일약 스타로 부상하였다.

그 후 병원 내 배구 경기에서도 특유의 기량으로 대단한 인기를 독점하게 되었다. 필자는 행정 면에서나 스포츠계에서도 탁월한 인기로 병원장은 물론, 원내 군의관 및 간호장교로부터도 상당한 신망을 얻게 되었다. 간호장교 중 주임장교인 이 중위라는 노 여장교가 재임 당시 일반 간호사의 신규 채용 계획을 발표하였다. 그때 생각나는 한 사람이 있었다.

제2의 보금자리 정착

6·25 사변으로 처참한 피난생활 중, 이 상사 부모님댁을 자주 출입하게 되었다. 이 상사의 모친께서는 필자를 가장 잘 이해하여 외로운 마음을 읽고 있었다. 어느 날 "최 양은 내가 일본 거주시에 출생하여, 이웃에서 성장하는 유년 시기부터 친자식과 같이 성장 과정을 보살펴 왔다."라고 하시며. 6·25 사변 이후로

는 고향을 떠나 신○○ 경북도지사의 비서와 대구도립병원의 간호사 생활을 거쳐, 부산에서는 모 방적회사의 여직원 생활 기간 중 이 상사댁에서 필자와의 불시 면접이 첫 인연으로 발단된 것이 필자와 최 양과의 연결 고리가 되었다.

그런데, 간호장교 중 주임장교인 이 중위라는 노 여장교가 재임당시 일반 간호사의 신규채용계획이 있어, 문현동에서 사귀게 된 최○○를 필자가 추천하였다. 이 중위의 도움과 병원장 승인으로 그녀는 병원에 신규 채용되어 동 병원의 간호사로 근무하게 되었다. 그 당사자가 바로 최○○ 부인이었다. 이러한 사연으로 최 간호사와 필자가 동일한 병원에서 근무하며 친숙한 관계를 유지할 수 있게 되었다.

필자와의 인연은 처음에는 고독과 세파의 공통적인 동정심에서 시작되었으나, 스쳐 가는 뇌리속의 감동은 가슴속의 충격적인 동요를 잠재울 수가 없었다. 직접 상면이나 대화는 한 번도 없었으나, 시간이 경과할수록 부풀어 오르는 감정은 억제할 수 없을 정도로의 지경에까지 이르렀다.

이러한 심각한 상황에까지 이르렀으나 직접 상봉하자고 자청할 용기를 내어 볼 의지가 없었다. 필자는 자존심보다는 내 자신의 결격 사유가 양심을 억압할 수밖에 없는 사연이 필자의 용기를 억누르는 것이었다. 그 사연은 필자의 도의적인 죄책감으로 인한 문제였다. 필자의 처지로서는 6·25 사변으로 단신으로 월남하게 된 동기나 잔류된 가족들이 고통 속에 시달리는 참상을 상상하여 보면, 참으로 착잡한 심정은 이루 헤아릴 수가 없는 처지였다. 수구초심首丘初心이랄까 언제나 고향을 잊은 적이 없었다. 특히나 6·25로 인한 동족 간의 상쟁에 의하여, 단합된 민족애가 통일염원으로 결집하여 조국통일을 촉진하려고 하여도 외세들에 의하여 소기의 통일과업이 지연되는 실상이었다. 그와 함께 남한에서의 결혼은 남북의 분단을 인정하고, 고향의 가족과는 영영 만날지 못할지도 모르는 실향민으로 남아야 하는 고통을 감수해야만 하는 역사적인 결정이었기 때문이었다.

이산가족 만남의 고통과 비애

필자는 6·25 동란 이후, 현재까지 정든 고향과 그리운 혈육을 등지고 52개 성상이 경과되었으나 한 번도 눈물을 외부에 나타낸 적이 없었다. 물론, 고통을 참아 내는 과정에 극심한 인내 방법도 다양하였다. 군에 입대하고 운이 좋았는지 경력을 인정받아 다행히도 병참부대에서 경리대로 편입되어, 후방 부대인 제3지구 경리대의 주둔지인 부산 지구로 파견 명령을 받아 후방에서 근무하게 되었다. 입대 후 1년도 안 된 시기였으므로 친지 또는 부모 형제들의 면회가 상당히 활발한 상태였다. 그러나, 나에게는 면회라는 단어가 소용이 없었으며 면회를 올 일가친척도 없고, 불우한 환경으로 입대를 하게 되어 면회를 신청할만한 주변의 친구나 친지도 전무한 실정이었다.

그런 관계로 고독이란 이루 헤아릴 수 없는 상황이었다. 그러나, 그 시기를 다양한 방법으로 극복하고 견디었다. 일요일의 외출 때에는 군 동료들과 같이 오류도에 수용되어 있는 고독하고 절망에 싸인 나병 환자들과 같이 그곳의 수용소 생활상도 청취하고 술도 같이 한 잔 나누기까지 하였다. 그것으로도 고독과 절망이 해소되지 않을 경우, 오류도 큰 마당 바위 암석에서 동해 바다에서 몰아치는 파도 속으로 5, 6 미터 절벽에서 다이빙을 하며 고독과 절망을 극복하는 경우도 수차례 있었다. 최악의 경우 오류도 앞바다에서 사망할 때에는 '물고기야! 내 시신의 일부라도 날 물고 가서 바다 거쳐 황해도 내 고향『배다리』옆에 내가 정들었던 고향 집과 맞닿은 논이 있으니, 죽어서라도 우리 집까지 네가 대신하여 내 소식을 전해다오' 하는 결의까지 하였던 적이 있었다. 이와 같은 비장한 결행으로 고독과 처참한 경지를 눈물 없이 현재까지 극복하여 왔다. 군에서 예비역으로 제대한 후에는 가정과 직장 근무와 스포츠 및 주당으로 이겨내었다.

최근 들어 2000년 6·15 이후 남북 협상으로 이산가족의 상봉이 가능하다는 소식이 언론에 보도되어 이산가족 상봉 신청서 접수 방식 등의 소식이 전해지면서, 감내해야 할 나로서는 시일이 경과될수록 허전하고 무기력함이 가속됨을 실감하게 되었다. 50여 년의 실향민 생활을 지속하며 오늘의 이날을 학수고대하고 희망하던 실향민들의 절규의 탄성 속에, 75회 생신을 맞이하여 이산가족 상봉 시기만 손꼽아 고대하고 있었다. 그렇지만 나만은 왜 두려워하고 무서운 공포 속에서 헤어나지 못하고 고민하고 있는지 나 자신 외에는 상상조차 할 수 없을 깃이다.

하지만 막상 남북 이산가족 1차 상봉할 때, 북한에서 결혼하였던 남자가 남하 후 남측 여인과 중혼하고 가정을 이룬 상태에서 재북 본처와 그 자녀까지 출현하여 남북 가족들의 애절한 호소와 상호 간의 격려와 위안의 장면은 필설로 표현할 수 없는 비극의 현실 바로 그것이었다. 필자로서는 회한의 감정이 순간 분출됨을 억제하려고 무한히 노력하나 용이한 일이 아니다. 이 비극은 남과 북 당사자들의 비운으로 끝을 맺어야 할 것인가?

연백평야의 현대사적 의미

연백평야는 조선시대 이래 한반도의 가장 큰 곡창지대의 하나였다. 연백평야는 역사 속에서 아득히 잊혀져 가는 아쉬운 마음을 불러내는 연민의 대상이다. 광개토대왕 시절의 광활한 고구려의 영토를 활쏘며 말타고 달려가는 그 누군가를 마음속으로 그려본다든지, 6·25 동란 중 우방의 지원의 고마움을 잊지 않고 있지만 우리가 한강을 지키기 위해 싸웠다면 결코 내어주지 않았을 황금의 땅이었다.

이제 연백평야는 우리의 기억에서 잊혀져 가고 있다. 현대의 역사에서 우리가 잃고도 우리의 책임이 아니라고 위로하는 대상이 되었으며, 그곳을 잠시 떠나온 그들에게는 너무나 가까워서 서러운, 보고도 믿을 수 없는 통한의 실지失地로 남겨져 있다. 그들은 이제 소수자가 되어 보이지도 않고 더 작은 목소리조차 들어 줄 사람이 없다. 우리를 희망과 좌절의 인내로 시험하는 더 높아진 역사의 격랑은 그들을 어디로 데려가고 있는 것일까.

그러면 우리의 아이들에겐 고향이 어떠한 모습으로 그려지고 있을까? 그들이 태어난 집과 동네는 벌써 사라지고 없어졌고, 그들이 졸업한 초등학교는 주인을 잃은 채 무성하게 자란 잡초 위로 찬바람만 무심하게 불고 있다. 새터민들의 자유로운 정착과 함께 실향민들의 활약과 고통은 잊혀져 가고 있다.

10여 년 전 아버님께서 나에게 건네주신 700여 페이지에 달하는 한자 반 한글 반으로 가득찬 자필의 자서전이었다. 언제부터 시작되었는지도 모른 채 수년간의 작업의 결과일 것만은 확실하게 보였다. 일정한 규격으로 자르신 연습용지를 수북히 받아들고 처음으로 한 작업은, 우리 민족의 역사라고 하시기에 양이 방대하여 상, 중, 하 세 권으로 나누어 보기 좋게 손에 잡히는 두께로 복사와 제본을 하여두었다. 조선왕조실록이 생각나서 세 부씩 제본하여 세 군데에 나누어 보관하였다.

연백평야는 드넓은 생명의 보고를 간직하고 일제 강점기의 농민들의 삶과 애환, 해방과 6·25 동란을 거치는 동안 접경 지역의 사회적 불안, 이념적 갈등, 피해의 실상 및 우리의 현실을 생생하게 보여 주는 기록이며 역사적 증언이다. 반복되는 협상의 불발과 봄철이면 찾아오는 농민의 갈증을 해소하지 못하는 역사의 굴레 속에서, 남북 미소 모두 저마다의 명분만 앞세워 민족의 지도자도 해결하지 못하는 구암저수지의 안정적인 물공급을 통하여 연백평야 농민의 소망을 실현시킨 한 농부의 기적 같은 용기는 정당한 평가를 받아서 역사에 자리매김해야 할 숨겨진 역사의 일화다. 연백평야는 알고 있다.

실향민인 아버님은 이산가족 상봉 신청을 하시라는 권유를 마다하고 끝까지 신청을 하시지 않았다. 아버님 말씀은 "신청해서 언제 내 차례가 되겠냐?"라고 하시는 것이 완곡한 변명이었다. 그런데 이산가족을 만나도 못다 할 말씀이 얼마나 많으시기에 이렇게 기나긴 사연을 남기셨을까 생각해 보니, 이것은 남쪽에 남겨진 우리들에게 전하는 말씀이 담겨 있음을 뒤늦게 알았을 땐 아버님은 우리 곁을 떠나신 후였다.

코로나와의 전쟁이 시간을 관통하고 있다. 우크라이나는 한국처럼 국제정세의 지정학적 민감지역이다. 이 전쟁 시작과 함께 세계 에너지와 식량 가격이 급등하였고, 미래 인류의 재난의 시간을 현재 우리가 경험하고 있다. 우리나라는 식량 자급률이 45퍼센트(곡물 20퍼센트) 정도에 머물고 있어 기후위기에 대응하는 식량안보의 측면에서도 식량 자급의 중요성은 아무리 강조해도 지나치지 않다. 그런데 우리는 수많은 음식을 그 자리에서 쓰레기로 버리고도 아무 죄책감이 없다.

상하이는 코로나 봉쇄에 울고, 식량과 에너지의 보고 우크라이나는 전쟁으로 폐허와 난민이 되었다. 우리에게도 민족의 번영과 화합을 위한 현명한 대화와 선택의 시간이 다가오고 있다.

우리는 그분이 평생 동안 짊어지고 다니신 두 가지의 질문에 대답해야 한다. 나의 존재는 무엇인가? 우리는 한반도를 어떻게 미래 세대에 남겨 주어야 하는가? 우리는 선과 악을 신이 만들었다고 알고 있지만, 선이란 힘에 의해 만들어지는 것이다. 힘이 있으면 선이고 없으면 악인가(니체)? 그러면 신 앞에 인간의 존재는 무엇인가? 마음속에 있는 신이 중요하며, 성인의 삶에서 무엇을 배워 내 삶에 녹여내야 하는 지에 관심을 가져야 한다(키에르케고르).[34] 진리는 행동이다.

생존하고 있는 우리들이 알고 있는 최악의 전쟁이 우리의 눈앞에 펼쳐지고 있다. 그러나 한반도의 그것은 상상을 초월할 것이다. 지금 우크라이나는 신을 찾고 있다. 식량과 집과 무기와 협상과 평화의 신을! 미래는 오늘 우리의 시대를 이렇게 자리매김할 것이다. 진실이 가려지고 분열과 소통의 단절 속에서도 찬란한 문화가 꽃피운 '38선과 휴전선 사이 시대'였다고! *한반도는 섬이다.* 한반도가 하나의 반도가 될 수 있을 때 인류에게 최대의 행복을 안겨 줄 수 있을 것이다.

2022년 5월
이영석

---

34) 현각스님, "만행, 하버드에서 화계사까지", 열림원
    김성준, "예순에 청춘에게", 삼성출판사, p100.

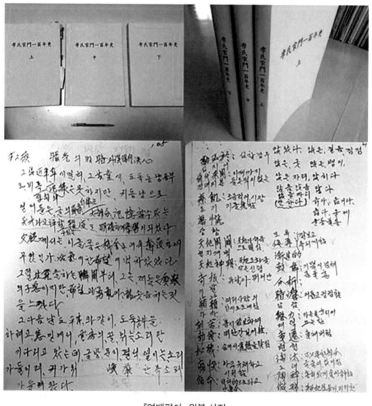

『연백평야』 원본 사진

38선과 휴전선

- □ 철조망, 평화가 되다 - 철조망 너머에 보이는 북녘의 산하 - KBS 〈다큐On , 2021년 12월 25일〉
- □ 이북도민작가 이동현, "최종성 전 건설부차관, 8대 국회의원, 삼 풍농원대표, 6·25 전쟁 38선돌파 회고(3), 전장에서 꽃 핀 운명 같 은 사랑, 1.4후퇴와 38선을 사이로 일진일퇴", 북한택리지 - 역 사·지리·인물(블로그), 2021년 12월 19일, https://blog.naver.com/donghlee1001/222599054493
- □ 김아람, "전쟁 전후 '여성'의 38선 월경과 피난 이야기", 일다, 2019 년 11월 23일, https://www.ildaro.com/8597
- □ 관운장, "38선과 휴전선(군사분계선)", 관운장의 홍익인간 공부 이 야기(블로그), 2021년 10월 22일, https://blog.naver.com/int9708/222544615008
- □ NordNordWest FriedC Mnmazur stillsky@protonmail.com
- □ 오산시, "6·25전쟁과 UN군 / 한국전쟁에 참전한 '형제의 나라'", 오

산시 블로그, 2019년 6월 24일, https://m.blog.naver.com/osan_si/221567300330

□ 이데일리 편집부, "서울역사박물관 '6·25전쟁 60주년' 특별전", 이데일리, 2010년 6월 15일, https://www.edaily.co.kr/news/read?newsId=02486246593002048&mediaCodeNo=257

□ 박태해, "한국전쟁, 북한·소련·중국이 같이 저지른 남침", 세계일보, 2020년 11월 21일, https://www.segye.com/newsView/20201120511192

□ 조병욱, "국가기록원, 6·25전쟁 관련 희귀기록물 공개", 세계일보, 2012년 6월 24일, https://www.segye.com/newsView/20120624021522

□ 6·25 민족상잔전쟁, 폭파된 한강다리 앞의 피난민, 부안독립신문 2022년 5월 7일

연백평야 통수 및 구암저수지

□ "연백평야 가뭄 피해와 미군정의 수리비 미지급", 동아일보, 1946년 6월 10일

□ "구암저수지 제방보수 공사 및 전화가설 협의", 경향신문, 1947년 5월 7일

□ "구암저수지 수세문제 협상 과정", 동아일보, 1947년 5월 28일, 9월 27일

□ "수확철에도 수세 문제 미해결", 경향신문, 1947년 6월 6일

□ "해방이후 3년간 남북간 수세문제 미해결" 동아일보, 1947년 9월 23일

□ "민정장관 돌연 북행 – 38지구 시찰이 목적?", 조선일보, 1948년 4월 30일, 5월 1일

□ "38선 시찰 후 민정장관 귀경", 조선일보, 1948년 5월 1일
□ "미군특별경계, 하지중장명령 - 오늘밤 미국인외출금지", 조선일보, 1948년 4월 30일
□ 문천, "1947. 11. 7 / 38선 이야기 (3) 연백평야의 물값 시비", 페리스코프(블로그), 2012년 11월 6일, https://orunkim.tistory.com/ 1082

이주 및 난민 문제

□ 이연식, "해방 직후 '우리 안의 난민·이주민 문제'에 관한 시론", 역사문제연구 35(2016)
□ 김아람, "전쟁 전후 '여성'의 38선 월경과 피난 이야기", 일다, 2019년 11월 23일, https://www.ildaro.com/8597

일제 시 경제 상황

□ 산미증식계획과 농민경제 조선미곡요람, 조선총독부 농림국, 1937
□ KBS TV 2022. 1. 31 특집방송

구한말 토지제도의 변천

□ 남기현, "일본과 식민지 조선에서 성립된 토지소유권의 성격 검토", 개념과 소통 27권(한림과학원, 2021)
□ 배영순, "한말 역둔토조사에 있어서의 소유권분쟁", 한국사연구 25 (한국사연구회, 1979)
□ 이윤상, "대한제국기 황실 주도의 재정운영", 역사와 현실 26권(한국역사연구회, 1997)
□ 황성신문 1898년 12월 28일, 1899년 3월 1일
□ 조선일보 2021년 10월 20일, https://www.chosun.com/opinion/column/20211020/

구한말 경찰제도의 변천

☐ 중앙선데이, 2011년 9월 11일

☐ 월간 독립기념관 2007년 43월호 제20권 통권 제230호

☐ 황해민보 1996년 7월 10일

☐ 폐폐, "갑오개혁 이후의 경찰제도 개념 파악하기", 폐폐의 네이버 블로그, 2020년 9월 7일, https://blog.naver.com/cys990619/222082907600

해방 후 현대사

☐ 월간 동화, 1994년 7월호 No. 165

☐ "연백평야 가뭄 피해와 미군정의 수리비 미지급", 동아일보, 1946년 6월 10일

☐ "연백평야 가뭄 피해와 미군정의 수리비 미지급", 동아일보, 1946년 6월 10일

☐ "구암저수지 제방보수 공사 및 전화가설 협의", 경향신문, 1947년 5월 7일

☐ "구암저수지 수세문제 협상 과정", 동아일보, 1947년 5월 28일, 9월 27일

☐ "수확철에도 수세 문제 미해결", 경향신문, 1947년 6월 6일

☐ "해방 이후 3년간 남북간 수세문제 미해결", 동아일보, 1947년 9월 23일

☐ "연백평야 곡물수확량과 수세비교" 동아일보, 1948년 5월 28일

☐ "흥남부두철수작전" KBS TV 2022년 3월 17일, 연합뉴스 2022년 3월 17일

☐ "민정장관 돌연 북행 - 38지구 시찰이 목적?", 조선일보, 1948년 4월 30일

- "38선 시찰 후 민정장관 귀경", 조선일보, 1948년 5월 1일
- "미군특별경계, 하지중장명령오늘밤 미국인외출금지", 조선일보, 1948년 4월 30일
- 철조망, 평화가 되다 - 철조망 너머에 보이는 북녘의 산하 - KBS 다큐On , 2021년 12월 25일
- 철조망 십자가 전시회, 성 이냐시오 성당 전시, 2021년 10월 29일

연백평야 - 믿거나 말거나

- 조선일보, 1948년 4월 30일
- 중앙일보, 2011년 9월 11일
- 동아일보, 1946년 6월 10일
- 조선일보, 1948년 5월 1일
- 중앙일보, 2011년 9월 11일
- 동아일보, 1946년 6월 10일
- 조선일보, 2021년 10월 20일
- 현각, 만행: 하버드에서 화계사까지, 서울: 열림원, 1999
- 김성준, 예순에 청춘에게, 서울: 삼성출판사, 2017

저자진 소개

연백평야 통수의 기수: 농부
이해학(일명 학봉)

1919년 3월 연안읍 산양리 남문시장 기미년 3·1 운동 거사 참가,
고문 후 탈옥.
1919년 4월 독립운동 차 중국 북간도 길림, 하얼빈, 서주 등지에서
망명 생활.
1921년 독립운동 중 의병으로 귀국.
1948년 4월~1950년 6월 연백수리조합 관할 38 경계선 이북소재
구암저수댐으로부터 이남으로 통수업무담당 남북 대표.
1948년 5월 10일 제헌국회의원(연백을) 김경배 선거후원자 활동.
1950년 상기 연백을 김태희 의원 당선 후원 활동.
연백군 봉북면 광동리 읍장.

이형동

- **출생지**: 황해도 연백군 봉북면 광동리 마옥동 196번지
- **생년월일**: 1926년(병인년) 11월 13일

- 황해도 연백군 봉북공립보통학교 졸
- 백천정미소 최연소 지배인
- 6·25 후 단신 월남
- 1953 육군 병장 제대
- 대한주택공사 퇴직

이영석

□ 서울대학교 공과대학 건축학과 및
　동 대학원 도시공학과 도시계획 박사
□ 전 광주대학교 건축학부 교수,
　현 광주광역시 시민권익위원회 위원

□ 일본 도쿄대학교 첨단과학연구소 특별연구원
□ 미국 델라웨어대학교 에너지환경정책연구소 객원교수
　(Center for Energy and Environment Policy, College of Engineering,
　University of Delaware)
□ 국토해양부 주거환경자문위원
□ 광주광역시 도시건축공동위원
□ 광주광역시 경관위원회위원
□ 광주대학교 도시공학과, 건축학부 교수

□ 현재 광주광역시 시민권익위원회 위원
　□ 대통령 근정포장

저서:『주거환경계획』,『주거환경을 정비한다』,『도시경제와 산
　　　업살리기』외 다수.
칼럼:「대통령 집무실 용산 이전 논란, 소통이냐 안보냐」(한겨레),
　　　「어린이 보호구역을 돌아보고」(광주일보) 등